絵金、闇を塗る

木下昌輝

集英社文庫

目次

絵金、闇を塗る

序

南国土佐《とさ》の熱気を冷ますかのように、夜の帳《とばり》が下りようとしていた。錆《さ》びた街灯も真新しい街灯も、あかりを点《とも》さない。だけではない。家のなかの蛍光灯も、事切れたように光を喪《うしな》っていた。

江戸時代からつづく漆喰《しっくい》の蔵や明治のころのものと思われる赤煉瓦《れんが》の建物が、夜の昏《くら》さに沈んでいく。

潮騒《しおさい》の音が聞こえてきた。

建物さえも汗ばむような南国土佐の暑さが、亡霊のように辺りに漂っている。

ポツポツと歩く白い影は、白衣《びゃくえ》をまとったお遍路さんか。

やがて、人魂《ひとだま》というにはか細いあかり——百目《ひゃくめ》蠟燭《ろうそく》の火が列柱のように点《とも》りはじめる。

手で水をすくうようなたよりなさで、蠟燭のあかりを受けとめるものがある。

二曲一隻《せき》の古い屏風《びょうぶ》たちだ。

蠟燭の火が、屏風に描かれたものを浮かびあがらせる。朽ちた肌色、吊《つ》りあがった目、落日のような赤は血だ。

歌舞伎役者と思われる男たちが、血塗られた一幕を演じている。いや、転がる生首や腕、はらわたは、芝居ではなく現実の出来事を描いたものか。

たしかなのは、夜の闇を顔料や染料として、いや、夜を塗るかのように、絵のなかに血色の怨念《おんねん》が広がっていることだ。

老婆がひとり、芝居絵屏風の横にたたずんでいた。

枯れた口が蠢《うごめ》いて、何かを語りかける。

——えきんさんを、おいかけたらいかんぞね。

白い歯が蠟燭の火で、橙《だいだい》色に染まる。

——絵金《えきん》さんを追いかけよったら、噛《か》みつかれるがで。

どうやら、絵屏風は絵金という男が描いたもののようだ。

老婆の口が語りはじめる。幕末から明治にかけて生きた、ある絵師のことを。

その男は、通称を〝絵金〟という。天才とも異端とも、贋作《がんさく》師とも呼ばれたという。

老婆は、絵金のことを語りたいのだろうか。

いや、すこしちがうかもしれない。

なぜなら、老婆の口がつむぐ物語の主人公は、絵金ではないからだ。

絵金を追いかけ、絵金に嚙みつかれた幕末の絵師や志士たちが主人公のようである。

老婆の枯れた唇と舌、そして白い歯が、絵金に嚙みつかれた男たちの物語を編みあげていく。

一章　岩戸踊り

一

水を吸った布のように、土佐の闇は夏の暑さをはらんでいた。

神社の本殿にしつらえられた床几《しょうぎ》に、仁尾順蔵《におじゅんぞう》は恰幅《かっぷく》のいい体をあずけている。団扇《うちわ》を扇《あお》いで、ぬるま湯のような風を自身の首筋に送る。

境内《けいだい》をずらりと囲む提灯《ちょうちん》が、赤く煌々《こうこう》と輝いていた。

中央には土俵があり、ふたりの若者が裸体をぶつけている。

「ほらぁ、もっと腰をいれんかえ。おまんの相撲《すもう》に馬屋《うまや》村の豊作がかかっちゅうがぞ」

「上手《うわて》が空いちゅうろが。これで、猪田《いのだ》村が不作になったらどうするつもりな」

村人たちが、口々に野次を飛ばす。

神に奉納する相撲競《くら》べだ。ふたつの村の代表が相撲をして、勝った方の村が豊作になる。夏のこの時期になると、祭事として、あちこちで相撲競べや芝居競べが行われる。声援を送るのは、男衆だけではなかった。

「ほらぁ、がんばらんかね」

「そんな相撲とりよったら、えぃ嫁さんはもらえんで」

男まさりの女子《おなご》衆たちも、浴衣《ゆかた》の襟をはだけんばかりに声をはりあげていた。

土俵で組みあうふたりの若者の肌が火照り、流れる汗が提灯のあかりを反射する。鬢《びん》を盛大にほつれさせ、肌と肌を癒着させるかのようだ。

やがて、一方の手が廻《まわ》しを摑《つか》んだ。腰をひねって、投げを打つ。

「あああぁ」

悲鳴と歓声の区別は、床几で涼む仁尾の耳にはつかなかった。

投げ倒された一方は砂まみれになり、それを勝者が見下ろしている。激しい取りくみの残滓《ざんし》だろうか、こめかみから血がにじみ、汗と混じりあっていた。

「勝者、馬屋村」

悲鳴と歓声が一際大きくなる。

白髪と白鬚《しろひげ》の老宮司《ぐうじ》がやってきて、深々と仁尾に頭を下げた。

「仁尾様、こんたびのご奉納の数々、まっことありがとうございます」

「なに、造作もないことよ」

仁尾は老宮司を一瞥《いちべつ》しただけで、顔は境内中央にむけたままだ。

「おかげで、今年の祭はこじゃんと賑《にぎ》わっちょります。村人も喜んじょります。明日は奉納芝居もありますきに、ぜひ」

もみ手をして、老宮司は媚《こび》を売る。

仁尾は、土佐が誇る豪商だ。薬種や絵に使う墨や顔料などを商っている。

「どないですろうか、さきほどの奉納相撲は。南画《なんが》でも名を成しちゅう仁尾様の絵心を満足させよったでしょうか」

ますます辞を低くして、老宮司はいう。

仁尾は、〝鱗江《りんこう》〟という号をもつ南画派の絵師でもあった。その腕は、旦那芸をはるかに超えている。

「絵心か」と、仁尾は苦笑した。

「南画は、湿潤淡彩が至上の世界ゆえなあ」

仁尾は言葉を濁す。

中国南部のゆったりとした風景画からはじまった南画には、さきほど繰り広げられた極彩色の神事は画題にそぐわない。

だが、仁尾は目の前の風景が嫌いではない。痛いとさえ感じる夏の陽光、その熱をにじませる夜の闇、点《とも》されたあかりの狭間《はざま》で行われる、血汗のにじむ神事。生死が混じりあうかのような世界が、仁尾の芯を潤し、活力に変える。

目の前では、田舎神楽《いなかかぐら》がはじまろうとしていた。

アマテラスが、天岩戸《あまのいわと》にこもった故事を再現しているようだ。アマテラスの気をひく踊り子のアメノウズメ、その夫で天孫降臨の際に天孫を導いたとされる長鼻のサルタヒコを、若い男女が演じている。

汗で肌を化粧したふたりが、アマテラスを天岩戸からださんと、必死に体をくねらせている。男の顔には天狗《てんぐ》の面があり、鼻が男根の形をしていた。上方《かみがた》や江戸のものと比べれば、何とも垢《あか》抜けない。こういうところが、土佐が鬼の棲《す》む国ともいわれる所以《ゆえん》かもしれない。

だが、それがいい。

目を境内の外へやると、若い男女ふたりが寄りそいつつ闇へと消えていくところだった。夏祭の夜は、あちこちで夜這《よばい》や目合《まぐわい》が行われる。獣にもどったかのように、男女が肌をあわせる。

仁尾は素早く周囲に目をやった後に、己の股間に団扇で風を送った。

ふふん、と笑う。

踊るふたりの汗の匂いが漂い、何とも淫靡《いんび》だ。

画題にはならぬが、悪くない。

ぬるい風を、たっぷりと味わう。

「それはそうと、先日の画会はどうやったがです」

何気ない老宮司の一言に、団扇をもつ仁尾の手が止まった。

高知城下の料亭で、土佐の名だたる画人と藩家老たちが集まる画会が開かれたのだ。豪商であり画人でもある仁尾も、当然のごとく足をむけた。

だが……。

みしりと、団扇の柄がきしむ。

あろうことか、仁尾は門前払いされたのだ。理由は、画会に土佐藩お抱えの狩野《かのう》派の絵師たちがいたからだ。ほかの流派と画会にて同席してはならない、という掟《おきて》が狩野派にはある。狩野派絵師がいたおかげで、仁尾ら南画の画人は料亭にはいることさえできなかった。

料亭の奥から聞こえてきた声は、今も耳の奥にこびりついている。

――狩野派に非《あら》ずんば、絵師に非ず。

日本画壇を狩野派が支配するようになって、四百年といわれる。幕府はもちろん、全国の藩がお抱え絵師として狩野派を雇っている。その驕《おご》りがいわせた言葉だ。

「おのれ」と、つぶやいた。

いかに土佐藩お抱え絵師といえど、禄《ろく》は知れている。豪商の仁尾の財力の足元にもおよばない。にもかかわらず、狩野派という看板の前には、何万両という財も南画の画人としての威名もふきとぶ。

「そのことはいわれるな。気分が悪い」

「ほいたら、門前払いの噂《うわさ》はまっことやったがですか」

白鬚をゆらして大げさに驚く老宮司の所作が忌々《いまいま》しい。

「いやはや。けんど、上方にも名が鳴りひびいちゅう仁尾様にも、敵《かな》わんことがあるがですねぇ」

「まさか、今から狩野派に入門するわけにもいくまい」

太ももを吸う蚊を、必要以上に強く叩《たた》いた。掌《てのひら》には、蚊の骸《むくろ》と血が貼りついている。

「ほんにほんに。今から狩野派を学ぶがは、さすがの仁尾様にも難しいですろう」

仁尾は、また首筋を吸う蚊を叩いた。

「けんど、仁尾様の息のかかっちゅう者を入門させることはできますろう」

三度《みたび》、蚊を叩こうとした手が止まる。

「画才をもっちゅう若者を、ひとり育てたらえぃがです。狩野派を学ばせて、土佐藩の画所《えどころ》に送りこむがも、たやすいにちがいないがです」

天岩戸を必死に開けけんとする男女の舞は、ますます扇情的になっていく。汗で湿る着衣が、女体の曲線の美しさをあらわにする。まるで、闇夜と目合《まぐわ》うかのようだ。

「仁尾様の財で、俊英を狩野派の絵師に育て、いずれ土佐藩の画師職人支配に成りあがらせるがです」

画師職人支配とは、土佐藩の絵師すべてを支配統括する役職のことで、今は当然のごとく狩野派の絵師がついている。

「なるほどな」

一匹、二匹と蚊がまとわりつくが、かまわずに仁尾は考えこむ。

門前払いしたときの狩野派絵師の顔が思い浮かぶ。豪商である己を見下していた。

土佐の夏の太陽よりも熱く、体が滾《たぎ》る。

もし、土佐藩の画師職人支配に、己の育てた者がつけば。

きっと正月や節句の挨拶に、狩野派の絵師たちを引きつれて、己のもとにやってくる。

そして、南画の画人である己に、土佐の全狩野派の絵師がひれ伏す。

口角が限界まで持ちあがった。

「おもしろい。馬鹿にした奴《やつ》らも、きっとわしにへりくだるはずだ」

満足そうに老宮司が微笑《ほほえ》む。

「だが、そこまでの才のある若者など、そうそうおるまい。しかも、わしの支援を必要としている、前途有望な若者となると……」

狩野派の裾野は広く、分厚い。才ある若者は、とっくに狩野派に入門している。

「心当たりが、ひとつ」

目でさきをうながした。

「高知城下に住みゆう、木下《きのした》という髪結いの家に、おもしろい兄弟がおるがです」

「剃《そり》か」と、髪結いの蔑称でつぶやいた。

「身分は低いけんど、こん兄弟、なかなかの才をもっちゅうと評判ながです」

髪結いの子ならば、裕福ではあるまい。狩野派を学ぶ金などはないだろうから、こちらの援助にも飛びつくはずだ。

「いいかもしれんな」

髪結いの子が、土佐画界の頂点にたち、憎き狩野派を支配する。

ぶるりと、仁尾はふるえた。興奮が、上半身から下半身へとはう。

団扇で、己の腰を強く扇ぐ。そうせねば、興奮で本能を御《ぎょ》しきれないと危惧した。

苦笑しつつ、顔を老宮司にむける。

「では、その兄弟ふたりにあってみたい。名はなんという」

「本名は知らんですけんど、名の一字に〝絵〟をつけた通り名で呼ばれゆうんです」

名前の一字に「絵」や「画」をあわせた通り名は、絵師やその弟子の呼び名としては一般的だ。幼くして、そう呼ばれているということは、期待ができそうだ。

「では、その兄弟の通り名は」

一拍、間《ま》をとった老宮司が、白鬚をふるわしつつ口を開く。

――絵金《えきん》と絵虎《えとら》。

二

「普通に考えれば、養育するのは幼少の絵虎の方でしょうな」

いったのは、島本蘭渓《しまもとらんけい》だった。土佐一の南画の画人として知られる男で、上方や江戸の画人とも頻繁に交流している。

仁尾順蔵は、重々しくうなずいた。

今、ふたりは仁尾の屋敷の一室にいる。絵金と絵虎を呼びつけて、待っているのだ。

南画や狩野派に限らず、画技で重要なのは、幼少時の手ほどきにある。聞けば、ふたりの兄弟は絵虎が六歳で、絵金が十二歳だという。

仁尾はまず自分のよく知る南画で基礎を学ばせた後に、狩野派に入門させるつもりでいた。何十年ともいわれる狩野派の修業年数を考えれば、若ければ若いほどいい。

「まあ、十のうち九は絵虎で決まりかと」

仁尾はふたたびうなずいた。兄の絵金が少々上手《うま》い程度では、無理だ。弟の画技を見定めるための曲尺《かねじやく》（定規）として、絵金を呼んだにすぎない。

番頭がやってきて、絵金と絵虎の来訪を告げた。島本と目配せし、同時にうなずく。

「よし、まずは絵虎を呼びなさい」

待ちきれないという声音《こわね》になってしまったことに、仁尾は思わず失笑してしまう。


あちこちがほつれた単衣《ひとえ》をきた六歳の童は、仁尾たちの前に小さな膝をそろえて正座していた。土佐一の豪商を前にして緊張しているのだろう。痛々しいほどに背をのばしている。団栗《どんぐり》のような眼は、泣きだす寸前のように潤んでいた。

「絵虎よ、そんなに硬くならんでもいい。では、早速、お主の絵を見せてくれるか」

島本の声に、「は、はい」と悲鳴のような返事をする。

「こ、これがおらが描いた絵です」

絵をもつ両手は、煤《すす》で汚れていた。板や石に焼き炭で絵を描いた跡だ。きっと、画材を買う金が家にはないのだろう。その証拠に、仁尾が事前に与えた楮紙《こうぞがみ》を、まるで金《きん》箔《ぱく》でも持つかのように丁重に差しだしている。楮紙は丈夫だが繊維が粗いために、絵師が下描きに使う安価な紙だ。

「ほお」

思わず嘆声をあげてしまった。

放牧された馬が、野原を駆けている。躍動する四肢、跳ねる土、なびく草が画面いっぱいに描かれている。筆遣いはすこし硬いが、筆や墨が満足に買えない家なので致し方ない。

「やるな」と、つぶやいたのは仁尾だ。

「単に地取《じどり》(写生)したのではないですな。草木や土の描かれ方が、馬の躍動を助けるように意図されております。いやはや、六歳の童の技とは思えませぬ」

美味なる料理を口にしたかのような島本の言い分に、仁尾は強くうなずいた。つづいて、絵虎に好きな画題や描くときの心構えをたずねる。が、それは時間潰しにすぎない。すでに絵虎を養育すると決めたからだ。画才、絵心は申し分ない。礼儀はすこしぎこちないが、年頃の童と比べるとずっと立派だ。

「うん、いいだろう。絵虎や、兄の絵金を呼んでおくれ。あとは別室で用意した菓子でもつまんでいなさい」

仁尾の言葉遣いは、いつのまにか親戚の子に対するかのようになっていた。

頭を何度も下げて、絵虎が逃げるように退室する。

「これは思った以上の収穫ですな」

「いやはや、思わぬ拾い物よ」

島本とふたりで、絵虎の才について語りあう。絵虎に財と教育をつぎこめば、かなりの絵師に成長するはずだ。

「まずは、わが門下生として学ばせますが」

「うむ、しかし、南画の癖はつけんでくれよ」

「無論です。いずれ、狩野派に入門させるための下地はしっかりとつくってみせます」

「ふふふ、楽しみだ。土佐一の絵師をわが手でつくる。人を育てるというのは、こんなにおもしろいものとはな」

「ある意味では絵を描く以上かもしれませんなあ」

「島本殿、それをいえば身もふたもない」

顔を天井にむけて、ふたりは同時に破顔する。

「おんちゃんが、仁尾様ながか」

笑いあっていたふたりの表情がかたまった。

ゆっくりと、顔を前へと向きなおらせる。

いつのまにか、ひとりの童が胡坐《あぐら》をかいて、すわっていた。

継ぎはぎだらけの単衣からはみだすように、長い手足がのびている。頭の形がわかるくらいにきつく後ろに束ねた髪をゆらしつつ、童が仁尾を指さしていた。

「まさか、お主が絵金か」

島本が恐る恐るきく。

「呼びつけちょいて、絵金か、はないろう」

形のいい唇を突きだして、童がすねる。

「ぶ、無礼であろう。仁尾様を前にして」

立ちあがった島本を、仁尾が制した。

「島本殿、よい」

養うのは絵虎と、すでに決めている。少々の無礼は目をつむった方が、話が早い。

「では、さっそくはじめるが、用意した絵は……」

「絵はもってきちゃあせん」

仁尾の声に、絵金は躊躇《ちゅうちょ》することなく言葉をかぶせた。

「絵らぁ、もってきても意味ないろう」

「なんだと」

さすがの仁尾も半面がゆがむ。

「大人に描かせたもんもってきても、わからんろう。誤魔化すがは簡単やき」

長い指で鼻をほじりつついう。

「ああ、心配せんでえいで。さっき、絵虎がおんちゃんらぁに見せたがは本物やき」

「では、お主はどうやって、自分の絵の才を証《あか》す気だ」

仁尾の問いかけに、絵金は白い歯を見せて応える。生え変わりのせいで、一本ぬけた歯並びが笑顔に愛嬌《あいきよう》をそえていた。

「墨と筆を貸いてくれんろか」

「つまり、この場で描くというのか」

絵金は何度もうなずいた。膝もせわしなくゆれて、待ちきれぬという風情だ。

仁尾は島本と目を見合わせる。

「いいだろう。島本殿、悪いが隣室から硯《すずり》と筆をもってきてくれ」

礼儀知らずの餓鬼め、と内心で罵《ののし》る。

だが、貧乏揺すりに体をゆだねる様子から、絵が好きなことだけはたしかなようだ。

「おい、何のつもりだ」

思わず声を出してしまったのは、絵金が仁尾と島本に背をむけたからだ。用意した硯と筆、画紙を隠すかのような体勢である。

「見たら、いかんで」

首をひねって、顔だけで振りむく。

「完成するまで、ちくとだけ待ちより」

絵金は舌で上唇を湿らしつつ、そういった。

仁尾と島本は、ため息を吐きだす。

「好きにせい。ただし、あまり時をかけるなよ」

「わかっちゅう」

尻をむけたまま、絵金は筆をとった。目を硯にやる。黒々とした墨汁がはいっているが、あわてて磨《す》ったのか気泡が多く混じっていた。絵金は左の指で耳をほじり、耳垢《みみあか》を墨のなかにいれ、筆でかき混ぜる。

うん、と仁尾はつぶやいた。今の絵金の動作が気になった。墨に気泡が多いとき、耳垢をいれると空気がぬけるといわれているのだが、なぜ、絵金がそんなことを知っているのだ。

仁尾の疑問をよそに、絵金の肩甲骨《けんこうこつ》がうすい単衣ごしに躍動した。筆をもつ手が、生き物のように動きだす。

時折、剣でもふるうかのように大きく腕を動かす。墨の飛沫《しぶき》が畳を汚し、仁尾は顔を手でおおった。

が、やはり、妙だなと思った。背後から見る絵金の筆遣いが、実にこなれている。まるで、毎日筆をもって絵を描いているかのようだ。一見乱暴に映るが、指先の隅々まで神経が行きわたっている。

「できたで」

筆をおき、絵を両手でもつ。そして、絵金はゆっくりとこちらへ振りむいた。

「なんだ、この絵は」

仁尾は、首をかしげた。

動物だろうか。

屏風《びょうぶ》絵で、こんな動物を見たことがあるような気がする。

そうだ、象だ。絵金が描いたものは、鼻が長い異国の動物に似ている。

だが、どこかおかしい。

そうか、目がどこにもないのだ。

いや、それだけではない。

鼻は中途半端に長く、すこし太い。大きな耳も右が随分と下に垂れ下がっており、左と比べるといびつだ。何より皺《しわ》が多く、体毛にしては太い縮れ毛があちこちにある。

隣の島本が、激しくふるえていることに気づいた。

顔を真っ赤にして、鯉《こい》のように口を大きく開け閉めしている。肩を上下させて、必死に呼吸している。

まさか、これは象ではなく……。

「どうで、おんちゃんら、上手いこと描けちゅうろ」

絵金が立ちあがり、象らしき絵を自身の股間に掲げた。

なぜか、仁尾は首を横にやり、島本の股間を見る。

その瞬間、絵金が何を描いたかを悟った。

これは……、大人の陰茎だ。

怒声をあげたのは、島本だった。

「ふざけるな」

「わしを愚弄するか」

「あ」と叫んだのは、島本が荒々しく絵金の腕をとったからだ。絵を守ろうとした絵金の足が崩れ、島本につりあげられるような形になる。

「思い知れ、無礼者が」

振りあげた島本の拳《こぶし》に、仁尾はあわてて抱きついた。

「よしなされ。わが屋敷での狼藉《ろうぜき》が知れたら、看板に傷がつくではないか」

「し、しかし……」

島本の顔が、さらに赤くなる。

「こ奴だけは、許せません」

「落ちつかれよ」

何とか、島本を絵金から引きはがした。元の場所にすわらせて、向きなおる。あれほどのことがあったのに、絵金はまったく動じる様子がない。摑まれた腕を顔の前にかざし、変色した肌を興味深そうに凝視している。まるで、この腕の痣《あざ》をどう描こうか思案するかのような顔つきだ。

「絵金よ」

「なんですろうか」

目は、痣を見たままだ。

「我らは絵虎を手元で養育することに決めた」

痣から目を引きはがした。

「そりゃ、めでたい。絵虎はもちろん、親父《おやじ》やおかあも喜ぶわ」

白い歯を見せて、絵金は笑う。

欠けた歯の部分が赤紫色にてかっていた。かすかに、白いものが見える。皮膚を突きやぶろうとしている歯が、妙に生々しかった。

三

それにしても、と仁尾は腕を組みつつ考えていた。提灯をもつ町人たちが、一礼とともにとおりすぎていく。

なぜ島本蘭渓は、絵金の陰茎の絵を見て、あんなにも激昂《げきこう》したのだろうか。たしかに絵金の行いは無礼だが、殴りつけるほどのものでもない。

「旦那様、今宵《こよい》はどちらへ遊びにいきゆうがです」

町人のひとりにそういわれて、足を止めた。

仁尾が遊郭にむかっていると知って、声をかけたのだ。

「余計な口を挟むな」

凄《すご》んだわけではないが、町人は大げさに何度も頭を下げる。

襟に手をやって、息と身なりを同時に整えた。遊女屋がひしめく遊郭のあかりが、煌々と輝いている。

島本の態度を思いかえしたが、意識のすみに追いやる。今宵は、土佐一の傾城《けいせい》と評判の芙蓉太夫《ふようだゆう》と、とうとう念願の床入りを迎えるのだ。家老や上士《じょうし》の数々を袖にした美妓《びぎ》である。一夜をともにするために費やした日数と金を考えると、思わず笑みがあふれる。

仁尾は、胸をはって遊郭の門を潜《くぐ》った。

うん、と足を止める。

目指す遊女屋の入口に、ひとりの童がたたずんでいたからだ。粗末な単衣から、長い手足がのびている。飯炊きらしき老婆から何かをうけとっていた。目を細めると、長い指が際立つ掌の上に、色とりどりの干菓子がのっている。

そのなかのひとつを無造作につまみ、童は齧《かじ》る。

仁尾と目があった。

「あ、仁尾のおんちゃん」

干菓子をこぼしながら、絵金が笑いかける。

「お主、こんなところで何をしている」

「絵を描きよったが」

悪びれずに、絵金はいう。

「絵だと」

右がいびつに下がった陰嚢《いんのう》と陰茎の絵が、仁尾の頭にまざまざとよみがえった。

「遊女に、笑い絵を描いちゃったが」

「なるほど。筆遣いだけは達者だったのは、そういうわけか」

遊女たちが、筆や墨、紙を絵金に貸してやっているのだろう。

「遊女にとっては退屈しのぎ、そして貴様にとっては絵を存分に描けるまたとない機会。よく考えたものだ。それはそうとして……」

絵金の掌の上の干菓子に、仁尾は目をやる。見覚えがあった。仁尾が執心する芙蓉太夫に、いつも手土産として持参するものではないか。

「ご褒美にもらいゆう菓子ぜよ」

「ということは、お主、まさか、芙蓉太夫に」

「芙蓉のお姉にも、贔屓《ひいき》にしてもらいゆうが」

かりりと、絵金は干菓子を噛《か》みくだいた。

その音が、なぜか仁尾の胸をざわつかせる。

「おんちゃん、何、怖い顔しゆう」

絵金の言葉に、我にかえった。

十二の童と芙蓉があっていたから、何だというのだ。男女の仲になるわけもない。万が一、絵金が早熟だとしても、遊女屋が商いの品ともいうべき遊女との密通を許すなど、絶対にない。

「いかん、いかん」

仁尾は首を何度もふる。

今宵は、芙蓉との初めての床入りである。怖い顔をしていては、台無しだ。

「絵金よ、絵虎はしっかりと絵の修業に邁進《まいしん》しているか」

真面目な顔できくと、「うん」と絵金は童らしくうなずいた。

「ならば、よい。わが屋敷に呼ぶのは、来年からだが、それまでにしっかりと励めといっておけ」

すでに、画材である筆や墨、紙はたっぷりと送っている。

仁尾はゆったりとした足取りで歩みを再開した。

「あら、仁尾様」

店の者が気づいて、たちまち十人ほどの出迎えが列をつくる。

ふと目差《まなざ》しを感じて、首を後ろへとむけた。さきほど絵金がたっていた場所を見る。

もう、誰もいない。

ぬるい風がふきぬけて、仁尾の股間がむずりと蠢動《しゆんどう》した。

四

細くたおやかな指が、仁尾の着衣を一枚一枚と引きはがしていく。

ついにここまできたか、と感慨にふける仁尾はされるがままだ。一方の芙蓉は色鮮やかな小袖と打掛《うちかけ》を身に纏《まと》い、髪には美しい簪《かんざし》が輝いている。搗《つ》きたての餅のような肌が、襟や袖口からのぞいている。ふっくらとした頰から連想するに、肉づきのいい体の持ち主のはずである。

ごくりと、唾を呑《の》んだ。

襦袢《じゆばん》も優しく引きはがされて、とうとう仁尾がまとうのは下帯のみとなる。

これをとってしまえば、次は芙蓉太夫を脱がす番だ。己の手が打掛や小袖を剝《は》がし、柔肌を目の前にすることを考えると、心臓が早鐘のように胸を打った。呼吸さえも苦しくなる。

期待が、下半身に力をそそぎこむ。

外したばかりの仁尾の下帯が、芙蓉太夫の手からはらりと落ちる。

「え、ええ、え」

悲鳴とも叫びともつかぬ声が、太夫の艶《あで》やかな唇から漏れた。

「なんだ。何事だ」

芙蓉太夫の打掛にのびていた、仁尾の手も止まる。

「う、嘘《うそ》」

白く長い指が、仁尾の股間を指した。

「なんだ。な、何がおかしいのじゃ」

仁尾はあわてて、股間にある己自身と芙蓉太夫の顔に視線を往復させる。

「こ、こがなことって……、う、嘘やちゃ。絶対、な、なんかの間違いに変わらん」

芙蓉の指が激しくふるえだす。

「なんだ。一体、なんだというのだ」

芙蓉太夫の両肩を摑んでゆさぶる。

「絵金ちゃんの絵」

「なんだと」

「今日、仁尾様が店にこられる前に、笑い絵を描いてもろうたがです。絵金ちゃんに」

仁尾の頭をよぎったのは、またしても絵金が描いた陰茎の絵だった。

「まさか、絵金はお前に男の……イ、イチモツの絵を描いたのか」

芙蓉太夫はコクンと細い首をおる。

「おのれ」

頭に急速に血が昇る。

さらに、唾を飛ばし叫んでしまった。

「お前、わしのものと絵金の描いたものを見比べて、笑ったのであろう」

芙蓉太夫を睨《にら》みつける。

「わしのものの方が小さいと、馬鹿に……」

「何をいいゆうがですか」

不思議そうに首をおる芙蓉太夫の声に、悪気や嘲《あざけ》りは感じられなかった。

「で、では、なぜ驚いていたのじゃ」

「だって、絵金ちゃんに描いてもろうた絵があまりにも……」

「あまりにも、何だ」

「そっくりながです」

「な、なんだと」

ちらちらと目配せする芙蓉太夫の目差しのさきを追うと、文箱《ふばこ》があった。仁尾は勢いよく立ちあがり、大股で近づき蓋を開ける。画紙の束がおいてあった。傾城と評判の芙蓉太夫らしく、すべて手触りのいい上質の雁皮紙《がんぴし》だった。

一番上のものを、取りあげる。

「げええ」と、うめいた。

そこには、思ったとおり陰茎が描かれていた。

すこし右に曲がり気味の竿《さお》は、陰嚢の大きさのわりには、とても謙虚でひかえめだ。

仁尾は己の下半身に目をやった。

そして、顔をあげて、手にもつ絵金の絵を見る。そして、また己の股間に目を落とす。

何度も何度も、繰りかえした。

これは、やはり……、まごうかたなき、己のイチモツではないか。

だらりと腕を下げると、絵のなかのものと股間のものが、写し絵のようにぴたりと重なる。

五

「お主、これをどうやって描いた」

胡坐をかき、鼻をほじる絵金にむかって、仁尾は画紙を突きつけた。芙蓉太夫の部屋にあった、陰茎の絵である。見たかのように、仁尾のモノが描かれている。

鼻から指をぬいて、絵金は絵に顔を近づけた。それだけで、仁尾の股間がむずむずと痒《かゆ》くなる。

「まさか、屋敷に忍び、風呂をのぞいたのか」

土佐藩家老でさえたじろがせる眼光で、睨みつける。

「そんなわけないろう」

当然だ。

こんな餓鬼に忍びこまれるほど、仁尾家は迂闊《うかつ》ではない。何より、局部を地取されたのは仁尾だけではない。島本蘭渓もそうだ。選考の場で絵金が描いたのは、島本のイチモツだったのだ。だから、彼は常軌を逸した怒りを爆発させた。

「その人の顔や着こなしを見よったら、わかるがよ」

絵金は目を虚空へやる。

「その人がどんな体をしちゅうかが、頭に浮かぶがよ。肉のつき具合や、骨がどう出っ張っちゅうがとか」

「それは……股間のものもか」

当たり前だといわんばかりに、絵金はうなずく。

「そんなこと、できるわけがなかろう」

「そんなに疑うがやったら、描いてみせちゃるで」

たちまち、絵金の両膝がせわしなくゆれだす。

「仁尾様、誰かひとり決めてんや。ほいたら、その人のイチモツを前みたいに描いてみせちゃるきに」

音がするほど激しく、絵金は膝を上下させている。早く描かせろ、と口ではなく膝がいっている。

「ふむ」と、あごに手をやった。

「おもしろい。それしか、この奇妙な術《じゅつ》を証す手はあるまい」

手を叩いて、硯と筆、画紙をもってこさせる。

「ただし、誰のものを描かせるかは、こちらが決める」

しばし、仁尾は考える。誰がいいだろうか。案外に人選が難しい。そもそも他人の股間など滅多に見ないし、見たとしても形など覚えていない。

絵金は紙を取りあげて、頬ずりしていた。

画紙としては上質な雁皮紙を、家人がもってきたと悟る。養育する絵虎でさえ、まだ楮紙しかわたしていないのに。

そういえば、芙蓉太夫の部屋にあった絵金の絵も滑らかな雁皮紙に描かれていなかったか。

「芙蓉太夫」

ぽつりと、仁尾はつぶやいた。

絵金が紙から頬を引きはがす。

「芙蓉太夫の……ものを描け」

絵金はゆっくりと首をひねる。

「そういえば、女人のあそこは描いたことがないで」

「まさか、男のものしか描けぬのか」

絵金が、舌で上唇を湿らせた。

「どうなのだ。女の……は描けるのか、描けないのか」

絵金は一瞬、口を開こうとした。唇の隙間から、ぬけた歯の部分が見える。白い歯が怒張するように、半ばまでのびつつあった。赤紫色の肉を突きやぶろうとしている。

返答は言葉ではなく、行動だった。

絵金の手が絵筆にのび、摑む。躊躇なく、毛先を墨に浸した。

画紙の左上に、筆先を運ぶ。その運筆はゆっくりとだが、しかし確実に滑らかな曲線を生みだしていく。

思わず、仁尾は前屈《かが》みになった。

筆先が紙から離れ、今度は右上へと吸いこまれる。また、艶やかな曲線が生まれる。

ごくりと、仁尾は唾を呑みこんだ。

芙蓉太夫の、やや太めだがしなやかな腰が、絵金のにぎる筆先から生まれつつある。たわわに実った尻、そこからのびる左脚が描かれる。

息をしていないことに気づき、仁尾はあわてて空気を吸いこみ、むせそうになった。

右脚も描きあがり、穴をうがつようにへその影を足す。

左が強めにはった腰骨、すこし横に大きなへその穴、根元が太いもも。これは、まごうかたなき芙蓉太夫の下肢ではないか。

昨晩の記憶がよみがえり、仁尾の体が火照る。

ちがう生き物のように、血が肌を駆けめぐり、股間へ集まろうとする。

あわてて取りだしたのは、扇子だ。

何気ない風をよそおって、顔から胸、腹、そして股間を扇ぐ。

絵金は腰や脚に影を足している。芙蓉太夫の皮膚のしっとりとした質感がよみがえり、さらに強く股間を扇いだ。

息も荒くなる。

額を流れる汗をふきたいが、その暇《いとま》さえ惜しい。

やがて、ある一部分をのぞいて、絵は完成する。

絵金は描くのか。

女の秘所を。

芙蓉太夫の女陰を。

唾を呑みこもうとしたが、喉は完全に渇ききっていた。

あの夜のことを思いだす。気を取りなおし、仁尾は芙蓉太夫の着物を脱がし、同衾《どうきん》した。だが、どうしたことか己のものがぴくりとも動かなかったのだ。絵金のイチモツの絵の衝撃ゆえだろうか。

結局、だきあったまま、交わることなく一夜を明かした。

ゆっくりと絵金の筆が動く。紙にふれる寸前で、毛先が止まる。毛先を宙で遊ばせたまま、へその辺りからつつぅと筆を動かし、ある場所でぴたりと止まった。

静かに筆先が下ろされる。

墨で潤う筆の先端には、小さな気泡があった。塗るというより、画紙に墨を吸わせるかのように、そっと筆先が接触する。

ある思いが、稲妻のように激しく仁尾の全身を駆けめぐった。

――まだ味わっていない芙蓉太夫の秘所を、こんな童の筆にさきを越されるのか。

同時に、凄《すさ》まじいまでの屈辱につつまれる。貧富や出自、身分、そんなものを超越した男——否、雄としての敗北感だ。

「やめいっ」

力一杯に、仁尾は扇子を投げつけていた。絵金の左目に吸いこまれる。

がつんと音がして、扇子が絵の上に落ちた。

まだ乾いていない墨が弾《はじ》け、黒い滴《しずく》が散る。

が、絵金の体勢には変化がなかった。四肢だけでなく、扇子をぶつけられた顔さえも投げつける前と変わっていない。まるで、ときが止まったかのように不動だ。

「こいつめ」

うめいたのは、絵金の左の眼球が赤かったからだ。絵金はまばたきさえせずに、投げつけられた扇子を受けとめたのだ。

「絵金、やめろ。それ以上、描くことは許さん」

視線だけを動かして、仁尾を見る。

その眼光に、思わず仁尾は後ずさりそうになった。

あわてて、ふるえる唇を動かす。

「今後、一切、男女の局部、秘所を描くことは許さん」

絵金の左目に、さらに血が充《み》ちる。

「もし、破れば、絵虎への援助を打ち切る」

もしかしたら、赤く彩られる目こそが、本来の絵金の姿ではないか。白い右目こそが、偽りなのではないか。

「だけではないぞ。もし、一度でも破れば、お主の家に髪染めの薬は一切卸さぬ」

仁尾家があつかう薬種のなかに、髪染めの薬もある。髪を染められなければ、髪結いはやっていけない。

さすがの絵金の眉間にも、皺がうっすらと刻まれる。

「わかったな」

無言で、絵金はうなずく。

左の眼球の赤みは、夕陽のように濃くなる。今にも眼孔から、血が滴りおちてきそうだった。

六

手巾《しゆきん》で汗をふきつつむかったのは、高知城が見える場所にある茶屋だった。店先の床几に腰を下ろし、わらび餅を注文する。

大きな声がしたので、隣に目をやった。

杉の木でできた卓があった。伐採したばかりなのだろう、板目の模様が実に美しい。

ふと、模様のひとつが何かに似ているような気がした。

あれは、何だ。大きな袋と太い棒のようなものは……陰茎だ。その横にある滑らかな模様は、二本の脚だ。絵金が描いた芙蓉太夫の下肢ではないか。

「またか」と、頭をかきむしり、妄想を振りはらう。

あれからずっと、絵金の描いた絵が仁尾の頭から離れない。

島本蘭渓のいびつな陰嚢、己のすこし貧相な陰茎、そして、何より芙蓉太夫だ。あの秘所が未完成の下肢が、毎晩のように夢のなかにあらわれる始末だ。そして、己がそれに興奮して、ときに夢精までする有様なのだ。

今もそうだ。妄想を振りはらおうとすればするほど、より幻影の輪郭が鮮明になり、下半身に異物のような硬さが付加される。

「剣や槍《やり》を強くふることも大切やけんど、もっと大事なことがあるぜよ」

仁尾を現《うつつ》に呼びもどしたのは、野太い武士の声だった。

板目の美しい卓に身を乗りだして、武士たちが歓談している。

ひとりは、見覚えがあった。島村源次郎《しまむらげんじろう》という槍の達人だ。たしか、城下に道場をもち、そこそこ繁昌していたはずだ。一度、仁尾も参加した小さな画会に顔をだしたことがある。

島村らは、武芸談議に花を咲かせているようだ。

「それが、観る力にほかならんちゃ。近ごろは、力やら技やら、目にわかるもんばぁ、重きをおきすぎぞ。もっと観ることに力いれんと、表面の技しかのびんぜよ」

わらび餅が、仁尾の前にやってきた。つるりとした餅に、きな粉がふんだんにかかっている。気を取りなおし、仁尾は蜜をたっぷりとかけた。

「かの宮本武蔵《みやもとむさし》先生は、観る力がずばぬけちょったと評判ながは、おんしらも知っちゅうろ」

　口のなかで咀嚼《そしやく》するわらび餅の甘みを堪能したいが、唾を飛ばす島村がうるさい。

「それはわしも聞いたことがあるぜよ。草鞋《わらじ》の逸話じゃろ」

「さよう」と、大げさに島村はうなずく。

「あるとき、武蔵先生が百人ばぁの門弟の草鞋を集めてきてのお」

　仲間たちがうんうんとうなずく。

「ほいで、裏返しにしたがよ。その上で、武蔵先生はすべての草鞋の持ち主を当てたと」

「おおう」と、武士たちが歓声をあげる。

「これこそが、観る力にほかならんがよ」

　島村は得意気につづける。

曰《いわ》く、人間、立ち方は人それぞれちがう。軸足の左右のちがい。荷重の前後。

「つまり、立ち方が変われば、歩き方も変わるがぞ。ほんだら草鞋の磨り減り具合も、人それぞれにちがうきに、ひとつとして同じもんはないがよ」

島村が脚を持ちあげて、草鞋の裏側を見せた。わらび餅を口に運んでいた仁尾は、思わず顔をしかめる。

「草鞋の裏を観《い》れば、武蔵先生は持ち主の体格や立ち方、歩き方まで頭に浮かぶがよ。後は、頭に浮かんだ像と、同じ立ち方をしちゅう門弟を指さすだけながよ」

「さすが、武蔵先生、お見事」

仲間たちが場違いな歓声をあげる。

口を開けたまま、仁尾の体はかたまっていた。

さきほどの宮本武蔵の逸話、どこかで聞いたことがある。

いや、似たような事件を、目にしなかったか。

わらび餅を皿にもどして、考えこむ。

そうだ、絵金だ。

外見を見ただけで、衣の下の体や秘部さえも正確に画紙の上に再現した。一を見て十を知る技は、草鞋の裏面から持ち主を当てる宮本武蔵の逸話と似ている。

「あの島村様」

腰をあげて、仁尾は声をかけた。

「おおう、これは誰かと思いよったら、仁尾殿」

同じように腰をあげようとする島村を制する。

「実は失礼を承知で、さきほどの宮本武蔵公の逸話を聞いておりまして」

「いやぁ、恥ずかしいですき。儂《わし》ばぁの武芸者が、声高に武蔵先生を評するなんぞ」

しきりに頭をかいて、恐縮する。

「いえいえ。それより、ひとつ聞きたいことがありまして」

島村が不思議そうな目をむける。

仁尾は絵金との出来事を語った。無論、名前やどこの部分を正確に活写したかはぼかす。

「このように、不思議な才をもった童がおりまして。どこか、宮本武蔵公に似ているのでは、と島村様のお話を聞いて驚いたのです」

興味深そうに、島村はあごをなでる。

「そこで、武と絵は畑違いを承知で聞きまする。この異才の童、一体、いかほどの天賦《てんぷ》と思われますか」

もしや、絵金という童は、恐ろしい才の持ち主では。

実は、仁尾の考えはゆれつつあったのだ。

「仁尾殿、答えは簡単ぜよ」

「簡単」

島村の目が、武芸者と立合うかのようにぎらつく。

「その童は天才に変わらん」

自信みなぎる答えに、仁尾は何も応えられない。

「武蔵先生は観る力の大切さを、『五輪書《ごりんのしょ》』で説いちゅうがです。それを〝観る〟とあらわされたがです」

島村は板目が美しい杉の卓上に、指で字を書く。

どうやら〝観〟と書いたようだ。

「こん観る力は、武蔵先生でさえ、何十年もの修行の末に手にいれたがです。それを、仁尾殿が目をつけた童は、幼少の身でものにしちゅうがです。その童が、絵の天才であることは間違いないですろう」

仲間たちが一斉に笑いだした。

「おいおい、絵と武道を一緒にしたらいかんちゃ。のう、仁尾殿もそう思うろ」

仁尾は是とも否とも答えず、島村を見つめつづける。島村の言葉が、あまりにも真剣だったからだ。そして、槍馬鹿で有名なこの男が冗談をいえないのを、よく知っていた。

「あと、仁尾殿がさきほどいいよった『武と絵は畑違い』という言葉ですけんど、それは大きな間違いですき」

仲間たちの笑いも、ぴたりと止《や》んだ。

「仁尾殿なら、知っちょりますろ。武蔵先生が剣だけやのうて、絵や工芸でも天才ちゅうことを」

その言葉に、思わず仁尾は手を打ってしまった。

武蔵の画才は玄人《くろうと》はだしだ。何幅《なんぷく》もの水墨画の名作がのこっている。だけでなく、書道や工芸でも一流の腕前であったという。

「武蔵先生曰く。観る力があれば、書や絵、工芸でも一流にいたるのはたやすい。武蔵先生のこの言葉がまっことならば、その童は……」

「童は……」

思わず、仁尾は身を乗りだした。

「日《ひ》ノ本一《もといち》、無双《むそう》の絵師に大成するにちがいないですろう。きっと、絵の世界の宮本武蔵になるに変わらん」

七

高知城を見上げる茶屋に、仁尾はすわっていた。横を見ると、杉の卓がある。かつては乙女の肌のように若々しかったが、今は手垢でくすみ、板目もよく見えない。

仁尾の前に、わらび餅が運ばれてくる。ひかえめに蜜をかけて、ゆっくりと口に運ぶ。ふたつほど食べると、もう十分だった。

箸を卓の上において、ため息をつく。

「これは、仁尾様やないがですか」

仁尾の耳に、懐かしい声がそそぎこまれた。

ゆっくりと振りかえる。

そこには丸い眼をもった少年がたっていた。腋《わき》にかかえこんだ木箱には、きっと画材がはいっているのだろう。

「おお、絵虎か、大きくなったのう。いくつになった」

少年こと、絵虎は丸い眼を潰すようにして笑う。

「十五になります。けんど、大きいといいよりますが、兄貴ほどやないです」

そうだった。絵虎の兄の絵金は、六尺（約百八十センチ）を超える美丈夫に育ったのだ。とはいっても、ここ三年は顔をあわせていないが。

「背はもちろんじゃども、こっちの方も早《はよ》う兄貴に追いつきとうて、精進しちょります」

絵虎は宙に絵を描く真似をしてみせた。

「そうか。絵虎は、今は何派を学んでいる」

「鳥羽絵《とばえ》です。南画や狩野は上品すぎて、とても手が出んがです」

土壇場で、決定を覆したことを思いだす。絵虎ではなく、絵金を養育することにしたのだ。

この茶屋で出会った、島村源次郎の言葉がきっかけだった。幕府の庇護《ひご》をうける狩野派の牙城を崩すには、己の財力をもってしても容易ではない。島村が絵の宮本武蔵と称した絵金の才に、丁半博打《ばくち》に挑むような思いで託したのだ。

そして、賭けは当たった。

絵金の才は、ずばぬけていた。島本蘭渓の画塾ではすぐに教えることがなくなり、予定どおり狩野派の池添楊斎《いけぞえようさい》のもとに入門させた。そこでも画才を爆発させ、十八歳の若さで江戸遊学が許された。

すくなく見積もって一年五十両という遊学費用は、すべて仁尾が賄った。こちらの足元を見るかのように、絵金の浪費は五十両をはるかに超えた。噂では、歌舞伎見物にいれこんでいるという。それでも援助をつづけたのは、道楽以上に画技修業にも邁進しているからだ。

「そういえば、兄貴が江戸から帰ってきゆうと聞きましたけんど」

「ああ、そうともよ。あと十日もすれば、土佐につくはずだ」

誇らしげに仁尾はいう。

十年以上かかるといわれる江戸修業を、三年もかからずに終わらせ、伝説の絵師・狩野〝洞春《とうしゅん》〟美信《よしのぶ》から一字拝領する快挙を、絵金は成しとげた。

土佐に帰ってからの計画もぬかりはない。

藩医の株を買い、絵金に林《はやし》という姓を与え、まずは家老のお抱え絵師にする。そこで実績を積ませ、藩主お抱え絵師に昇格させ、最後は土佐藩画師職人支配につく。

もう夢物語ではない。絵金の才があれば、十二分に可能だ。

だが、なぜだろうか。

順調なはずなのに、心が躍らない。

「そうだ。忘れておった。今日は絵金の江戸凱旋《がいせん》の会の打ちあわせがあったのだ」

あわてて立ちあがろうとすると、姿勢が大きくかしいだ。

「危ない」

絵虎に支えられて、何とか地に手をつかずにすんだ。

「仁尾様、無理はせられません」

「なんの、わしはまだまだ元気だ」

心配気な絵虎の視線が、仁尾の体をはう。己の下半身を凝視されているように感じるのは、気のせいだろうか。

小さく舌打ちした。

己のものが萎《な》えてから、もう久しい。

かつてのような体力や精力とは、縁遠くなってしまった。

「杖《つえ》でも用意した方が……」

「うるさい」

絵虎の腕を、無理やりに振りはらった。

「わしはまだ耄碌《もうろく》しておらん。馬鹿にするな」

目差しを引きはがすように、足を速める。だが、よたよたとしか歩けない。

すぐに路地の板塀に手をついた。

おかしい。いつもは、立ちどまればすぐ息が整ったのに。今日は、どんどん荒くなってくる。

「うう」とうめいて、胸に手をやった。

「く、苦しい」

心の臓を、見えぬ手で鷲摑《わしづか》みにされているかのようだ。

「た、たすけ……」

陽が落ちたかのように、闇が風景を侵食する。たちまちのうちに、黒一色に染められた。

八

夜具のしかれた部屋には、床の間だけでなくあちこちに絵が飾られていた。すべて、あるひとりの画人の手によるものだ。

狩野派、林〝洞意《とうい》〟美高《よしたか》こと、絵金が描いたものだ。

布団に横たわりながら、仁尾は一枚一枚に目をやる。

蘆《あし》と雁《かり》を描いた「蘆雁図《ろがんず》」、鷲が古木の枝から今まさに飛びたたんとしている「鷲図」、龍《りゅう》が天へと昇る「雲龍図」。

これが、わしが育てた絵金の絵か。

なぜか、ため息が漏れる。

たしかに上手い。

師の池添楊斎などは、土佐一の賛辞を惜しまない。二条城や江戸城で障壁画の修復が必要となれば、絵金こと林洞意は生きているかのように先人の作をよみがえらせるだろう、と太鼓判を押す。

だが……、と仁尾は己自身に問いかける。

この絵に、絵金はいるのか。

鬼が棲むといわれる土佐で生まれた絵金の血が、この絵には流れているのか。

顔を反対側へとやる。

無地の襖《ふすま》があり、その横に賢聖障子《けんじょうのそうじ》の数々がならんでいた。

白面に細い髭《ひげ》をたくわえた諸葛亮《しょかつりょう》、ふくよかな顔に頭巾《ずきん》をかぶった太公望《たいこうぼう》、長いもみあげが印象的な仲山甫《ちゅうざんぽ》、頭の形がわかるほど強く髪を縛った総髪の持ち主は……。

「仁尾のおんちゃん」

目を激しくまたたかせた。

「絵金か」

絵金こと、林〝洞意〟美高が、優しく微笑んでいた。ゆでた卵を思わせる、肌艶のいい顔を近づける。

「具合はどうぞね」

絵金の手がのびて、乱れた布団の形を整えてくれた。

六尺を超える背丈と長い手足に、羽織袴《はかま》が実によく似合っている。腰には、脇差もさしていた。三千五百石の土佐藩家老桐間《きりま》家のお抱え絵師として、堂々たる姿で仁尾の枕元に座していた。

「立派になったな」

「この前と同じことといいゆうぞね」

白い歯を見せて、絵金は破顔する。

「そうか……わしはもう長くないのだろう」

「三日前に、戒名つける坊主を追いかえしたがは、どこの誰ぞね。まだまだ耄碌しゅう場合やないで」

そんなこともあっただろうか。

ぼんやりとしか覚えていない。

「絵を描いてほしい」

絵金は、ぐるりと囲む絵の数々を見た。

「えぃけんど、もう、描くネタもついてきゆうで」

そうだった。絵金が土佐にもどってから一年ほどしか経っていないのに、仁尾は絵金が見舞いに訪れるたびに絵を所望している。

「わしが描いてほしいのは、こんな絵ではない」

己が惚《ほ》れた絵金の異才の万分の一も、周りを囲む絵はあらわしていない。

仁尾はまぶたを閉じる。

浮かびあがるのは、白い裸体だ。

女の下肢である。

肉づきのいいしなやかな腰に、左に強くはった腰骨、すらりとのびた脚。そして、白紙のまま画竜点睛《がりようてんせい》を欠く、女の秘所。

十二歳の絵金が紙の上にあらわしたときめきは、今、ここを囲む絵からは感じられない。

「絵金よ。わしは男として……」

すこし間をおかないと、つづけられなかった。

「不能だ」

覗きこむ絵金の目尻が下がる。

「芸者か太夫を呼んじゃろか」

すくない力を絞りだし、頭をふる。

そんなものは何度も試し、徒労に終わった。

「絵金、わしを男としてよみがえらせてくれ」

ありったけの力をこめて、絵金を凝視する。

「そんな絵を、わしのために描いてくれ」

かつて、十二歳のお前が、わしを欲情させたように。

口元に湛《たた》えていた笑みを、絵金は消す。

じっと、仁尾を見つめる。

顔を、入口へむけた。賢聖障子の横にある無地の襖を睨む。

「誰かおらんかえ。筆と顔料を用意しとうせ」

そう叫んで、羽織を脱ぎ、袖をまくりあげた。

肌理《きめ》の細かい、絵金の二の腕があらわになる。

九

「仁尾様、仁尾様」

己を呼ぶ声がした。

どうやら、また微睡《まどろ》んでいたようだ。

ぬるい風が、肌を愛撫《あいぶ》する。

「こんたびの数々のご奉納、まっことありがとうございまする」

まぶたをあげると、白髪と白鬚の老宮司が深々と頭を下げていた。

大歓声があがり、あわてて目をやると、土俵の上で男ふたりが裸体をぶつけあっている。肌を濡《ぬ》らすかのように、提灯のあかりが降りそそいでいた。

「わしは眠っていたのか」

「ええ。次は仁尾様の番ですきに、早うお支度を」

「わしの番だと」

訝《いぶか》しむ仁尾に、老宮司が手でうながす。首をおり、自分の体を見ると白くうすい襦袢を一枚身につけているだけだった。

「なんだ、これは」

「ささ、もうすぐ、相撲も終わりますろう」

老宮司の目差しのさきを見る。土俵の上で力士ふたりが勝負をしているが、様子が変だ。上手をとろうとする腕が、もがいている。なぜか、相手の脇腹から腕が離れないようだ。目を細めると、腕のさきがないではないか。

いや、ちがう。

腕が、相手の腋《わき》にめりこんでいるのだ。

「こ、これは」

尻を浮かす。

密着する力士ふたりの肌が、癒着している。

押し、圧迫し、技をかけるたびに、粘土をこねるように、ふたりの体が混じりあう。

やがて、ふたりの力士は一個の肉塊《にくかい》になる。

一体になっても、意志はふたつあるのか、八つの手足がもがいている。やがて、それも海が凪《な》ぐかのように、一本二本と減り、ひとつの人体へと生まれ変わる。

新たに形作られた肉塊に、老宮司がうやうやしく襦袢をかけた。表地は白で、裏は血のように赤い。青い帯を緩く縛る。

肉塊は、長い髪を風になびかせていた。下頬がふっくらとした顔に、艶然《えんぜん》とした笑みを湛えている。なぜか、唇の隙間から見える歯は一本欠けていた。歳《とし》不相応の生え変わりの歯が、ひかえめにのぞいている。

そして、全身だ。色白の豊かな肉から、女という性が匂うように漂っている。

「さあ、仁尾様」

老宮司に手をとられ、女の前に誘《いざな》われた。

神楽の音が、餅をのばすかのように流れてくる。

女の体が、うねりだす。

見れば、むこうに岩壁がそそりたっていた。亀裂がいくつもはいっている。なかで雷でも発生しているのか、稲光のようなものが時折漏れてくる。

女が身をくねらすたびに亀裂は広がり、太くなっていく。

「さあ」

また、老宮司にうながされた。

仁尾は足で拍子をとる。女にあわせて、必死に体を右に左に動かす。

ねっとりとした汗が、肌を潤しはじめた。

女の体に着衣が貼りつき、亀裂から漏れる光をうけて、妖しい青に染まる。

やがて、女の襦袢がはだけ、青い帯が極限までゆるむ。ちらちらと秘所が見え隠れした。

己の襦袢を押しあげるものがあることに、仁尾は気づく。

下腹から迫《せ》りあがるものを、たしかに感じる。

次の瞬間、女の背後の岩壁に大きな亀裂がはいった。

横一文字に太いひびが走る。

そして、口を開くように完全に割れた。

仁尾は、まぶたをこじ開けた。目やにが、ぱらぱらと落ちた。

夜具のしかれた部屋には、絵金の絵の数々が飾られている。

首を横に倒し、入口の襖を見る。

左の襖には女、右の襖には男が描かれている。男女ふたりが向かいあい、うすい襦袢をなびかせ、肌もあらわに踊っている。

天岩戸の一場面が、瑞々《みずみず》しい筆致で襖に活写されていた。

「絵金め」

女は秘所を剝《む》きだしにして、男は男根の形をした鼻を怒張させている。生の歓喜と死の愉悦を、五体の隅々からにじませている。

ふたたび、神楽の音が聞こえてきた。

仁尾は、重みにゆだねるかのように、ゆっくりとまぶたを閉じる。腕は動かなかったが、指は拍子をとることができた。下半身にかすかな力がよみがえり、ふふふと笑いをこぼす。

二章　絵金と画鬼

一

前村洞和《まえむらとうわ》は歩いていた。料理屋の廊下が、歩調にあわせて不快な音を奏でる。

「こ、困ります。まず、私どもがたしかめますから。玄関でお待ちください」

袖にしがみつかんばかりの勢いで、亭主が制止する。

じろりと、前村洞和が睨《にら》みつけた。

「ご亭主、この前もそういわれたな。そして玄関で待っていたら、弟子たちにまんまと逃げられた。今回だけは、もう堪忍袋の緒が切れました」

前村洞和は腕をふって、亭主を引きはがす。

廊下の横にはずらりと襖《ふすま》がならんでいた。酔客の歓声は途切れなくつづき、時折芸者の嬌声《きょうせい》が加わる。

「どこだ。どこにいる」

襖を睨みつけ、耳をすましつつ歩く。鼻がひくりと動いた。焼いた田楽の匂いに混じり、嗅《か》ぎ慣れた匂いがしたからだ。鼻から目にぬけるような涼しげな香り、これは墨の匂いだ。

前村洞和は、ある襖を前にして立ちどまる。

襖の隙間からは、芸者と思《おぼ》しき女たちの声が漏れてきた。

「わあ、上手《うま》い、これが私」

「ねえ、お兄さんたち、次は私を描いてよ」

遠慮がちに前にでようとしたのは、亭主だった。

「あのぅ、では、まず私めがさきにのぞいて」

ひじで亭主を制し、顔料がこびりついた指を襖にかけた。

「貴様ら、何をしている」

襖が開ききる前に、前村洞和は叫んでしまった。両隣の部屋が静まるほどの怒声だった。

肴《さかな》ののった膳を部屋の脇に押しのけ、数人の弟子たちがうずくまっている。部屋の中央には硯《すずり》や筆、紙が散乱し、何人かは筆をとって描きつけている最中だった。一方の壁には、芸者たちがすわり、笑いあっている。

「あ、ああ、師匠」

酒食で綻《ほころ》んでいた弟子たちの顔が、たちまち青ざめる。

「お前たち、まだ修業中の身であろう。こんな悪所で、うつつをぬかしおって」

頭をかかえる亭主を横目に、前村洞和は大股で部屋へと踏みいる。

「も、申し訳ありません。たまには、息抜きでも……と」

弟子たちは平伏しながらも四つんばいになって、床に落ちた紙を隠そうとする。

「待て、何を描いていた」

尻の後ろに押しやろうとする紙を、前村洞和は素早くひったくった。

「いや、あの、その」

弟子たちはさらに低くはいつくばり弁解しようとするが、言葉になっていない。

前村洞和は素早く壁にならぶ女たちを見る。また、手のなかの絵に目をやる。それを何度も繰りかえした。

「お前たち、これは何だ」

まだ墨が乾ききっていない絵を、平伏する弟子に突きつけた。顔料で汚れた己の指が激しくふるえ、紙をにぎり潰《つぶ》そうとする。

「これは、芸者たちの地取《じどり》（写生）ではないか」

紙には、芸者たちの姿が着物の柄にいたるまで克明に描きつけられていた。

「つ、つい出来心で。お許しください」

弟子たちが額を床にすりつける。

「狩野《かのう》派の筆法を遵守《じゅんしゅ》するわが前村画塾では、風俗を地取することはかたく禁じていたはずだ」

前村洞和は狩野派の絵師である。武士に親藩、譜代、外様《とざま》、旗本、御家人と序列があるように、画壇を四百年にわたって完全支配する狩野派もそうだ。将軍御目見得《おめみえ》が可能な最上位の奥絵師四家、それを支える表絵師十五家、さらに藩のお抱えである諸藩御用絵師、最後に最底辺の町狩野と呼ばれる絵師たちがいる。前村洞和は土佐藩お抱えなので、諸藩御用絵師である。

上位の奥絵師と表絵師には血筋が必要なので、貧しい出自の前村洞和は限界まで絵師の世界で出世したことになる。

「こんなざまで、狩野派の運筆を極められると思っているのか」

怒りにまかせ紙を叩きつけるが、ひらひらと舞っただけだった。その様子を見て、芸者たちが含み笑いを漏らす。睨みつけたが、笑いは止まらない。逆に肩を叩きあって、ふざけている。

わしは狩野派の絵師だぞ、と心中で叫ぶ。

徳川幕府御用絵師で全国各藩の大名家や家老のお抱え絵師を独占する狩野派だぞ、と詰めよりたい欲求を必死にねじ伏せる。だが、女たちを叱りつけるよりも、大切なことがある。

「この悪ふざけの首謀者の名をいえ」

平伏する弟子たちの稼ぎで、芸者遊びなどできるわけがない。きっと、誘ったのは、あの男にちがいない。

「は、はい、絵金《えきん》めにございます」

半ば予期していた答えだったにもかかわらず、前村洞和の足がふらついた。壁につこうとする腕だけは、かろうじて制する。

「やはりか。では、絵金めはどこに……」

部屋のなかを前村洞和は睨《ね》めつける。いない。

小さな衝立《ついたて》はあるが、あんなところに絵金が隠れることなどできない。

「絵金めは、別室でございます」

額を床につけたまま、弟子たちは腕をのばし、指を店の奥へとむけた。

二

やはり、奴は鬼の子だった。

つぶやきつつ、絵金のいる別室へと前村洞和は足を速める。

絵金——本名を木下金蔵《きのしたきんぞう》という。鬼が棲《す》むという土佐の国から三年前にやってきた門弟である。きっかけは、かつての前村洞和の弟子で、今は土佐藩の国元で家老お抱え絵師として活躍する池添楊斎《いけぞえようさい》の強い推薦があったからだ。

画技抜群という池添の評は半信半疑ではあったが、手技を見て偽りではないことに驚いた。入門当時数えで十八歳にもかかわらず、すでに前村画塾の弟子頭も務まるほどだったからだ。

「絵金さん、上手、上手、次は私の番よ」

「やだ、やめてよ。まだ、私が終わってないんだから。絵金さんをとらないで」

廊下の奥から、声が届く。火照っていた前村洞和の頭が、さらに熱くなった。やはり、絵金も芸者たちを地取して遊んでいるのだ。

前村洞和の足がさらに速まる。

絵金がずばぬけていたのは、画技だけではなかった。

素行の悪さも、これまでのどの弟子よりも悪かった。若いのに色と酒に溺《おぼ》れ、歌舞伎芝居に通いつめる。最近わかったことだが、絵金はその歌舞伎芝居の様子を地取していたのだ。役者絵は、前村洞和の師匠筋の駿河台《するがだい》狩野家では御法度《ごはっと》だ。無論、前村画塾でも同様である。これがばれれば、絵金だけでなく前村洞和も罰されてしまう。

「絵金、貴様は何度禁を破れば気が済むのだ」

叫びと、柱に襖が打ち当たる音は同時だった。

顔がゆがむ。部屋にいたのは、芸者ではない。女にはちがいないが、三味線《しやみせん》をもち襟をだらしなく崩して肌を露出している。女浄瑠璃と呼ばれる、夜鷹《よたか》（売春婦）同然の者たちだ。しかもひとりではなく、三人もいる。

前村洞和の体がふるえだす。眼球を動かして、部屋を見回す。

絵金は、どこだ。

いた。

身の丈六尺（約百八十センチ）を超える長身、無駄な贅肉《ぜいにく》がない、細身で鍛えた筋肉が体に上品な隆起をつけている。頭の形がわかるほどにきつく後ろに縛った総髪。薄紅をさしたかのような唇を開けて、絵金は前村洞和に笑いかけていた。

「どういたがです、お師匠様」

前村洞和はしばし口をつぐむ。

絵金は中腰になり、あるものを手にとっていたからだ。紙と筆ではない。ならば、怒鳴ればいいだけだ。

絵金が手にしていたのは櫛《くし》、そしてもう一方の手には女の髪があった。ひとりの女浄瑠璃を絵金の前にすわらせ、長い指でその髪をたぐり束ね、櫛で梳《す》いてやっている。

「な、何をやっているのじゃ」

恐る恐るきく。

「あぁ、この女子《おなご》どもの髪を結《ゆ》うちゃりゆうがです。女浄瑠璃のくせに、野暮ったい髪をしちゅうき、見ちゃおれんがです」

もう絵金の目は、師である前村洞和を見ていない。舌のさきを上唇に当てて、真剣な表情で女の頭と己の両手を凝視している。

そういえば、絵金は「剃《そり》」と呼ばれる貧しい髪結いの家の生まれだったと思いだした。髪結いである亭主の稼ぎが知れているときは、女房が武家の奥方の髪を結って家計を助ける例は多い。きっと、絵金は母の仕事を盗み見ていたのだろう。

やがて、絵金は慣れた手つきで女の髪をまとめ、簪《かんざし》で留める。長い指で愛《め》でるように、髪の細部を整えていた。

「うん、ちっと崩れちゅうばぁの方が、男のうけがえいがぞ」

長い指で器用に前髪を数本額に下ろすと、たしかにすわる女の妖艶さが増した。

「やだ、絵金さん、そのぐらいにして」

それまで大人しかった女があわてて両手をあげた。

「そうよ、絵金さんに最後まで髪結われると、変な客にばかり声をかけられるんだから」

もうひとりの女浄瑠璃が絵金の袖をひく。

「そうか……、もったいない。男の股間が千切れるばぁ、えい女になれるがやに」

未練がましい目を引きはがし、絵金は袖をひく女と向かいあう。

「今度はおまんの髪を結うちゃる」

「うん、けど、あまりやりすぎちゃあ駄目よ」

絵金の長い指が、髪質を探るように女の頭をなでる。

「ま、待て、絵金」

前村洞和は必死の思いで叫ぶ。いつのまにか、妙な心地になっていたからだ。居づらいのに、なぜかずっと見ていたい。そう、まるで他人の目合《まぐわい》を草の陰からのぞくような淫靡《いんび》な……。

前村洞和は、首を激しく横にふった。正気にもどると同時に五感が覚醒する。鼻がある匂いを嗅ぎとる。

やはり、絵金もか。

目を素早く周囲にやると、衝立の陰に硯や紙がのぞいていた。

「前村画塾では、わしの許しがあるまで、風俗を地取するのは禁じていたはずだ」

女の頭をなでていた絵金の手が止まる。

「もちろん、知っちょります」

呑気《のんき》をよそおった答えに、前村洞和の怒りに油がそそがれる。

「ならば、これは何だ」

衝立の陰にある紙を取りあげて、突きつけた。

「絵金、これを見てもまだ風俗を、女浄瑠璃を地取していなかったと言いきれるのか」

快活だった絵金の顔から表情がなくなる。女たちも不安そうに、前村洞和が突きつけた絵を見る。

「さあ、どうだ、この絵は何だ。いってみろ」

唾を飛ばし、睨みつける。

「蘆雁図《ろがんず》ですけんど」

「なに、もう一度いえ」

「蘆雁図ですけんど」

「馬鹿をいうな。冗談にもほどがあるぞ」

「蘆雁図」――狩野派を画壇の頂点に押しあげた狩野探幽《たんゆう》の水墨画の傑作である。余白遣いの妙などが凝縮されており、前村画塾ではこれを完全に臨模《りんも》（模写）できて、ようやく一字拝領の免許皆伝になる。

「では、ここに描いてあるものは何だ、雁《かり》だというのか」

紙の裏から突きつけた指が止まる。

しばらくもしないうちに、激しくふるえはじめる。空を飛ぶ雁が裏から透けて見えたからだ。

「な、な、な」

あわてて、紙の表を己にむけた。そこにあるのは、まごうかたなき「蘆雁図」だった。左下に蘆原《あしはら》があり、大きな余白を挟んで右上に数羽の雁が飛来している。

酒席の戯れで描いた絵なので、狩野探幽の真筆ほどの詩情はさすがにない。だが、構図は、二枚重ねで写したかのように完璧だった。

「お師匠様、前村画塾では風俗を地取するがが禁忌ながは、よう存じあげちょります」

頭をかきつつ、絵金は長身の体をおり曲げる。

「この絵を描いたがも、遊びゆうときに急に稽古がしとうなったきです。絵が描きとうてたまらんようになったがです。ふざけて描いたがやないです」

頭をかく絵金の右手には、筆をにぎりつづけてできた胼胝《たこ》がいくつもあった。小刀で削っているので、それほどは目立たない。

「つまり、何も悪いことはしていないといいたいわけか」

「弟弟子らぁを遊びに付きあわせたがは、悪いとは思いゆうけんど」

弟弟子といっても、さきほど叱った弟子たちは、みな絵金より歳上だ。絵金はまだ二十歳《はたち》だ。歳のことをいわれると、悪いのは絵金ではなく歳上の弟弟子たちのような気がしてきた。

いや、とつぶやいて頭を必死にふる。

「それでもけしからん。絵金、お前、粉本《ふんぽん》を持ちだし、ここで臨模したのであろう」

粉本とは先人の絵を寸分違《たが》わず模写したものだ。「（粉本の）臨模を以《もっ》てはじめ、臨模を以て終わる」が、狩野派の修業の神髄といわれている。

「粉本をこのような悪所に持ちだすなど、もっての外だ」

狩野派にとって、粉本は本尊ともいうべきものだ。火事で粉本を焼失してしまい、画業を捨てた先人も数多《あまた》いる。

「それがいかに大それたことか……」

「粉本はもってきちゃしません」

首を突きだす絵金の答えに、前村洞和は言葉を呑みこむ。

「嘘《うそ》をつけ」と叫んだのは、自身でさえ粉本を見ずには、これほど完璧には構図を写しとれないからだ。

「嘘やないです」

前村洞和は首をめぐらした。どこかに粉本を隠しているはずだ。だが、粉本を隠せるような場所はない。また、紙面を見る。墨はまだ乾ききっておらず、潤んでいる。

ということは……。

「まさか、本当に、これを……粉本なしで、描いたのか」

艶《あで》やかな絵金の唇の片端が持ちあがった。

「お師匠様、信じられんがやったら、今描いちゃります」

絵金の細く長い指が、筆をとった。

もう一方の腕が衝立の後ろにあった紙をひったくる。女の髪を結っていたときと同じ手つきで、表面をゆっくりとなでる。

しばし半眼で紙の肌触りを堪能した後、絵金は筆を奔《はし》らせた。

「すごい、絵金さん」

感嘆の声とともに、女浄瑠璃たちが絵金の手技にかぶりつく。

蘆原が生まれ、雁が飛び、真んなかの余白に意味が生まれだす。

前村洞和は目を何度もまたたいた。

絵金の体は、筆さばきに感嘆する女浄瑠璃たちの陰になって見えない。ただ、紙に凄《すさ》まじい勢いでつむがれる絵、そして余白に生まれてくる意味に、前村洞和は息と唾を同時に呑みこんだ。

ありえない、と心中で何度も叫ぶ。

二十歳の若造にできる芸当ではない。

三

窓のむこうに、吉野桜の桜花が咲き誇っていた。右下から枝がのび、窓の景色の三分の一ほどを扇が開くように埋めている。

色鮮やかな花弁《はなびら》が、一枚二枚と流れこむ。

前村洞和は白い紙と向きあう。縦に長い紙に橋をわたすように板をおき、その上に正座して筆を運ぶ。白紙の横には、粉本がある。中国の三十二聖人のひとり太公望を描いたものだ。二条城には、狩野探幽真筆の三十二聖人の賢聖障子《けんじようのそうじ》があるのは知っている。これはその真筆を見た師の粉本を、前村洞和が必死に写しとったものだ。

──臨模を以てはじめ、臨模を以て終わる。

この言葉は、駿河台狩野家から一字拝領して免許皆伝となった前村洞和の立場でも変わらない。月に何日かは粉本を臨模しないと、たちまち画技が落ちる。

前村洞和は粉本を睨み、骨《こつ》と呼ばれる輪郭線を目に焼きつける。

前村洞和が臨模で重視するのは、彩色よりも線の肥痩《ひそう》である。肥痩とは、一本の線の太さに変化をつけることだ。

狩野探幽は大胆な余白遣いから、絵に詩情を生む天才だった。だが、単純に同じ構図で余白をとっても、詩情は生まれない。

では、余白に詩情を与えるものは何か。

畢竟《ひっきょう》、それが線の肥痩なのだ。

線をなぞることは容易だが、肥痩を再現することは至難だ。どんな筆を選ぶか、墨の濃さ、水の量、それをどのくらい筆先に浸すか、そして筆をどのくらいの速さ、強さ、角度で奔《はし》らせるか。これをひとつでも誤れば、線の肥痩は再現できず、探幽の詩情は損なわれる。

考えを中断し、息を整える。

ゆっくりと筆を手にとった。

まぶたに焼きついた粉本の線をなぞるように、筆先を奔らせる。

すこし、速さが足りなかった。線が太り、墨がよどんでいる。最後の鋭さも足りず、払いも弱い。ぼけた線だ。

今日は調子が悪い。ため息をついて、紙から上体を引きはがした。

極みに近づけば近づくほど、探幽の線の妙味から遠ざかるかのようだ。かたくなった肩の肉をほぐしつつ、窓の外を見る。風がふき、吉野桜の花弁が奔流のように散った。

江戸郊外の染井村で生みだされた吉野桜は、花はつけるが種子で繁殖することはないという。挿し木という、枝を地にさす方法でしか繁殖できない。だから、まったく同じ花を咲かせる吉野桜が江戸中にある。

狩野派とは、この吉野桜のようなものだ。

狩野探幽の絵を再現することこそが、至上命題なのである。浮世絵のような版画による劣化再現ではない。絵師自身を探幽化させ、紙や絹や屏風《びょうぶ》、襖の上によみがえらせる。挿し木で寸分違《たが》わぬ吉野桜がよみがえり、増殖するように。


――臨模を以てはじめ、臨模を以て終わる。


この言葉は、そのためにあるのだ。

風俗の地取を禁ずる前村画塾が厳しすぎるのはたしかだ。ほとんどの狩野派は、そこまでは禁じない。だが同時にどこの狩野派でも、一字拝領の免許皆伝に必要なのは、臨模の技倆《ぎりょう》のみ。風俗の地取の修練の結果、どんなに独創的な絵を生みだせても、まったく意味をなさない。

逆に、それが絵師自身を傷つける凶刃《きょうじん》に変わる。

独創や風俗を取りいれた英一蝶《はなぶさいっちょう》や久隅守景《くすみもりかげ》らは、例外なく狩野派から破門された。

板の上で立ちあがり、前村洞和は床に降りる。抽《ひ》き出しから取りだしたのは、料理屋で絵金から没収した「蘆雁図」である。さらに別の抽き出しから取りだしたのは、前村洞和の粉本としての「蘆雁図」である。

左右にならべ、凝視する。

余興の絵なので、絵金の線の肥痩が甘いのは仕方がない。だが、粉本を見ずに描いたとは思えぬほどの配置の妙である。雁の羽ばたき方や角度、蘆ののび具合もぴたりとあう。

にも、かかわらず、この違和は何なのだ。

前村洞和は腕を組んだ。

線の肥痩が甘いのはたしかだ。違和の正体はそれか。

ちがう、とつぶやいた。

この「蘆雁図」から湧きでてくる詩情はうすくない。むらはあるが、濃いぐらいだ。にもかかわらず、うけとる味わいが狩野探幽の「蘆雁図」の詩情とはちがうのだ。

喩《たと》えるなら、実をつける吉野桜に出会ったかのような違和。吉野桜だと思っていたものが、吉野桜ではなかったような。そんな奇妙な胸騒ぎがするのである。

前村洞和はきつく目を閉じた。

絵金か、とつぶやくと、さらに胸がざわついた。

あるいは、奴は本当に鬼の子なのかもしれない。

絵金は、狩野派のなりをした、鬼の子ではないのか。

狩野探幽の絵をなぞりつつ、まったくちがう詩情のあるこの「蘆雁図」が、不吉の象徴に思えて仕方がない。

胸騒ぎが、潮騒《しおさい》のように高まり、それは桜吹雪とともに前村洞和の体をつつみこんだ。

四

前村洞和の学んだ師の屋敷兼画所《えどころ》は、駿河台という台地の半ばにある。古社寺のように大きな敷地の前へたつと、今も前村洞和はすこし足がすくむ。ちらりと横を見ると、入門したばかりの幼い弟子が口をぽかんと開けていた。

「驚いたか、これが表絵師十五家筆頭の駿河台狩野家だ」

自分の怖気《おぞけ》は隠して、誇らしげにいう。駿河台狩野家は、狩野探幽の養子が興した家だ。探幽が老いてから実子が生まれたために、別家をたてた。それがなければ、間違いなく日本画壇頂点の奥絵師四家に選ばれていたといわれている。それゆえに、表絵師筆頭と永く崇《あが》められており、ときに奥絵師以上の画業もこなす。

「では、いくか。絵金はもうとっくにきているであろうし」

ときに狩野派は協力して画業に勤《いそ》しむ。城や社寺に新しい建物や部屋ができ、障壁画の注文が大量にはいったときなどだ。

今回、駿河台狩野家に、将軍家から襖絵の注文がはいったのである。その画業補佐として選ばれたのが、前村洞和である。今日はその打ちあわせのために、足を運んだ。

門をくぐり庭にはいると、襖を取りはらった百畳以上の大広間で何十人もの弟子たちが忙しげに働いていた。あるものは膠《にかわ》を溶き、あるものは紙や絹に下地のためのどうさを塗り、あるものは金雲に使う金箔を叩いている。奥の方では、線描や彩色に汗を流す年長の絵師の姿が目につく。

年月は経っても、駿河台狩野家の活況は変わらない。

「それにしても絵金め、心配させおって。この大事なときに」

安堵《あんど》が、前村洞和に愚痴を口走らせる。

「絵金さんがいうには、画業には差しつかえない怪我《けが》ということですので、きっと大丈夫でしょう」

すかさず幼い弟子がつけ加える。

絵金が怪我をしたと報《しら》せがきたのは、昨晩のことだ。大した傷ではないので、心配しないようにと伝言があり、つづいて明日の駿河台狩野家との打ちあわせは治療してからいきたいので、直接むかうとのことだった。当初は前村画塾で落ちあう約束だった。

「わしが心配しておるのは、画業のことだけではない。あいつひとりで駿河台狩野家へやれば、どんな失態をしでかすか、気が気ではないのじゃ」

だから、当初は嫌がる絵金と一緒にいくことにしていたのだ。本当なら連れていきたくはないが、絵金の画才はすでに弟子頭を凌駕《りょうが》しているので、打ちあわせに同席させざるをえない。

「それもご心配無用でしょう。絵金さんは、洞白《とうはく》様のお気に入りですから。少々のしくじりや無礼なら、目をつむってもらえますよ」

前村洞和はゆがむ己の顔を自覚した。

絵金は駿河台狩野家の次期当主、狩野洞白のお気に入りなのだ。

理由はふたつある。ひとつは、若くして群をぬく才をもつことから。半ば冗談、半ば本気で、洞白は「わしの直弟子になって、いずれは駿河台狩野家の弟子頭を務めてくれ」と声をかけているほどだ。

もうひとつは、絵金が駿河台狩野家の二代前の当主にして、狩野探幽以来の天才と賞賛された四代目狩野洞春《とうしゅん》の臨模が得意だからだ。前村洞和でさえも、それについては認めざるをえない。

五

　さすがは駿河台狩野家だ。廊下を歩きつつ、何度も前村洞和は嘆息をこぼした。数多ある部屋には、かけ軸や屏風が飾られ、いずれにも狩野派の絵が施されている。そのなかのいくつかは、古《いにしえ》の画人の真筆と思しきものもすくなくない。

「おおぉ、懐かしい」

　思わず声にだして、立ちどまる。

　前村洞和の目の前には、狩野元信《もとのぶ》の襖絵「四季花鳥図」のうちの一枚を写した絵があったからだ。すこし縦に長い絹本《けんぽん》に、遠景に木々が、近景の右に牡丹《ぼたん》、左に雉《きじ》が配されている。

　しばし、ときを忘れ見入る。

　もうひとつ、対となる「四季花鳥図」の屏風絵があることを思いだした。興味深いのは、左右対称の構図であることだ。遠景に木々があり、近景の右に雉、左に牡丹が描かれている。鏡映しのようだが、ちがう。木々や雉、牡丹の大きさや色合い、輪郭などの造形がちがうのだ。

　なぜ、狩野元信は完全に鏡映しの絵を描かなかったのか。

修業時代の前村洞和は、それが不思議でならなかった。そこで、あることを試みる。一方の絵を鏡に映してみたのだ。

そして、わかったことがある。鏡に映すと、本来の詩情が湧きでてこないのである。どこか間のぬけた、まったく似て非なるものになる。

だが、雉や牡丹の大きさや造形の異なる狩野元信のふたつの「四季花鳥図」をならべると、絵から湧きでる詩情は驚くほど似ている。狩野元信がなぜ牡丹や雉の大きさを変えたのか、前村洞和はわかった。左右反対の構図で同じ詩情を生むために、あえて雉や牡丹の大きさ、細かい造形を変えなければいけなかったのだ。

ささやかだが、重要な気づきを与えてくれた絵である。

「おい、よく見てみろ。これには対になる絵がもうひとつあってな……」

ついてきた幼い弟子に教えてやろうとして、言葉を途切らせた。顔を横へやる。

「おおぉ、上手いものじゃのぉ」

調子外れのすこし間のぬけた声は、駿河台狩野家の次期当主、狩野洞白のものだ。

「絵金、凄《すご》いぞ。よくぞ、そんな器用な芸当ができるものじゃ」

どうやらさきについた絵金が、次期当主の狩野洞白の相手をしてくれているようだが、どうも様子がおかしい。随分と興奮しているではないか。

「お待たせ致しました。洞和でございます」

襖の前で膝をつき、声をかけた。

「おおう、なんじゃ、もうきたのか。折角《せっかく》、おもしろいところなのに。まあよい、はいれ」

ゆっくりと襖を開けると、まず目についたのは細く長い手足をもつ絵金の姿だった。上等な絹本にむかい、筆を奔らせていた。

そのむこうでは、僧体《そうたい》で肥えた若者——狩野洞白がまなこを大きく広げて、絵金の運筆を観察している。

「いやぁ、たまげたわい。怪我をしたその体で、どうして、こんなに見事に描けるのじゃ」

洞白の言葉に、前村洞和も絵金を凝視する。どこも怪我をした様子は……ない、いや、あった。

目玉が飛びでるかと思うほど、まぶたが持ちあがる。

「ば、ば……ば、ば」

ふるえる指を弟子に突きつけた。絵金の体の一部にさらしが厚く巻かれているではないか。絵師にとって、命ともいうべきところに。

絵金の利き手の右がさらしで巻かれ、指が使えなくなっていた。

「おお、見事な運筆じゃ。左手でよくもここまで器用にできるものじゃ」

洞白が、分厚い掌《てのひら》を打ちあわせて喜んでいる。その声に応えるように、絵金の筆をもつ手が奔る。左手ににぎる筆が絹本に下ろされ、動き、線が生まれる。

利き腕ではない絵金の左手で、次々と花鳥が生みだされていく。遠景に木々を近景の右に牡丹、左に雉。さきほど見た、「四季花鳥図」の骨描《こつが》き（輪郭線描写）をしているのだ。

「洞和よ」

洞白が丸い顔を持ちあげて、呼びかける。

「そなたの弟子の絵金は、実におもしろい男だ。左でこんなに上手く描けるとはな。利き腕でもここまで描けるものは、駿河台狩野家の弟子にもそうはおらんぞ」

一方の絵金は、まるで洞白の言葉など聞こえていないかのように真剣だ。舌のさきで上唇を湿らせつつ、むさぼるようにして描いている。

筆が止まらない。まったく躊躇《ちゆうちよ》がない。

汗が絵金の額から頰、あご先へと滴りおちようとしたとき、さらしを巻きつけた右手で滴を受けとめた。口にもってきて、さらしの湿った部分をぺろりとなめる。

「これだったのか」

思わず、前村洞和はひとりごちた。

絵金が料理屋で描いた「蘆雁図」の違和の正体がわかった。

絵金はあのとき、右手ではなく左手で描いていたのだ。女浄瑠璃の陰に隠れて気づかなかったのは、不覚だった。

狩野派の線は、起点が太く力強いといわれている。だが、それは右手で描いたときだけだ。左手で描けば、本来の線の起点が終点になり、終点が起点になる。線の肥痩が変わる。当然のごとく、絵の詩情も変わる。

前村洞和の腋から、冷たい汗が流れだす。

これは、もはや臨模ではない。

絵金は構図をそのままに、まったくちがう絵を描こうとしているのだ。

実のなる吉野桜のごとき、あり得ないものだ。

ある化物《ばけもの》の姿が、頭に浮かぶ。

女陰と男根をもつ吉野桜だ。

夜の闇に白い花粉を飛ばし、薄朱色の花々がそれを淫靡に受けとめる。

前村洞和は、頭を左右に強くふった。

五体が激しくふるえだす。

絵金の生みだす絵が怖かった。

そんな師の怖気も知らずに、絵金は筆を奔らせる。見慣れた「四季花鳥図」に、前村洞和の知らぬ詩情が加わり、立ちのぼる。

六

「わしが、火口《ほくち》売りの貧しい出自なのは知っておろう」

料理屋の一室で、前村洞和はしみじみと語った。目の前では、絵金が行儀よく正座をしている。右手にはさらしが巻かれたままだ。その様子をたしかめて、さらに前村洞和は言葉をつぐ。

「筆や顔料はおろか、紙の切れ端さえ満足になかった」

弟子を叱るここぞというとき、前村洞和はかならず己の過去を語ることにしていた。今日もそうだ。

火口売りの貧しい仕事では、一日一食の飯さえ満足になかった。物心つく前から父の仕事を手伝わされた。転機は、火口を売っているときに駿河台狩野家の画所に立ちよったことだ。絵師たちの仕事に、心を奪われた。枝で地面に絵を描き、彼らの真似事をする。偶然、それが駿河台狩野家の当主の目にとまり、才を認められ、特別待遇の弟子としてもらった。

いつのまにか前村洞和は目をつむり、物語っていた。一字拝領し一人前になるまでの苦労を思いだすと、自然と目頭が熱くなる。己ほどの苦労を経験した絵師は、万人とも称される狩野派の門弟にも皆無のはずだ。この昔語りを開陳《かいちん》すると、だらしなく組んでいた弟子の足はなおり、背筋ものび、かたく閉ざされていた心も開き、前村洞和のいうことを受けとめる姿勢になってくれる。

一字拝領の思い出を語り、小さな裏長屋に画所を初めて構えたことを伝え終わり、ゆっくりとまぶたをあげた。

絵金がいる。

前村洞和は、目を腕で強くこすった。

肘を膝で支え、頬杖をついて、舟を漕ぐように、絵金は頭を前へ後ろへとゆらしている。耳をすますと、寝息も聞こえてきた。

「え、絵金っ」

膳の上の銚子がゆれるほどの怒声を放っていた。

絵金はのんびりとした動作で、まぶたをあげる。

「あぁあぁ」

欠伸《あくび》混じりの声だった。

「貴様、わしの話を聞いていなかったのか」

「はい」と、絵金は悪びれない。

頭に血が昇る。殴りつけようとする腕を、必死に自制した。

「お師匠様の話を聞きよったら、なんか眠とうてたまらんようになったがです」

「不埒《ふらち》ものが」

とうとう銚子が倒れた。酒がこぼれる寸前で、そうなるとわかっていたかのように受けとめた絵金の長い指が恨めしい。

「わしの苦労がわからぬわけではあるまい。貴様も髪結いの子であろう」

「たしかに、両親は髪結いをして生計をたてよったですけんど……」

絵金は申し訳なさそうに、頭をかく。

「十二のころには、仁尾《にお》のおんちゃんに助けてもらいましたき、貧しい思い出はほとんど頭にのこっちゃせんがです」

なぜか、ぺこりと頭を下げる。

「やき、お師匠様のように苦労はしちゃせんがです。けんど、たまに羨ましく思うときもあるがです。創意工夫するがは、楽しいに変わらん。それやったら貧しいままの方がよかったがやないろうかって」

「な、なんだと」

怒りが限界寸前まで膨らむ。

「貧しいままやったら、狩野派なんぞに……」

気づけば、罵声とともに拳を繰りだしていた。ありえないことだが、絵師の命ともいうべき右手に衝撃が走る。

利き手で殴ってしまったのだ。

絵金の首がおれるようにして、あらぬ方へとむいた。

ゆっくりと絵金が向きなおる。

長い指で、口の端ににじむものを拭きとり、目の前にかざす。にやりと笑った。

師である己への嘲笑ではない。絵師ならばわかる。己の血の赤さに魅入られたのだ。

だが、前村洞和はわかっていてなお、己が嘲られたかのように感じた。

「絵金、貴様、さきほど、何をいわんとした」

今度は左の掌で、絵金の頰を打った。また唇に指をやり見るが、血はでていなかったのか、絵金の顔に落胆の表情が広がる。

「貴様、今、狩野派の筆法を否定する言葉を吐こうとしたのではないか」

絵金は、こういわんとしたのではないか。

狩野派などに縛られず、思うがままに描きたいものを描く、と。

「お前ほどの才があればわかろう。左手で描いても、狩野派の絵は極められないことを」

頰が尖《とが》るように突き出たのは、口のなかから舌を使って遊んでいるのか。

「左手では、狩野探幽公の運筆には決して近づけん。それはわかっておろう。どんなに上手く描いても、瀟洒端麗《しょうしゃたんれい》の詩情は再現できん」

狩野派にとってもっとも重要なことは、新しい絵をつくることではない。京の二条城や江戸城にある障壁画や先人の絵をのこし、あるいは写し、広めることだ。たしかに新作を描けば評価はされる。だが、そのために先人の作の模倣がおざなりになれば本末転倒だ。

それは、狩野派にとっての死を意味する。

もし、江戸城が大火に見舞われ、障壁画を新しく描くときに、狩野探幽や先人の絵をよみがえらせることができなかったらどうなるか。狩野派は、江戸幕府から捨てられる。家康《いえやす》のころと変わらぬ空間を再生産できる技倆を、万人とも称される狩野派全員が臨模につぐ臨模の修業で保持しているからこそ、幕府の庇護をうけられるのだ。幕府の庇護をうけているからこそ、全国各藩のお抱え絵師としてひく手数多なのだ。

創意のない凡庸な絵を生産しつづけてなお、狩野派が四百年の永きにわたって画壇を支配できた理由だ。

いつのまにか、絵金は胡坐《あぐら》をかき、横にある窓を見ていた。散りかけた桜木が、闇をだくようにして屹立《きつりつ》している。

「絵金、今後は左手で絵を描くことは禁ずる」

絵金は顔をすこしこちらへむけたが、まだ目は夜の桜を見たままだった。

「もし禁を破れば」

絵金の目が、前村洞和を捉える。

「破門だ」

絵金は瞑目《めいもく》し、しばし黙考する。

吐息のようなものが、形のいい唇から漏れていた。

「今後は、左手で描くがはやめます」

謝罪のつもりだろうか、頭を下げる。額を床につけていう姿は、忠実な弟子そのものだ。風が吹いて、しなびた桜の花弁が一枚、師弟のあいだを横切った。

七

前村洞和と絵金は提灯《ちょうちん》をもち、春風のなかを歩いていた。桜の花弁が絵金の肩についている。夜鷹と思しき女が「兄さん、だらしないねえ」と腕をのばすと、絵金がさらしの巻かれた右手で制した。

「えいえい。わざとつけちゅうが」

切れ長の目尻を甘く下げて窘《たしな》めた。立ちつくす夜鷹をおいて、またふたりで歩き、やがて別れ道へとついた。絵金はこのまま土佐藩邸内にある長屋へと帰る。

「待て、絵金」

暗闇のなかで、長身の弟子が振りむく。

「お主、どうして左で描いたのだ」

前村洞和の問いかけに、まず絵金はさらしの巻かれた己の右手を見せた。

「それは、右手を怪我しちゅうき」

「ちがう」

前村洞和の一喝に、絵金の左手にもつ提灯がゆれる。

「今日の左の筆遣いは、一朝一夕の技ではない。左手で描く稽古を、長年積んだのであろう」

絵金は悪所通いの癖《へき》はあるが、誰よりも真剣に、否、貪欲に絵と向きあっている。提灯をもつ絵金の左手を見た。右手同様に、胼胝を削った跡があちこちにある。左右の手の胼胝が、絵金が画業に費やした時間の長さと濃密さを物語っていた。

なぜ、その意欲を、狩野派の枠を超えた異端の左遣いなどに費やすのか。

「なぜだ」

風が止《や》んで、提灯の火が弱まる。

しばし、絵金は月を見上げる。どう地取するか、思案するかのように。

月が雲に完全に隠れてから、顔をむけた。

「お師匠様は奥さんと目合《まぐわ》いゆうとき、右手しか使わんがですか」

一瞬、何をいっているのかわからなかった。

「そんなことはないですろ。右も左も両方の手を使《つこ》うて、目合いゆうですろ」

さらに厚い雲がかかったのか、闇が濃くなる。

「それと同じことですきに。右手だけで描くがも気持ちえいけんど、もし左手でも同じことができれば倍、心地えいに変わらん。そう思うたき、左の稽古もしたがです」

風がふき、絵金のもつ提灯の火が消え、弟子の姿は完全に闇に呑みこまれた。

「お師匠様、おらは、ここで失礼します」

足音が徐々に小さくなっていく。

完全に聞こえなくなってから、ふと前村洞和は下を見る。絵金の肩にあった桜の花弁が一枚落ちていた。

提灯からこぼれた火の粉が、化粧するように花弁に降りかかる。

八

以来、前村洞和は絵金を否定しつづけた。

絵金の臨模に、すこしでも創意や独創の影があれば、有無をいわせず取りあげ、容赦なく絵を引きちぎった。ほかの弟子たちは不審な目をむけたが、前村洞和は怯《ひる》むことなく苛烈に接しつづけた。

そして、絵金もそれが当然であるかのようにうけいれた。三つ、四つとさかれる己の絵をただ黙って見守っていた。瞳に奇妙な色を湛《たた》えつつ。

あの瞳の色は何だったのか。

決して、怒りや侮蔑ではない。絵がさかれる瞬間、絵金の瞳は女の裸体を見たかのように妖しい色に輝くのだ。そして、前村洞和が手元に目をやると、さかれたはずの絵が前からそうされるために描かれたかのように、完成した一個の絵画としてあるような錯覚に襲われた。

「いかん、いかん」

前村洞和は思わずつぶやいた。いつのまにか、考えこんでいた。

今、前村洞和は画所でひとり、「寒山拾得図《かんざんじつとくず》」の水墨画を描いていた。土佐藩が、他藩への贈答のために依頼してきたものだ。余人には代え難い、大切な仕事である。

紙にわたした乗り板の上で姿勢を正す。

随分と長く考えていたようだ。手ににぎった筆先の墨はもう乾いている。新しい筆をとり、墨につけ、紙に描きつけようとした瞬間、手が止まった。

「なんだ、この絵は」

前村洞和の眼下には、己の知らぬ絵があった。画題は間違いなく「寒山拾得図」である。しかし、これはちがう。己の描こうとしたものではない。

奇行で知られるふたりの僧、寒山と拾得の絵は、古くから画僧や絵師が水墨画で描きつづけてきた画題だ。前村洞和もしかりである。

寒山に巻物を、拾得に箒《ほうき》を持たせたふたりの全身像を描くのが、駿河台狩野家から学んだ構図だ。顔は剽軽《ひょうきん》を保ちつつも、どこか高貴を匂わせる。

だが、これはちがう。

歯茎を剥《む》きだし、笑みがこぼれんばかりに破顔する寒山と拾得の何と俗で下卑《げび》なことか。しかも、構図が滅茶苦茶だ。全身ではなく、胸から上しかなく、紙から飛びださんばかりの勢いである。巻物を持っている寒山は商人《あきんど》が媚《こ》びへつらうようであり、拾得にいたっては箒を持たずに相方《あいかた》の両肩に手を乗せていた。

先人のどの粉本にもない「寒山拾得図」がそこにはあった。

なぜ、こんなものを己は描いたのだ。これではまったく己独自の……。

前村洞和は激しくかぶりをふった。

全身が冬の日のようにふるえている。

原因はひとつしか考えられない。

絵金の影響である。絵金の臨模を破るうちに、己の手が創意に蝕《むしば》まれてしまったのだ。

にぎる絵筆が、みしりときしんだ。

やはり、絵金は鬼の子だった。

己の歯ぎしりの音も聞こえてくる。

「このままではいかん」

いずれ絵金という毒は、前村画塾を蝕む。そしてすぐに、駿河台狩野家もその餌食になる。表絵師十五家筆頭が穢《けが》れれば、画壇最高峰の奥絵師四家もいずれは……。

また、みしりと絵筆がきしんだ。

さっきよりもずっと大きく。

「絵金を追放する」

寒山と拾得に語りかけるように、前村洞和はつぶやいていた。

「前村画塾を守るため、否、狩野派を守る。そのためには、絵金を江戸から追放するのだ」

九

「絵金に一字拝領を許せというのか」

頭上から落ちてきた声には、さすがに戸惑いが濃く満ちていた。恐る恐る前村洞和が顔をあげると、駿河台狩野家の現当主と次期当主が上座で腕を組んですわっていた。若く太り肉《じし》の僧体の絵師が狩野洞白、坊主頭に深い皺《しわ》を刻んだ老絵師が現当主の狩野洞益《とうえき》である。

「一字拝領というが、絵金はまだ一枚物をはじめて三年だろう」

そういったのは、老いた現当主の狩野洞益である。

一枚物とは、狩野派の先人の絵を臨模する最終段階の修業のことだ。その前段階として、実際の野菜などの実物の地取、「三巻物」と呼ばれる手習いの臨模、山水人物を描いた「御《お》かし画本《えほん》」の臨模、さらに先人の様々な花鳥図の臨模とつづく。土佐で修業した絵金は、すでに花鳥図の臨模までは習得していた。

最後の「一枚物」の臨模は、順調にいって十年、長い者では二十年あるいは三十年かかるともいわれている。それが成って、一字拝領という免許皆伝となる。

ちなみに一字拝領にも、画号の一字拝領と諱《いみな》（本名）の一字拝領がある。すでに絵金は、画号の一字拝領はすみ、〝洞意《とうい》〟と名乗っていた。これも通常七年以上かかるところを、二年と半で終わらせている。

今回、前村洞和が諮《はか》ったのは、諱の一字拝領、つまりは免許皆伝についてだ。

ちなみに前村洞和の諱は愛徳《なかのり》といい、先代の狩野〝洞白〟愛信《なかのぶ》からもらったものである。火口売りの前村洞和を見出《みいだ》してくれた恩人だ。その後継者が目の前にいる老いた法《ほっ》体《たい》の現当主の狩野〝洞益〟春信《はるのぶ》だ。洞益春信の息子が、次期当主で先代と同じ号をもつ狩野〝洞白〟陳信《のりのぶ》である。

火口売りから取りたててもらった恩義から、前村洞和は弟子の一字拝領のときは、かならず駿河台狩野家から了承をとり、かつ一字も師の号や諱から頂戴することにしていた。

「すでに号の一字はくれてやっているが、諱はまた別格。軽々《けいけい》に拝領させるわけにはいかぬぞ」

坊主頭の皺をさらに深くして、洞益はいう。

「はい、ですが、絵金の腕は、すでに諱の一字拝領の域に達しております」

前村洞和の言葉に嘘はない。

「たしかに、前村の言うとおりですぞ」

大きく同意したのは、次期当主の狩野洞白である。

「父上、一枚物だけではありませぬ。駿河台狩野家の中興の天才、狩野洞春公の運筆を、絵金めが生きているかのごとく写すのはご存じでしょう」

太った頰をふるわせつつ、洞白は熱弁する。

やはり洞白は賛意を示してくれたかと、前村洞和は胸を撫《な》でおろす。

絵金を追放するため、前村洞和が練った策が、絵金に一字拝領を与えるというものだった。絵金は、次期当主の狩野洞白のお気に入りである。その男を破門にするには、それなりの理由がいる。ささいな創意に難癖をつけて、追放するのは難しい。

ならば、どうするか。

絵金に免許皆伝を与える。そうすれば遊学中の絵金は、土佐に帰らざるをえない。つまり免許皆伝を口実に、江戸から追放できる。

「たしかに絵金の才は抜群だ。だが、たった三年で諱の一字拝領を許すのは……」

現当主の洞益が、ふたたび皺を深め困惑する。

「では、父上、絵金より劣る弟子にはどうするのですか。まさか、一字拝領をさせぬというのですか」

洞白の言葉に、洞益の顔がゆがんだ。

駿河台狩野家には多くの門人がおり、諱の一字拝領を目前にした者も多い。彼らは、絵金の技倆には遠くおよばない。どうして絵金より下のものが一字拝領でき、絵金には与えられぬのだ。そう突かれれば答えに窮する。

「たしかに、一字拝領は修業の年数ではなく、臨模の技倆のみにて判ずるのが、狩野の掟《おきて》」

「そうでございます」

父の洞益の言葉に、洞白が太い膝を勢いよく叩いた。

「わが駿河台狩野家が、どこよりも忠実に家訓を守っている。それを示すのが、絵金への一字拝領ではございますまいか」

唾を飛ばし、洞白は言葉をつぐ。

「もし、修業が短い、と文句をいうものがおれば、絵金の臨模を見せればよいのです。あれより下手でも、一字拝領している絵師は数多《あまた》おりますれば、奥絵師といえども文句はいえますまい」

洞益は組んでいた腕を解《ほど》いた。

「洞白のいうこと、もっともだ。『臨模を以てはじめ、臨模を以て終わる』。この教えを忠実であれば、絵金の一字拝領も妥当」

「で、では」

前村洞和は洞益に躙《にじ》りよる。

「うむ、絵金めに、諱の一字拝領を許す。しかし、姓はどうする」

絵金の生家の木下は、隠し姓だ。名乗ることはできない。では、前村の名字をやるかといわれれば、それは絶対に阻みたかった。

前村洞和は、用意していた言葉を諳《そら》んじる。

「そのことでございますが、土佐の弟子池添楊斎によりますと、林《はやし》という藩医の株を絵金が相続する手筈《てはず》になっております」

心配は杞憂《きゆう》だった。土佐の弟子にそれとなく相談したところ、絵金の後ろ楯である仁尾順蔵《じゆんぞう》が、すでにぬかりなく手を打っていたのだ。

「ほう、随分と手回しのよいことだ」

唇をゆがめるように、洞益は笑う。

あるいは、この師は前村洞和の意図を見抜いたのかもしれない。

「では、父上、絵金めに諱をお与えください」

洞白が紙と筆、硯をもってくる。しばし黙考した後に、洞益はゆっくりと筆をとる。

刻みつけるように、力強く紙に墨をひく。

まず、姓である「林」。

つづいて、すでに与えられていた号の「洞意」。

いよいよ諱である。はたして、どの字を絵金は与えられるのか。現当主の「春信」からの一字か、それとも次期当主の「陳信」からの一字か。

「おおう」

前村洞和と狩野洞白は、不覚にも声をあげてしまった。

紙の上には黒々と、こう書かれていたからだ。

林洞意美高《よしたか》

絵金の諱につけられた〝美〟の一字の意味は、問うまでもない。二代前の当主、狩野〝洞春〟美信《よしのぶ》のものである。狩野探幽以来の天才と呼ばれた狩野洞春の諱から、絵金は一字拝領したのである。

その意味するところを悟り、前村洞和の五体は不覚にも感動で打ちふるえた。己の弟子は、それほどまでの才だったのかと驚愕《きょうがく》し、同時に深く納得もする。

「絵金めの才を納めるには、わが諱の一字でも器としては不足。よって、洞春公の諱の一字を与える。これにより、絵金は林〝洞意〟美高と名乗ることを許す」

十

粉本を見て、前村洞和はため息をついた。

狩野探幽の「蘆雁図」の粉本である。左の岸にある蘆、右の空にある飛ぶ雁、そして中央に大きな余白。かつては目にすると、線の肥痩と余白が生む詩情に圧倒されたものだ。

しかし、今はちがう。

また、ため息をついた。

何も感じないのだ。

窓の外を見る。吉野桜の大木が咲き誇っていた。絵金がいたころ、窓の三分の一ほどを占めていた樹勢は、十年というときがすぎて完全に窓をおおうようになっている。景色は花で埋めつくされているが、まるで色というものを感じない。無論、色はあるが、それを美しいとは思わない。かといって、醜いわけでもない。

喜怒哀楽や恐怖などの心の動き――情緒ともいうべきものが前村洞和の心から一切湧いてこないのだ。

一体、いつからこうなってしまったのか。

きっかけは絵金が一字拝領し、土佐へ帰国してからだ。以来、絵や草花から感じる詩情がどんどんとうすれていくようになった。丹田《たんでん》に力をこめると、湿った手巾《しゅきん》を絞るようにかすかににじむ程度だ。

「お師匠様、用意が整いました」

襖の陰から、弟子の声がした。

今から土佐藩邸より依頼された屛風絵を描くが、詩情が涸《か》れたままではよい仕事はできない。

何度目かわからぬため息をつく。

抽き出しを開けて、奥から紙の束を取りだした。

でてきたのは、白描《はくびょう》だ。絵師が、稽古や下書きとして描くものだ。異様なのは、その画題だ。ひとつ目小僧が提灯をもってあっかんべえをしたり、骸骨が蓮《はす》の葉を傘に女幽霊や化け猫を従えたりしている妖怪絵――「おばけ夜行図」である。狩野派にあるまじきこの絵を、誰が描いたかなど問うまでもない。自由闊達《かったつ》な筆の肥瘦は、絵金のものだ。

絵金が江戸を去った翌年に、画所の箪笥《たんす》の陰からでてきたのだ。きっと、仕事の傍《かたわ》らに暇つぶしで描いたものを、箪笥の陰に隠していて、それきり忘れてしまったのだろう。

妖怪絵を慈しむようになでてから、窓の外を見る。吉野桜の枝がしなっていた。花弁がゆれている。花々がささやくかのような錯覚がやってきた。

詩情が湧きつつあるのだ。

「よし」といって、絵金の妖怪絵をふたたびしまう。

今ならば、何とか筆をとって仕事ができるはずだ。

弟子に誘《いざな》われて、画所へとむかう。

今や、このざまだ。紙の上にわたした乗り板にすわりつつ、前村洞和は自嘲する。

絵金の妖怪絵を見て、前村洞和はやっと筆を手にとることができた。そして、詩情を絞りだして、絵を仕上げる。

だが、それもいつまでつづくだろうか。

いずれ、前村洞和から詩情は完全につきてしまう。

弟子が磨ってくれた墨に筆をつけつつ、そういえば絵金はどうしているだろうか、と思った。

絵金の噂《うわさ》はよく聞く。林洞意と名乗り、土佐藩家老桐間《きりま》家のお抱え絵師となったという。「剃」と呼ばれた髪結いの子が、今や名字帯刀も許される身分だ。土佐藩絵師筆頭の池添楊斎の後継者とも評判である。

前村洞和は筆を止めた。

頭をかかえる。白い絹本に描かれたのは、ただの線だ。余白や線の肥瘦からは、何の意味も詩情も湧いてこない。

「あの、お師匠様、どうされたのです」

「今日は駄目だ」

「し、しかし、そろそろ骨描きを終わらせませんと、次の彩色の仕事に……」

弟子がすがりつこうとするのが、目のすみに見えた。

「すまぬ。気分が悪いのだ。今日は休ませてくれ」

ふらつく足を引きずって、前村洞和は部屋をでていった。

十一

色のない桜並木に沿って、前村洞和は歩いていた。強い風が吉野桜の枝ごしにふきつけるが、何の匂いもしない。春にしては強すぎる陽光が目に痛い、と感じるだけだ。

疲れて、土手に腰を下ろす。

このまま、わしは絵師として枯れていくのだろうか。

体が、鉛に変じたかのように重たくなる。

「なんじゃこいつ、気持ちの悪い絵を描きおって」

罵声がして、ゆっくりと目をやった。

「屍体《したい》の絵を描くなんて、頭おかしいぞ」

「薄気味悪い小僧じゃ」

何人もの少年が、ひとりの童をいじめていた。

「やめろ、かえせ」

十歳くらいの童は少年たちにむしゃぶりつくが、簡単にふりほどかれ、地に叩きつけられた。

「け、誰がこんな気味の悪い絵なんかいるもんか」

少年のひとりが紙を、放りなげる。

「さっさといこうぜ」

「おう、こんな奴にまとわりつかれたら、変人がうつるわ」

いじめあきたのか、少年たちは地に倒れた童を放って去っていく。

「大丈夫か」

前村洞和が近づいて声をかけると、童は涙がにじむ顔をあげた。目鼻をすり潰すかのような勢いで、腕をこすりつける。

「どうした。いじめられたのか」

「いじめられてねえ」

声だけは威勢がよかった。

「気持ちの悪い絵だと、馬鹿にされていたな」

「あいつらは、何もわかっちゃいねえ。絵のことを、これっぽっちもわかってねえ」

また、童の目が潤みだした。

「何を描いていたのだ」

膝をおり、顔の高さにあわせる。

「なまくび」

「なま？　何といったのだ」

「生首じゃ」

「な、生首だと」

ゆっくりと童はうなずいた。

「昔、洪水で生首が川から流れてきた。それを……」

「地取したのか」

「そうだ」

前村洞和は童から目を引きはがし、地面を見た。少年たちが捨てた紙が裏返しになっている。

なぜだろう。妙な胸騒ぎがする。

耳をすませば、心臓の鼓動の隙間に郷愁らしきものがよぎっているのも不思議だった。

腕をのばし、指で紙をつまみ、ゆっくりと表を上にした。

目に飛びこんできたのは、眼球が飛びだしそうになった生首だった。口からはだらしなく舌を垂らしている。

皮が千切れ骨がのぞく、生々しい切断面が見えた。

その刹那、強烈な赤が視界に飛ぶ。

なんだ、これはかえり血か。

墨だけで描かれた生首の絵には、ないはずの朱、血の赤がべったりとついている。

いや、ちがう。これは、己の視界に直接塗りつけられているのだ。

そう悟った瞬間、闇が前村洞和に襲いかかる。

むせかえるような熱い風は、肺腑《はいふ》を蒸すかのようだった。

どこからか、潮騒の音も聞こえてくる。

人魂《ひとだま》のようなあかりがあった。百目蠟燭《ひやくめろうそく》に点《とも》された火だ。

点々と、はるか闇の奥までつづいている。

そのひとつに前村洞和は歩みよる。いつのまにか体はじっとりと汗ばみ、着衣が肌に貼りついていた。潮気が濃く混じった風が、汗をさらにべたつかせる。

百目蠟燭のあかりで闇から浮かびあがったのは、屛風だ。煤《すす》と蠟の飛沫《しぶき》で汚れている。

極彩色の何かが描かれていた。

これは、なんだ。

ふたりの男と女か。

いや、ちがう。男と女装した男――歌舞伎の女形《おんながた》か。

俠客《きようかく》と思しき男が、色の白い女形に提灯をもった腕をのばしている。そのふたりの足元には、生首がある。さきほどの少年が描いたような生々しい血の香りがする人体の一部。

これは誰の絵だ。さっきの小僧か。

いや、ちがう。

この自由闊達な線の肥瘦は……。

風が吹いて、百目蠟燭が火の粉をまき散らす。それに混じるものがある。鱗《うろこ》のような形をし、血をうすめたような色をしているのは、桜の花弁だ。

風が、顔をなでる。

闇が春風に洗われる。

前村洞和は、夢想から醒《さ》めた。

遠くには吉野桜の並木があり、青い空の下辺を花の色で染めていた。

薫風に乗って花弁が運ばれてくる。

何だったんだ、今のは。

しばし、呆然《ぼうぜん》としていた。見上げる童の目差《まなざ》しに気づき、あわてて咳《せき》払いをする。

「すまぬ、すこし考えごとをしていた」

ふたたび紙に目を落とす。

生首の地取を見る。

上手い、と思わずつぶやいた。腐りかけた肌の様子、ぬけ落ちそうになっている頭髪、意志を失いあらぬ方をむく両目などが、墨一色で余すところなく描かれている。

「坊主、画所の弟子か」

うなずく。

「師匠は誰だ」

「歌川国芳《うたがわくによし》だ」

ふてぶてしくいうのが、なぜかおかしかった。

「浮世絵の弟子か」

いいつつ、紙を童にかえした。

「坊主」

「なんじゃ」

「もし歌川一門を破門されたら、わしのところへこい」

眉間に皺を刻み、睨みつけてくる。

「わしの名は前村洞和じゃ」

「ま、前村って、あの土佐藩お抱えの……、狩野派か」

「ほお、知っているとはよい心がけじゃ」

頭を強めになでてやる。

「どうしてじゃ。なぜ、おいらを弟子にするなどというのじゃ。からかっているのか」

前村洞和は目を細めた。

「歌川のお師匠様でさえ、おいらのことを気味悪がってるのに、なぜ」

前村洞和は首をひねる。

たしかに、なぜだろうか。

「さあな」と、素直に答えた。

「信じられないのであれば、忘れろ。気がむいたらこい」

煙をかき消すように手をふって、背をむけた。童の訝《いぶか》しげな目差しを感じつつ、土手をあがる。桜並木の下を、前村洞和はゆっくりと散策した。

風が吹いて、花弁が前村洞和の視界を桜色に染める。甘い薫りと力強い土の匂いが、顔をなでる。

かすかに血潮のような匂いを感じるのは、気のせいだろうか。

三章　人斬りの目覚め

一

鏡のなかには、与力《よりき》もあわせて三千五百石の大禄《たいろく》を采配する土佐藩家老の精悍《せいかん》な顔があった。

桐間《きりま》〝蔵人《くらんど》〟清卓《きよたか》は、鏡台の前にすわっていた。漆と螺鈿《らでん》で美しく化粧された台の上に、ところどころが錆《さ》びた鏡がのっており、何ともちぐはぐだ。

当然である。台箱は一年前に買ったものだが、鏡は六代前の先祖から伝わるものだからだ。

桐間蔵人は、鏡に映った己をあらためて見る。引きしまった頬骨と高い鼻梁《びりょう》、そして表情から漂う自信。土佐藩家老桐間家の若き当主としてふさわしい顔がある。

襖《ふすま》が開いて、まだ前髪をのこした十二、三歳ほどの少年があらわれた。深々と一礼して、桐間の背後へとくる。手には毛抜きがにぎられていた。

桐間は家老として、多くの下士《かし》を与力として従えている。少年はそんな与力足軽のうちのひとりの息子だ。行儀見習いや成人したときの紐帯《ちゅうたい》を考えて、一定の年齢になれば与力の子を出仕させて桐間の身の回りの世話をさせている。

「ご主人様、月代《さかやき》の番を務めさせていただきます」

恭しく言上《ごんじょう》して、少年は一緒に鏡をのぞきこむ。そして、桐間の月代から毛抜きで一本一本丁寧に毛をぬいていく。


——やはり、月代は剃《そ》るのではなく、ぬく方がいい。


頭皮の刺激を堪能しつつ、桐間は喉元に手をやった。鏡のなかの己の首を、一刀両断する傷がある。だが、指でふれる首の皮はつるりとしている。

鏡につけられた傷だからだ。

首にそって指を動かし、鏡の傷をなぞる。何度も、何度も。

頰骨と高い鼻梁が、さらに引きしまった。実際に、丹田《たんでん》に力がみなぎるのを実感する。

この手鏡に傷をつけた事件こそ、桐間家繁栄のきっかけとなった。桐間蔵人の六代前の先祖、桐間〝兵庫〟利卓《としたか》の時代のことである。

江戸の土佐藩邸で、藩主嫡男の婚礼が行われていた。まだ数百石の藩士にすぎなかった桐間兵庫は、瞳から妖しい光を放つ者がいることに気づく。同僚の宇野専右衛門《うのせんえもん》だった。

桐間兵庫が問い質《ただ》すと、突如、宇野専右衛門は脇差をぬき、腹に斬りつけたのだ。絶命必至の一太刀を防いだのが、たまたま桐間兵庫の懐中にあった手鏡だった。宇野専右衛門はすぐさま取りおさえられる。厳しい尋問の末、藩主に叱責されたことを根にもち、婚礼の場で刺しちがえる肚《はら》だったと自白した。

宇野専右衛門の凶気を見抜いた桐間兵庫の株はあがり、あれよあれよという間に加増され、家老にまで出世した。

現当主である桐間蔵人は手を首にやる。鏡のなかの己を一刀両断する傷をなぞった。そのたびに、誓う。先祖のように、主君に忠実たらん、と。

これが、毎朝の桐間の日課だ。

やがて、少年は毛をすべてぬきおえた。

「ご苦労だった。して、今日の予定は」

「まずは南画の島本蘭渓《しまもとらんけい》殿と、昼前にご面会することになっちょります」

少年は宝石でも扱うかのように、毛抜きをしまいつついう。

「南画の画人が、何用であろうか。直近で、画会はなかったはずだが」

桐間は首をひねる。

「きっと、お抱えする絵師の件やないですろうか」

「ああ」と手を打つ。

桐間家は、新しく絵師を抱えることにした。江戸で狩野《かのう》派を学び、四年を待たず諱《いみな》（本名）の一字拝領を成した俊英だ。

たしか、名前は……。眉間に手をやって考えこむ。

「林《はやし》〝洞意《とうい》〟美高《よしたか》殿」

少年の答えに、桐間は膝を打つ。

「そう、林洞意だ。通り名の印象が強く、忘れておったわ」

林洞意の通り名を、頭のなかで復唱する。

――絵金《えきん》。

何と俗な名前なことか。そして、一度聞くと忘れられない強烈な余韻がある。

桐間は、鏡の縁に指をやる。雨が降りかかったかのような赤茶けた錆《さび》があった。血である。

先祖の桐間兵庫が、宇野専右衛門に襲われたとき、手鏡では防ぎきれずにできた傷からあふれたものだ。林洞意という名は、水のように乾いて記憶から消えてしまうのに、絵金という名は血錆のように桐間の心にこびりついて離れない。

二

庭に面した客間で、島本蘭渓は平伏していた。障子ごしに、与力足軽の少年が庭掃除をする影がチラチラと映る。

「絵金めは、妖《あやかし》の絵師でございます」

まるで幽霊でも見たかのような島本蘭渓の表情に、思わず桐間は苦笑してしまった。

「たしかに奴は、土佐の絵師の誰よりも画技が飛びぬけています。しかし、絵金の才は、妖によって成りたつもの。尋常にお抱えすれば、凶事を呼びこみます」

よく見れば、島本蘭渓の体はかすかにふるえている。

「噂《うわさ》では、絵金の江戸の師前村洞和《まえむらとうわ》殿は、絵にかつての生彩がなくなったとか。まるで魂がぬけたようだと噂です。土佐の門人がいうには『絵金に噛《か》みつかれた』と」

思わず、桐間は半面をゆがめた。

土佐の土着信仰に狗神《いぬがみ》様というものがあり、狗神様に呪われることを〝噛まれる〟と表現する。あまりにも縁起が悪い言葉だ。何より〝絵金〟という名が、〝噛みつく〟という忌まわしい語によって、さらに桐間の心のしみを濃くするかのようである。

「前村洞和殿だけではありませぬ。絵金を養育した仁尾《にお》様も、関わってからは覇気を失ったかのようになり、今は病床に臥《ふ》す有様」

　島本蘭渓を黙らせるために、あえて桐間は声をだして笑った。

「笑いごとではありませぬぞ。絵金が土佐藩家老お抱えになれば、もはや今までのように絵師ひとりの問題ではなくなります。下手をすれば、いずれ土佐藩の画壇は……」

　かすかに顔を赤らめた島本蘭渓が、語気を強める。

「やれやれ、たかが絵師ひとりに大げさな」

　この男は、絵金に何か遺恨でもあるのだろうか。

「絵金は、きっと恐ろしいことをしでかします。奴は、第二の近森《ちかもり》ともいうべき男なのです」

　近森と聞いて、さすがに桐間は笑いとばせなかった。

　近森半九郎《はんくろう》――今から百年以上前に悪名を轟《とどろ》かせた狩野派の絵師である。江戸に遊学し木挽町《こびき》狩野家に学び、一字拝領の免許皆伝とともに土佐に帰国した。

　だけなら、よかった。

　この男は、贋作《がんさく》に手を染め、処刑されたのだ。しかも土佐藩だけでなく、徳川御三家の紀伊《きい》藩をも巻きこむ大事件となった。このとき、対応を誤っていれば、土佐藩が取りつぶされていてもおかしくなかった。

　ふん、と強い鼻息で応じる。

「ならば、望むところだ」

「え」と、島本蘭渓の上半身が仰《の》けぞる。

「絵金……否、林洞意がお主のいうように、妖の絵師かどうか、わが桐間家の手元において、しかと見極めてやろうではないか」

「そ、それは、危険です」

両手をついて近寄ろうとする島本蘭渓を、睨《にら》みつける。

「わが桐間家が、凶刃《きょうじん》から藩主を守ったことは知っていよう」

手鏡の逸話を口にすると、自然と桐間の背がのびる。

「それだけではない。その嗣子《しし》であり五代前の桐間伊束《いつか》公は、藩政を牛耳る野中兼山《のなかけんざん》と対決し、一歩も退《ひ》かなかった硬骨漢」

土佐藩を守った忠臣の血が、桐間の体には脈々と流れている。

「絵師ひとりなど、何ほどのことがあろうか。わが先祖の前に立ちはだかったものに比べれば、たわいもない」

島本蘭渓は首をしきりに横にふるが、上士《じょうし》である桐間に言葉で反論する勇気まではないようだ。

「案ずるな。もし、絵金めがお主の言うとおり妖の絵師ならば」

刀架《とうか》にある脇差に手をやり、柄《つか》を強くにぎった。

「わし自ら太刀をぬいて、絵金めを成敗してくれるわ」

三

絵金こと林洞意は、すらりと長い手足をもった青年絵師だった。歳のころは、桐間より数歳下か。頭髪を後ろで束ね、かすかに朱をおびた唇は女性《によしよう》のようだ。

なぜ絵師を他家よりも高禄で抱えるかの理由を、桐間は話して聞かせた。

五代前の当主のとき、桐間家は奸臣《かんしん》野中兼山によって蟄居《ちつきよ》を言いわたされた。のちに家をつぐ嫡男とともに、屈辱に耐える日々に彩りを与えたのが絵だった。その恩として、家老職に復帰してからは、桐間家は絵師たちを高禄で抱えることにしている。

そんなことを滔々《とうとう》と語った。神妙に手をついて、絵金は聞きいっている……ように見える。

その本心は、上座からはわからない。

「さて」と、桐間は口のなかだけでつぶやいた。

先日は脇差に手をやり、島本蘭渓に勇ましいところを見せたが、実際はそうはいかない。

土佐藩には上士下士のちがいがあり、着衣や風習に厳しい区別を設けている。そのひとつが、上士が下士を斬り捨てても罪に問われない、というものだ。

だが、実際には上士が下士を斬り捨てることはありえない。なぜなら、土佐は統治の難しい国だからだ。下士には、長宗我部《ちょうそかべ》家の遺臣が多くいる。被征服民の彼らは弁がたつ。上士の理不尽な圧迫をかいくぐるためだ。酒宴になれば下士同士がさかんに議論するが、さながら上士に楯突《たてつ》くための稽古のようだ。下手に斬り捨てれば、たちまち彼らの舌鋒《ぜっぽう》の餌食《えじき》になってしまう。

また、長宗我部家も下剋上《げこくじょう》で成りあがった過去がある。つまり、長宗我部家に屈服した元武士団の民もいる。彼らは長宗我部家の遺臣とちがい弁はたたない。かといって、御《ぎょ》しやすいわけではない。彼らは不当なことがあると、弁よりもさきに実力行使にでるのだ。上士だろうが、死も覚悟して我を貫く。

また、常に命がけの漁をする漁民も厄介《やっかい》だ。毎年何人か、釣りにでた武士が溺死し、事故として片付けられている。噂では、漁場を荒らした武士に対する、漁民たちの制裁だという。

圧倒的少数派の上士が、法を楯にとり人を斬れば、たちまち土佐は大争乱に陥る。

上士は斬ることは許されていても、絶対に斬ってはいけないのだ。

桐間は横にある刀架を見た。己の刀と脇差がおいてある。

「さて、絵金、いや、洞意よ。早速だが、絵様《えよう》伺《うかがい》をたのみたいのだが」

絵金の耳がぴくりと動いた。絵様伺とは、下絵を描いて、絵の構図や色などをお抱え主と一緒に打ちあわせすることである。

「殿様に絵師お抱えのご報告とともに、そなたの絵を献上しようと思ってな。その絵様伺を、今この場でできるか」

絵金がゆっくりと頭をあげる。口の両端がかすかに持ちあがっている。描きたくて仕方がない、そんな表情だ。

「そうだな、画題は……『川中島合戦図《かわなかじまかっせんず》』がいいやもしれぬ」

「武田信玄《たけだしんげん》公と上杉謙信《うえすぎけんしん》公の一騎打ちの場面でえいですろうか」

すかさず絵金が言葉をかぶせたので、顔をしかめた。だが、黙ってうなずく。この程度では怒鳴らない。度量が大きいと見せておいて、油断したところをねじ伏せるのだ。

絵金の長い腕がのびて絵筆を掴《つか》む。筆先に指をやり、柔らかさを堪能するように毛質をたしかめた後に、墨に浸す。

何の躊躇《ためら》いもなく、筆が紙の上を奔《はし》り、川中島の地平線が一瞬にしてあらわれた。太刀をかざす上杉謙信、軍配で受けとめる武田信玄、つづいて囲む軍兵たちを次々と描いていく。

上手《うま》いな、と思わず桐間はひとりごちる。描く線が表情豊かだ。絵様伺なので、筆一本で簡略だが、それでも太さや細さ、濃淡が様々で、ひとつとして同じ線がない。なるほど、土佐一の評判は嘘《うそ》ではない。

だが、と思う。

重要なのは絵の巧拙ではない。上士のいうことに従順なこと。土佐藩の絵師に求められるのは、その一点だけだ。

桐間は絵金をみすえる。剃《そり》という低い身分の子でありながら、名字と脇差を携えて土佐藩家老の己と同じ間《ま》にいる。

この男を、屈服させる。

それが、上士桐間にとっての〝絵金を斬る〟ということだ。

「ちと、わしの思っていたものとちがうな」

本当は満足していたが、あえてそういった。

「洞意、ちがう構図で描け。そうだな、信玄公と謙信公の立ち位置を逆にしてくれ」

絵金の片頬がわずかに動いた。単に鏡映しに反対にすればいいというものではない。それを見越して、棚の書物でも取りだすような安易さで、あえて桐間は口にした。絵金を挑発するためである。

しばらくの黙考の後に、絵金の腕が動く。新しい紙に、また物語が浮かびあがる。こ奴め、と腕を組んだ。明らかな嫌がらせだったが、さきほどと同じくらい、否、それ以上の下絵を完成させようとしている。

「桐間様、どうですろうか」

しばし考えたのは、あらを探していたからだ。

しかし、どこにも非の打ちどころがない。

「目が気に食わん」

意識せずに口走っていた。

「目ぃですか」

惚《とぼ》けた顔で絵金がきく。

なぜ、目などと口走ってしまったのだ。すこし桐間は逡巡《しゅんじゅん》した。

そうか、童のころに蔵のなかで見た絵だ。

埃《ほこり》をかぶった絵があったことを思いだす。今、注文している「川中島合戦図」だ。子供ながらに、見事な絵だと感じた。きっと、蟄居中に絵に目覚めた五代か四代前の当主が蒐集《しゅうしゅう》したものだろう。なぜか、落款《らっかん》のある右下が火で炙《あぶ》られたように変色していて、絵の価値を減じていた。それがために、今や死蔵の憂き目にあっている。

目をつむり、まだ蔵のなかにあるであろう絵を思いだす。

武田信玄と上杉謙信の姿が、浮かぶ。

そうか、目に特徴があった。墨絵にもかかわらず、垂らした蠟《ろう》が鈍く光るような目だった。

まぶたをあげる。

「もっと、目に工夫が欲しい。すこし瞳の輪郭がはっきりしすぎている」

「はあ、ちっとぼかいて描いてみます」

「かといって、眼光が弱まってはいかん」

筆を奔らせようとした絵金を制止する。

「虚《うつ》ろにして、かつ瞳のなかには力があふれる。そんな目を描け」

絵金の顔に初めて困惑がにじんだ。

「まさか、できぬとはいうまいな。お主は、狩野派を学んだのであろう」

参勤交代で江戸にいるとき、将軍家御用を務める狩野派を見たことがある。家老が、狩野派の絵師に様々に注文をつけていた。素人目にも創意を蔑《ないがし》ろにする指示ばかりだったが、絵師たちは唯々諾々《いいだくだく》と従った。

武士に従順であることこそが、狩野派の最大の美徳にして繁栄の礎《いしずえ》である。まさか、江戸で修業した絵金が知らぬはずがない。

はたして、絵金は新しい紙に人物の顔を描きはじめた。兜《かぶと》をかぶる武田信玄だ。最後に、すこしにじませるように強く筆を押しつけて、右の瞳を加える。

「ちがう」

すかさず、桐間は声をあげた。

左の瞳を描こうとした絵金の手が止まる。

「もっと虚ろにせい。まだ瞳の輪郭が強すぎる」

さらに絵金が新しい紙をとり、筆を奔らせる。今度は最後ではなく、半ばで左右の瞳をいれた。

「それもちがう。今度は虚ろがすぎる」

また、新しい紙に絵金が描く。

「もっと目の奥に火を点《とも》すような、そんな瞳にしろ」

「まぶたが重たげなところが気にくわん」

次々と、桐間は絵金の描く瞳に駄目をだす。すでに、文箱《ふばこ》にはいりきらないほどの下絵が描かれていた。一方の絵金は無表情だ。もう、口角はあがっていない。

心中でほくそ笑みつつ、さらに何枚も描かせた。絵金が新しい硯《すずり》を所望する。たっぷりと濃い墨を磨《す》り、今までの硯には水を足した。

うすい墨に筆をつけ、先端を紙のすぐ上で止める。筆先から墨の滴が落ち、武田信玄の白かった眼球にうすく黒い点がうがたれた。

「ふざけるな。そんな目では駄目だ」

絵金が左手を突きだして、桐間の言葉をさえぎった。今度は、濃い墨に筆先を浸す。それをさきほど落とした黒点の上にやる。筆先に黒い滴が膨らみはじめる。接吻《せっぷん》でもするかのように接した。

うすい黒点の上に、濃く小さい黒点が足された。

「駄目だ。描き直せ」

「まだ、描き終わっちょりません」

「なに」

絵金の指が、紙のなかの瞳をさした。思わず、身を乗りだす。うすい墨と濃い墨が混じりあう。まるで、男女が目合《まぐわ》うかのように。

「ほお」と、思わず嘆声をあげてしまった。

瞳の輪郭はうすい墨で朧《おぼろ》に、しかしなかにうがたれた濃い墨が力強さを湛《たた》えている。さらにふたつの墨が混じりあう部分が、黒い虹を見るかのような濃淡の差を幾重にも演出していた。


――これだ、これこそが己が幼少時に見た絵の瞳だ。


深く満足したが、さらに桐間は描き直しを命じた。

陽が傾いたころ、「やはり、これか」と取りあげたのは、薄墨と濃墨の瞳の絵であった。はなから、決めていた。あえて描き直しを命じたのは、飼い主が誰かを絵金に知らしめるためだ。

「洞意よ、これから描く絵にはすべて、この瞳をいれろ。これは命令だ」

「はは」と、殊勝に絵金は平伏する。

「もし、この禁を破れば」

桐間は刀架に目をやった。絵金の目も両刀に誘《いざな》われる。

「わかっているな。絵師ごときを斬るのに、上士のわしは躊躇《ちゅうちょ》せん」

無論、斬るつもりはない。要はそういう恐怖を植えつけることこそが肝要なのだ。

「ははぁ」

ふたたび平伏したので、引きつっているであろう絵金の顔をたしかめることはできなかった。

四

桐間は目の前にならべた絵の数々を見て、深くうなずいた。絵金こと、林洞意の手がけたものだ。水墨画もあれば色とりどりの顔料を使った彩色画もある。

絵金を絵師として抱えてから、十有余年が経とうとしていた。そのあいだに絵金は精力的に絵を描き、「山内国宰画師《やまうちこくさいえし》（土佐藩山内家の宰相の画師）」として、近隣の藩にも名が轟くようになった。無論のこと、抱える桐間家の名声も同様である。

桐間は絵の一枚を取りあげた。枝に大きなカラスが一羽止まっている。床にある絵にも目をやる。画題は様々だ。老若男女の人物もあれば、馬や猪《いのしし》などの動物、龍や麒麟《きりん》などの神獣もいる。筆致も、そのときの桐間の要望に応えて、ときに男性的に勇壮に、ときに女性的に柔らかく描かれていた。

唯一、すべての絵に共通していることがある。

桐間は手を、カラスの絵にやった。

瞳に指の腹がふれる。

輪郭はうすくぼやけているが、中心は芯のある黒さを保っていた。絵金は、桐間の要求する瞳を、どんな画題のときも描きつづけた。小さな点でしか瞳を表現できない画題のときもだ。一見すればわからないが、顔を近づければ濃淡二種の墨で瞳が表現されている。

「ご主人様、えいですろうか。絵師の島本蘭渓様が参られました」

襖のむこうから小者の声がして、もう、そんな刻限かと思った。島本蘭渓が、絵金のことでどうしても伝えたいことがあるといってきたのは、つい先日のことだ。今日は島本以外にも、桐間家配下の与力郷士とも面会する予定があったことを思いだす。

「うむ、わかった。客間へとおせ。わしもすぐにいく」

立ちあがり、部屋をでようとした。ふと、視線のようなものを首の後ろに感じ、足を止める。顔をやると、絵金の絵があった。枝に止まるカラスが描かれている。濃淡二種の墨で描かれた瞳が、じっと桐間を見ていた。

五

「近森半九郎だと」

桐間の声が裏返る。

「はい、左様でございます」

平伏する島本が額をこすりつけ、言上する。

「林洞意めは、あの近森半九郎の絵を探しているとの噂がございます」

さすがの桐間も、すぐに返事ができない。

「桐間様、これこそが、林洞意こと絵金めが妖の絵師である何よりの証左でございます」

恐る恐る窺《うかが》う島本の視線が、桐間の顔にまとわりつく。

「近森半九郎が妖の伝説に彩られているのは、ご存じでしょう」

江戸遊学中のことだ。近森は、不吉な妖気を浴びたという言いつたえがある。蝦蟇《がま》の気と呼ばれる刑場に漂う血色の霧だ。吸ったものは、妖に取りつかれると信じられている。

蝦蟇の気を吸った者は、死後も魂が永遠に成仏せず、祟《たた》りをもたらすと信じられていた。事実、近森半九郎死後、その魂がある女人に乗り移った。その女は絵の嗜《たしな》みがないにもかかわらず、筆をとり近森半九郎得意の画題「蘆《あし》に焦尾《しょうび》」を見事に描きあげたのだ。

そんないわくつきの絵師の絵を、絵金が探している。

「きっと、絵金めは近森半九郎の魂に魅入られたにちがいありませぬ」

思わず舌打ちをした。幽霊や呪いの類《たぐ》いは信じていないから怖いとは思わない。だが、近森半九郎の――罪人の絵を所持することはちがう。それは土佐藩の禁制を破る重罪だ。

「もし、林洞意めが、近森の絵を手中にすれば……」

「いうな」

思わず叫んでしまった。

「林洞意めが、近森の作を手にいれることなど不可能なのだ。夢物語をほざくな」

腕を組み、島本蘭渓を睨みつける。

贋作事件発覚後、近森と付きあいのあった商家や農家の蔵はすべて捜索し、絵をすべて燃やした。この世に近森の作など、存在するわけがない。

「しかし……」

なおも、島本は言いつのろうとする。

「それとも何か。この土佐藩家老である桐間蔵人の抱える絵師が、近森の作をもっていると。つまり、わしが絵師ひとりの行状も取りしまれぬ男だと、お主はそういうておるのか」

眼光を強めなくとも、島本蘭渓がおののくのがわかった。

「いえ、決して、そのような意味では」

平伏した状態で、後ずさる。

とはいえ、このまま捨ておけないのはたしかだ。だが、絵金に尋常に問いただしても、白を切られるだけである。

島本蘭渓を帰らせてからも、ずっと桐間蔵人は絵金のことについて考えていた。絵金の身辺を探らせないといけないが、誰か適任者はいないものか。

そうこうしているうちに、また小者が来客を告げにきた。

「岡田義平《おかだぎへい》殿がこられました」

土佐藩家老桐間家に仕える与力郷士のひとりだ。高知城下近くの江《え》の口《くち》村に住んでおり、七歳の息子がいる。その子を、身の回りの世話をさせるために桐間家に出仕させる手はずになっていた。

「ふむ、わかった。すぐに庭へ通してくれ」

言いつつも、頭のなかは絵金のことでいっぱいだった。障子を開き、広縁で岡田義平を待ち構える。

「そういえば、林洞意は画塾を開いていたな」

自分の考えを整理するための独り言だったが、「へえ、たくさんのお弟子さんで賑わっちょります」と返答が足元から聞こえてきた。

見ると、百姓のように色の黒い男――岡田義平が平伏している。

「武市《たけち》家の長男のように、武士の子息もこじゃんとおります」

突き出た前歯を動かして、そう言上する。お抱え絵師は、月に数度の出仕が義務だ。臨時の仕事や席画以外は、自由にできる。

「ふむ」と、桐間は太いあごをなでて考えた。ならば、その塾に与力の誰かを入門させ、間諜《かんちょう》とすればいい。さて、誰がいいだろうかと、一番近くにはべる岡田義平を見た。すぐに首を左右にふる。この愚鈍な男では務まるまい、と思案をつづけると、何人か適当な男の名がすぐに浮かんだ。

だが、若干の不安がのこる。桐間家の与力ならば、絵金も警戒するはずだ。もうひとつ、手を打ちたい。

「あ、あの、おらんくの息子を桐間様のもとに通わせる件ですが」

恐る恐る岡田義平が言葉をさし挟んできた。

そうだった。この男の息子を、何日か後にはこの屋敷に出仕させるのだった。

ふと、思いつく。

「お主の子はたしか林洞意と……」

「へえ、洞意様のご嫡男と同い歳で、かわいごうてもろうちょります」

絵金も嫁を迎え、今や一男一女の父だ。

「なら、岡田よ。お主の息子を絵金の画塾にいれろ」

「え」と、岡田の声が裏返る。

「けんど、うちの息子には絵心らぁは……」

「絵心などどうでもいい。金はこちらが出す。武士の嗜みとして書画ができれば、上士からの引きたてもうけやすいぞ。もちろん、出仕の件もわが桐間家で面倒を見てやる」

そこまでいえば、岡田義平にことわる理由はない。

以前、挨拶にきたときに会った、岡田義平の幼い息子の顔を思いだす。父同様色が黒く、出っ歯だ。鈍そうな顔だが、いわれたことは愚直に守りそうだ。まさか、絵金も岡田の息子が己の身辺を探る間諜だとは思うまい。

六

桐間家屋敷の庭先ではいつくばるのは、岡田義平の息子である。

「よいか。まずは、洞意の画塾に通い、不審な動きがあれば報《しら》せよ」

「は、はい」

童は、色の黒い顔を必要以上に何度も上下させた。

「とはいえ、幼いお主には難しかろう。そこで、ひとつ桐間家に伝わる簡単な探りの法を教えよう。それは洞意めの瞳に変化がないかを見るのじゃ」

「ひとみ」

首をかしげて考える様子は、愚鈍な百姓のようだ。だが、下士に智はいらない。馬鹿なぐらいがちょうどいい。

桐間は横においてあった文箱の蓋を開け、書物を一冊取りだした。色あせた表紙には、「顔相之書」と書かれている。

「これは、わが先祖桐間兵庫様がもっていたものじゃ。このなかに〝乱心の相〟というものがある」

紙をめくると、大きな瞳の絵があらわれた。火花が散るような朱で、瞳孔付近を彩っている。

「桐間兵庫様は、江戸の土佐藩邸におられたころ、宇野専右衛門の瞳にこの乱心の相が宿っていることに気づいた」

頭をよぎるのは、毎朝のぞく鏡である。映る己の首を一刀両断するように、凶刃の傷が走っている。

桐間は、岡田義平の息子の目の前に「顔相之書」を突きつけた。手にとろうとしたので、「汚い手でさわるな」と叱責する。

「よいか、お主は洞意の瞳をよく観察するのじゃ。そして、奴の瞳に『顔相之書』にあるような不穏な火花が閃《ひらめ》くことがあれば、すぐにわしに報せろ。これならお主にもできよう」

七

高知城にある家老控えの間で、桐間蔵人は饒舌《じょうぜつ》であった。岡田義平の息子を絵金の画塾にやってから、半年がたつ。同時に入門させた与力の報告では、絵金が購《あがな》った怪しい絵といえば、「北斎漫画《ほくさい》」や春画ぐらいだ。家老お抱え絵師としては低俗がすぎるが、まあ目をつむっても差し支えはない。安堵が舌をますます滑らかにさせる。

「ほお、では桐間殿は、次の御駁初《おのりぞめ》は今年の葦毛馬《あしげ》には乗られぬというのか」

家老のひとりが驚いてきいてくる。御駁初とは、土佐人が夏祭以上に楽しみにしている行事だ。筆頭家老深尾《ふかお》家の物見櫓《ものみやぐら》に殿様が座し、その前で鎧《よろい》をつけた武士たちが一騎駆けする。

「左様、新しい栗毛《くりげ》の良馬が手にはいったゆえ。次の御駁初は、殿様に新しい駒《こま》を披露する」

家老たちが感嘆の声をあげた。

「桐間殿の騎馬姿を見れば、きっと郷士どもも身の程を思い知りましょう」

家老のひとりの言葉に、みなが手を叩いた。今から約二百年前、下士のなかでも上位にあたる郷士たちにも御駁初の参加が許された。だが、今年行われた御駁初では郷士の参加を禁じたのだ。増長する郷士を抑えつけるための策だが、これが裏目にでて郷士たちが団結し、お役目返上、つまり士分を捨てると抗議する大騒動にまで発展した。

「ふん、坂本《さかもと》家のような跳ねかえりがおるからだ。郷士どもが、御駁初から締めだされるのも当然の報いよ」

何年か前に坂本権平《ごんぺい》（坂本龍馬《りょうま》の兄）という郷士が、御駁初の稽古で上士を蔑ろにして一騎駆けをしたので、謹慎の罰を与えた。それでなくとも最近は、商人《あきんど》などが郷士株を買い、上士以上に華美な甲冑《かっちゅう》で一騎駆けする姿が目につくようになった。威厳を保つためには、郷士不参加の決断は止《や》むを得ない。

「とはいえ、あまり締めつけるのもよくない。芝居の奉納興行くらいは許してやってもいいのでは」

家老のひとりが窺うようにいう。天保《てんぽう》の改革の奢侈《しやし》禁止令で、江戸京都大坂以外での芝居興行は禁止された。社寺での奉納を名目に細々と行われているが、土佐藩ではそれさえも取りしまりはじめた。
「御馭初の禁止で郷士を締めつけるのは賛成だが、芝居の禁止は庶民をも苦しめかねん」

ちらちらとみなに視線を送るのは、それを建前に自分が芝居見物をしたいからだろう。

桐間は咳《せき》払いをひとつした。
「市川海老蔵《いちかわえびぞう》（七代目團十郎《だんじゆうろう》）が、禁令破りの咎《とが》で江戸追放になったのは知っていよう」

桐間の声に、みなが黙りこむ。

困窮する武士とは対照的に、商人や職人、芝居関係者たちは財を築きあげていた。このままでは、幕府の身分制度をゆるがしかねない。そこで天保の改革を実施したが、効果はうすかった。改革を徹底させる見せしめとして、幕府は二年前に市川海老蔵を追放処分にしたのだ。

「もし、ここで土佐藩が芝居興行を許せば、幕府に何と申し開きをする。我らが山内家は徳川家康公のお引きたてにより、成りたった藩だということをお忘れか」

みなが、不承不承といった体《てい》でうなずく。

気まずい沈黙が流れた。

話の接ぎ穂をようやく探しあてた家老のひとりが「それはそうと」と口を開く。

「贋作事件のことはご存じか」

思わず、桐間の眉が跳ねあがった。初耳である。なぜか、胸騒ぎがする。

「まだ、おのおの方の耳にははいっておらぬかもしれぬ。つい先日、発覚したことゆえ」

身を乗りだして、家老のひとりが語りはじめた。何でも、二日前の画会で狩野探幽《たんゆう》の「蘆雁図《ろがんず》」が披露されたという。見事な出来映えでみなが真筆と信じて疑わなかったが、客のなかのひとりが「贋作だ」と主張したのだ。

「途方もない言いがかりをつけるものよ。誰だ、そ奴は」

桐間の横にいた家老が、忌々《いまいま》しげな表情できいた。

「壬生水石《みぶすいせき》よ」

ああ、とみなが膝を打った。土佐の上士で、篆刻《てんこく》をよくし絵の鑑定人としても有名だ。それ以上に杓子定規《しゃくしじょうぎ》な気性で名を馳《は》せている。曲がり角はかならず道の中央を直角に曲がると決め、途中で上役と出会い道をゆずれば、また曲がり角にもどり歩き直すほどだ。

家老でさえも持てあましている奇人だ。

「気性はともかくとして、壬生水石の目利きが信用に足るのは、おのおのもご承知でしょう」

桐間もうなずかざるをえない。

「では、画会にあった絵が贋作だったとして、その『蘆雁図』は、一体誰が描いたのじゃ。まさか、近森半九郎とか申すなよ」

百年以上も前に刑死した贋作師の名前がでて、みなが噴きだした。

が、すぐに萎《しぼ》み消えてしまう。

近森半九郎は師の狩野常信《つねのぶ》の筆法に似せて絵を描き、師の落款を捺《お》して贋作を仕上げた。そして土佐藩にわたし、あろうことか土佐藩はそれを紀伊藩に贈ったのだ。その後、狩野常信の嗣子周信《ちかのぶ》が絵を見て、贋作と看破した。当然のごとく、土佐藩が、紀伊藩を騙《だま》したと大騒動になった。早急に謝罪し近森半九郎を処刑したことで、ことなきを得たが、土佐藩が改易されてもおかしくなかった。

うん、と桐間はうつむく。今まですっかり忘れていたが、近森半九郎が贋作したのは「川中島合戦図」ではなかったか。桐間家の蔵にも同じ絵があるのは、画題として一般的だからだ。近森半九郎も一作だけではなく、何作も描いたであろう。

落款が読めぬ右下の変色部を思いだす。

「まさかな……」

声にだして、妄想を打ち消した。

「で、こたびの贋作騒動の絵師は誰なのじゃ」

桐間は胸をはりたずねた。

「まだ、描いた絵師の名まではわからん。だが、どこから購ったかはわかっている。骨《こっ》董《とう》商の中村屋《なかむら》だ」

瞬間、桐間の心臓が見えぬ手で鷲掴みにされた。絵金が懇意にする、商人のひとりではないか。

「今、中村屋とその周辺を、壬生水石に取り調べさせている。もう間もなく、贋作絵師の正体もわかろう」

やがて、襖のむこうから足音がやってきた。南蛮時計が時を刻むような正確な足の運びである。

「どうやら、壬生水石の取り調べが終わったようだな」

一斉に襖に目をやると、足音が止まった。がらりと開いた中央に、背の低い小男がたっている。

「おお、壬生水石か。どうであった。取り調べは終わったか」

「はい。そのご報告のために参上致しました」

曲尺で測ったような均一な歩みで部屋にはいり、畳の縁に膝をそろえて正座した。

「まず、問題となった贋作の絵をご覧ください」

みなの目の前に、一幅《いっぷく》の水墨画が広げられた。横に広い紙に、左下に蘆が生い茂り、余白を挟んで右上に数羽の雁《かり》が飛んでいる。

「ほお、これは見事じゃ」

家老たちが身を乗りだす。しかし、桐間はできなかった。

なぜか。

絵のなかの雁が、迫ってきたからだ。

桐間の視界を、雁が埋める。

こみあげてくるうめき声を、喉の手前でかろうじて潰した。

雁の瞳が、桐間を射すくめる。

遠景のため、点のような瞳だ。だが、ただの黒点ではない。目を凝らせば、濃淡二種の墨で彩られていた。中心の濃い墨と外縁のうすい墨が混じりあって、黒の繧繝《うんげん》（グラデーション）をつくっている。

この瞳を、桐間が忘れるはずもない。

「で、贋作を描いた絵師は誰じゃ。わかったのか」

家老のひとりの問いかけに、壬生水石はためらうことなく口を開いた。

「絵金こと、林洞意」

桐間の脳髄を言葉が殴打するかのようだった。よろめいて、片手でかろうじて体を支える。

「今日の朝方、中村屋が白状し、さらにさきほど洞意めの屋敷に使者をやり問いつめたら、あっさりと認めました」

「ば、馬鹿な。ありえない」

家老たちの視線が、桐間に突き刺さる。

「だが、皆々様、勘違いされるな」

壬生水石の声が控えの間を圧した。

「林洞意は、十中八九、無罪でしょう。桐間様、ご安心召されい」

惚《ほう》けた目で、壬生水石を見つめる。

「先人の作を寸分たがわず写すは、狩野派にとっては画業の基礎。また、先人の作の写しを所望する武家や商家は多くございます」

「つまり、これはそうした写しだというのか」

「はい。中村屋が林洞意に狩野探幽の『蘆雁図』の写しを発注したのは、洞意の家人や弟子、また中村屋の奉公人も述べております。さきほど、手下の者に洞意の弟子である武市家の息子にもききにやらせたところ、急いでいるゆえ、中村屋が落款を捺すのは後日でいいといって、奪うように持ちさったとか」

「つまり、林洞意が描いた写しに、中村屋が偽造した落款を捺した、ということか」

家老のひとりが指さしたのは、絵の右下にある落款である。たしかに狩野探幽とあった。

篆刻家でもある壬生水石は、力強くうなずいた。

「この落款は、明らかな偽作。今、中村屋の屋敷の家捜《やさが》しをしておりますれば、すぐに偽造の落款も見つかりましょう」

「で、では」と、桐間が立ちあがる。

「洞意は無罪なのじゃな」

桐間の問いかけに、壬生水石は腕を組んで黙考した。

嫌な間だった。

「うかうかと偽の落款を捺されたのは、迂闊《うかつ》の極みですが、罪に問うほどのことではないでしょう」

安堵のあまり、桐間はその場にへたりこんだ。緊張から解き放たれたのは、桐間だけではない。同座していた家老たちもだ。

「なら、よかった。家老お抱え絵師が贋作に手を染めていたとなれば、我ら上士の面目も潰れる」

「左様、また郷士どもが増長するところだった」

緊張から解き放たれた反動か、家老たちは口々に歓談をはじめる。

懐紙を取りだし額の汗をぬぐっていると、視界のすみでかたく腕を組む壬生水石の姿があった。じっと絵金の絵を凝視している。

「どうしたのだ。まだ、何か不審なところがあるのか」

桐間が小声できくと、壬生はかたい表情のままうなずいた。

「なんなのだ、それは」

ほかの家老たちに聞かれぬようにささやくと、壬生水石は人差し指を絵のなかの雁へとやった。指先にあるのは、雁の瞳だ。桐間が絵金に強要した、濃淡二種の瞳がある。

「どうしたのだ。雁の瞳が、何だというのだ」

「この瞳の筆法は、近森半九郎のもの」

暫時、桐間は呼吸の仕方を忘れる。

「拙者は絵の鑑定も生業《なりわい》としておりますれば、師から近森の筆法の特徴もきいておりまする。濃淡のある真円の黒い虹とでもいうべき瞳が、まさにこれ。どうして、林洞意が近森の筆法を知り、さらに体得しているのか、と奇妙に思った次第です」

壬生水石は、約百二十年前におこった近森半九郎の贋作騒動の顚末《てんまつ》を手短に語る。

紀伊藩が狩野周信を呼び、近森半九郎偽作の狩野常信の「川中島合戦図」を見せた。狩野周信は、瞳の描き方が父のものと異なると看破する。そして、間違いなく父の弟子近森半九郎の筆法だと断言した。

「なぜだ。林洞意は、なぜこの瞳を描いた」

壬生水石は、腕を組み自問を繰りかえす。

「近森の作をどこかで見たことがあるのか。あるいは、林洞意が隠しもっているのか」

桐間の背を嫌な汗が流れ、着衣を盛大に濡らした。

一方の壬生水石は、桐間の異変に気づかぬのか、独り言のようにつづける。

「だが、近森の絵を所有するのは御法度だ。露見すれば、厳しい罰が待っている。その危険を冒してまで、林洞意が近森の絵を隠しもつとは考えられない。かといって、偶然の一致にしては出来すぎている」

桐間の脳裏によみがえったのは、童のころに蔵で見つけた絵だった。

武田信玄と上杉謙信が一騎打ちする「川中島合戦図」。

桐間はあの絵の瞳を思いだし、絵様伺で絵金に再現させた。その瞳が、近森半九郎の筆法と同じということは……。

あの「川中島合戦図」は……。

体がふるえる。

――間違いなく、近森半九郎の作だ。

画題としては一般的な「川中島合戦図」は、腕のある絵師ならば幾度も描く。その内の一枚が、贋作として土佐藩を経由して紀伊藩にわたった。事件が発覚して、近森半九郎の絵はすべて燃やされることになった。何枚もある「川中島合戦図」もそうだ。その内の一枚が奇跡的に処分を免れた。

それが、桐間家にあった「川中島合戦図」ではないのか。秘匿できた理由の説明はつく。庄屋や郷士、商家は厳しく家捜しできても、家老の屋敷はそうはいかないからだ。

あるいは、蟄居を経験した五代か四代前の当主の仕業ではないか。絶望を慰めてくれた絵のなかに近森半九郎の作があり、どうしても捨てられず落款部を炙り死蔵した。

本当の理由は、今となってはわからない。たしかなのは、桐間家が禁を犯したということだ。

もし、絵金が、近森半九郎の瞳を描いた理由を尋問されればまずいことになる。間違いなく、桐間の指示だと答えるだろう。そうなれば、桐間家にも吟味がおよぶ。

――あの、「川中島合戦図」を見られてはいけない。

土佐藩家老の桐間家が禁を破り、近森半九郎の作を所持していたと知られれば、下士たちにつけいる口実を与えかねない。大きな騒動になれば、桐間家にも累がおよぶ。

八

桐間が乗る栗毛の馬が、大地を力強く蹴っていた。桐間を、高知城下からどんどんと遠ざける。いつもなら、御馭初で喝采を浴びる己の姿を思い描きつつ鞭《むち》をふるうが、今はそんな余裕はなかった。

やがて浜が見える。手綱をひき、馬の脚を止めた。しばらく待っていると、従者の荒い息遣いが近づいてきた。

「すこし夕涼みで散策する。ひとりで考えごとをしたいゆえ、ここで待っておれ」

飛びおりて、まだ肩で息をする従者に手綱をあずけた。

鞍《くら》にかけていた袋をとり、なかにある巻物をたしかめる。波が砂浜に打ちつける音が、夕焼けに溶けるかのようだ。手にもつ巻物がなければ、もっと心地よく感じただろう。

にぎる巻物は、先日、一日がかりで蔵のなかから捜しだした絵である。右下の落款部が焦げた「川中島合戦図」だ。あの近森半九郎の作である。よく見れば、変色部に三つの印が捺されているのがわかった。名前は損傷がひどく読めない。

今から桐間は、このいわくつきの絵を、この世から消し去る。

どこか、人目につかないところはないか。

首を左右にふった。

うん、と目が吸いこまれる。

長身の男が、ひとり波打ち際にたたずんでいた。

あれは……。

近くにあった岩陰に、桐間は身を隠した。頭の形がわかるほどきつく結った総髪に、長い手足。均整のとれた体軀《たいく》が美しい。対照的に、砂浜にのびる影は異形の化物《ばけもの》のようだ。

絵金こと、林〝洞意〟美高である。

足に波がかかるころになって、絵金はゆっくりと歩きだした。桐間も、そっと後をつける。もう陽は半分以上沈み、墨がにじむように辺りは暗くなりつつあった。

絵金も桐間も、提灯《ちょうちん》をもたずに歩いている。

急に立ちどまった。

倒れこむようにして、桐間は松の木陰に隠れた。

ゆっくりと、絵金が振りかえったのだ。

「誰な」

声が桐間の体を打つ。

「わかっちゅうがぞ。そこに、隠れちゅうろが。でてこんか」

桐間の頬を、一筋二筋と汗が流れる。鯉口《こいぐち》を切る音がしたのは、絵金が脇差をぬこうとしているのだ。

漁場を荒らす武士を、漁民が溺死に見せかけて制裁する噂を思いだした。海に、己の骸《むくろ》が浮かぶ様を想像する。フナムシがはうかのような感触が全身をなぶり、肌が粟立《あわだ》った。

何を恐れているのだ。相手はひとりだ。武士のわしに敵《かな》うはずがない。

柄を強くにぎるが、腕のふるえはなくならなかった。

覚悟を決めて、木陰から身をだそうとしたときだった。

葉擦れの音が聞こえる。

視界のすみで、小さな影が蠢《うごめ》いていた。誰かいるのか。

「なんちゃ、岡田さんくの小僧やないか」

草むらからあらわれたのは、黒い肌と反《そ》った前歯をもった童だった。

岡田義平の息子である。

「おまん、こんなとこで何しゆうがな」

絵金の呑気《のんき》な声が届く。

「た、たまたま、浜で遊びよったら、師匠の姿が見えたがです」

「嘘ついたらいかんぞ。おまん、ここで隠れてずっと待ちよったろが」

見えぬ桐間にもわかるほど、岡田の息子が動揺する気配が届く。

「困った童ぜよ。秘所通いを突き止めゆうとはな」

ぱちん、と音がしたのは頭でも叩いたのだろう。

「お、お師匠様こそ、こんなところで何しゆうがですか」

「ああ、勘違いしたらいかんぞ。女を囲いゆうとかやないきな。まあ、客をとれんようになった夜鷹には秘所の番をさせゆうけんど、あれは抱けん」

からりとした笑い声とともにいう。

「おらがどこいって、何しゆうかを、どういてそんなに気にしゆうがな」

「それは……」

まさか、桐間の指示ともいえず、岡田の息子は口ごもった。沈黙が流れ、波が浜を打つ音だけが辺りにひびく。

「まあ、えい。いいとうなかったら、黙っちょれ。けんど、おまんはおらが何しゆうか知りたいがやろう」

消えいりそうな声で、「うん」と聞こえた。

「ほんなら、ついてきたらえいわ」

「え」

岡田の息子だけでなく、桐間もかすかに声を発してしまい、あわてて口を手でふさぐ。

「ここで長い時間待ち伏せしよったがやろ。折角《せっかく》やき、おまんにだけは、秘所通いの正体を教えちゃる」

九

月明かりに照らされるのは、一軒の廃屋だった。うすい板壁はひびだらけだ。なかで絵金たちが火を点しているのか、隙間から次々と光が漏れはじめる。

桐間は、ゆっくりと廃屋へと近づく。

思わず手で鼻をおおった。

臭い。

獣の肉を煮詰めたような、異臭がする。足元を見ると、土鍋が転がっていた。

これは膠《にかわ》の臭いか。ここで岩絵の具と膠を配合し、顔料をつくっていたのだ。

木の葉ほどの大きさの穴に、桐間は顔を近づける。

息を呑んだ。

百におよぼうかという蠟燭《ろうそく》に火が点され、屋内が照らされていたからだ。そのなかに、絵金と岡田の息子がたっている。壁には、表装された絵がいくつもかけられていた。狩野派の絵のようだが、蠟燭の火で浮かびあがるそれは、どこか違和を感じる。

なかにいる岡田の息子も同様のようで、口を半開きにしている。

「お師匠様、これはなんながですか」

「ほお、おまんでもおかしいがわかりゆうか」

蠟燭ののった小皿を、絵金は壁際へと集めていく。ひとつの絵に、あかりが集まりだす。

ぼやけていた絵の輪郭が、あらわになる。

桐間のまぶたが、めくれるように上がった。

「うわぁ」と、岡田の息子が感嘆の声をあげる。

――これは、何だ……。

唾を呑みこもうとしたが、無理だった。

目の前にあるのは「蘆雁図」だ。

それ自体は、ありふれた画題だ。何より、さきの贋作事件でも目にした。

だが、それだけではない。

今まで目にしたどの「蘆雁図」ともちがう何かを、絵が強烈に放っている。まるで本当に在るかのような、圧倒的な存在感を夏の陽光のようにまき散らしていた。


――これは、まさかへこみ絵か。


江戸に参勤交代で滞在したときに、桐間は西洋の遠近法をつかった浮世絵を見たことを思いだした。芝居小屋の内部を描いた絵で、目に映るすべてのものをそのまま紙に写したかのような構図だ。遠景と近景のあいだに金雲を配する日本画の遠近法とちがい、空間が最奥の見えぬ一点に集約するようにずっとつづいている。そんな西洋の技法を取りいれた浮世絵は、紙のさきに空間があるかのように感じられることから〝へこみ絵〟と呼ぶ。

そう、目の前にある絵金の絵のように。

飛ぶ雁の大きさは、目に映ったものを写したかのようで、徐々に奥にいくほど規則的に小さくなる。地にある蘆も同様だ。それらを目でたどると、へこみ絵のように一点へと収斂《しゅうれん》される。

これは、狩野派ではない。

桐間の体が戦慄《おのの》きだす。

狩野派の皮をかぶった、まったく異質なものだ。本来ある「蘆雁図」の詩情を、絵金の遠近法が完全に否定し、まったく新しい絵へと生まれ変わらせている。

「お師匠様、こんな絵を描いてもえいがですか」

絵金が色の黒い童に目を落とす。

「もし、こんなものを描きゆうことがばれたら……」

つづく言葉は、恐怖のあまり声にはならなかったようだ。

「岡田のぼん、おらはいずれ土佐をこんな絵で埋めつくしちゃるぞ」

右手を異形の「蘆雁図」へとやる。蠟燭の光が、絵金がつくった絵の空間のなかに影を落とす。

「おらは土佐の画師職人支配にいずれつく。ほんなら、高知城をこの異端の絵で彩ることらぁ、容易なことよ」

夢物語ではない。絵金の狩野派の師・池添楊斎《いけぞえようさい》は、実際に画師職人支配を務めた。それを後援したのが、豪商の仁尾順蔵《じゅんぞう》だ。今は故人となったが、絵金を土佐一の絵師にする野心は、仁尾の遺族たちが引きついでいる。そして、将来の画師職人支配が有望だからこそ、桐間は絵金を雇ったのだ。

いずれ、絵金は土佐の絵師の頂点にたつ。

蠟燭の炎がゆれて、絵のなかの影も激しくゆらめいた。遠近の空間の牢獄《ろうごく》に閉じこめられ、苦悶《くもん》するかのようだ。

「いや、それだけやない。今のままやったら、狩野とへこみ絵を足しただけよのう。おらはもっとすごいもんを創る。狩野は無論、絵さえも超える絵を描いちゃるきんにゃあ」

絵金の首がゆっくりと動く。

桐間がのぞく穴を見た。板壁ごしに、ふたりの視線がぶつかる。

くすりと笑い、また絵金は、顔を絵へと正対させた。

「けんど、お師匠様、そんなことしよったら、大変なお叱りをうけるがやないですか」

「お叱りだけではすまんろうな」

笑いながら、絵金は自分の首に指で線をひく。

「近森半九郎の末路と変わらん。おらは殺されるやろ」

市井《しせい》の絵師が西洋の技法を取りいれるのはいい。だが、大名や家老お抱えの狩野派は別だ。徳川家康《とくがわいえやす》以来の空間の再生産という使命がある。西洋技法を取りいれては、まったくちがうものになる。しかも、ただでさえ幕府は外圧に対して昨今、警戒を強めている。そこで土佐山内家が、高知城を西洋技法の絵で埋めつくせばどうなるか。桐間の口のなかに苦い唾が満ちる。

「運がよくて、追放。絵も燃やされる」

「そ、それでも、かまんがですか」

「ああ、かまんわ。命らぁ、惜しいないぜよ」

絵金は、心底楽しそうに返答した。

「けんど、一生懸命描きゆう絵ものうなるがですよ」

「この世にはのうなっても、人の心にはのこる」

風が吹きこみ、蠟燭の火が猛《たけ》った。空間に囚《とら》われていた影が、絵からはみだす。

「絵は焼かれても、見た人の心のなかにはのこるろが。ほんなら、見た何人かは、きっと、おらの遺志をついでくれるやろ。それで十分よ」

絵金は蠟燭のひとつをとり、右へ左へと動かす。そのたびに、絵に当たる光の加減が変わり、色合いも変化する。何度も何度も、絵を塗り替えるように、絵金は蠟燭の火を動かす。

「いずれ、狩野派は滅ばぁ」

つぶやくように、絵金はいう。

「先人の絵を写すだけやったらえい。どこの流派もやりゆう。けんど、一字拝領には創意はいらん。ただ、臨模《りんも》（模写）の腕しか許されん。狩野が育てゆうがは、人まねしかできん絵師よ。そんな流派は、いずれ死に絶えらぁ」

やがて、蠟燭をもつ絵金の手が止まる。「蘆雁図」の中央の余白が朱に染まり、まるで沈む夕陽を描き足したかのようだった。

「おらは復讐《ふくしゅう》する。心を殺されつづけた絵師らぁのために。いや、絵師だけやない。絵自体も殺されちゅう。いや死ねんと、臨模で生きた屍《しかばね》になって、苦しみゆう」

絵金が目を閉じた。

「聞こえるろが。狩野派の絵が『殺《ころ》いてくれ』いうて泣きゆうがが」

どのくらい、そうしていただろうか。波の音が近くなっているのは、今が満ち潮だからか。

絵金のまぶたがあがる。首をひねって、ふたたび隙間からのぞく桐間と目をあわせた。異端の絵師の口端があがる。だけでなく、唇も開いた。嚙みつくかのように絵金は白い歯を見せて、物陰に隠れる土佐藩家老に笑いかける。

十

栗毛馬に乗った桐間蔵人を、与力の下士や従者たちが囲んでいた。中天にある太陽が、砂浜に短い影を落としている。前を歩む長身の絵師は、絵金だ。棒をもった足軽に左右を挟まれているというのに、臆する風がない。まるで、桐間たちを引きつれるかのようだ。

先頭で狼狽《うろた》えつつ道案内するのは、岡田義平とその息子である。

やがて、一行の目の前に廃屋が見えはじめた。絵金不在時の番人だろうか、年老いた夜鷹もいる。桐間一行の不穏な気を察して、悲鳴とともに逃げだした。

「追わんでいい。ほっておけ」

駆けようとする足軽を叱りつける。

絵金が廃屋で野望を吐露した翌日、桐間は岡田義平の息子を呼びつけた。凄《すご》む桐間に、息子は素直に絵金の野望を白状する。すぐさま、桐間は与力の下士を召集し、絵金を拘束するや隠れ家へと踏みこむ命令をくだした。

悠々と歩む絵金。しなやかな肩甲骨の動きが、着衣の上からでもわかった。気負いはまったくない。はなから、重い罰はないと見越しているのか。それとも、どんなに厳しい尋問にも口を割らぬ自信でもあるのか。

「洞意よ、見くびるなよ」

鞍の上でゆられながら、桐間はつぶやいた。さらに自分にだけ聞こえるように、つづける。

「貴様の野心を潰してやる。上士の恐ろしさを、身をもって教えてやる」

腰の刀に手をやると、猛るかのように栗毛馬がいなないた。

隠れ家の廃屋に飾られた絵の数々を見て、みなが呆然《ぼうぜん》と立ちつくす。合戦図、聖人図、花鳥風月図など、狩野派の主題の数々が、西洋の遠近法でまったくちがう詩情の絵に生まれ変わっていたからだ。

「洞意、これはへこみ絵であろう。狩野派として、土佐藩家老お抱え絵師として、こんな夷狄《いてき》の邪法を駆使することが許されると思っているのか」

昨夜同様、白い歯を見せて絵金は笑っている。

「桐間様、へこみ絵は狩野派も手をつけちょります。木挽町の晴川院《せいせんいん》様も、へこみ絵の技法で襖絵を描いちゃあるがです」

「見くびるな、洞意。晴川院殿が描いていたとしても、それは幕府や大名家からの仕事ではあるまい」

絵金は口をうすく閉じる。

「絵師が己個人の嗜みとして、夷狄のへこみ絵を描くのは許されよう。だが、貴様は将軍家や大名の城、屋敷を飾る絵を、へこみ絵で描いて、狩野派に楯突くといったのであろう。岡田の息子が、しかと聞いていたのだぞ」

絵金の唇は完全に閉じられた。

「へこみ絵で、偉大な先人の絵を穢《けが》し、狩野の筆法を抹殺する。これは、絵の下剋上だ。

到底見過ごすことはできぬ」

下士たちがひそひそとささやきあう。桐間が睨みつけると、たちまち黙りこんだ。

「さあ、家捜しをはじめろ。桐間家の名を貶《おとし》める絵がないか、徹底的に探せ」

下士たちが、一斉に散った。

絵金は平然としている。先人の作をへこみ絵で描いただけでは、厳罰にはできないと知っているのだ。たしかに、岡田家の幼い童の証言では、心もとない。無理に罰せば、郷士以下の反感を招きかねない。

「なんちゃあ、この絵は」

きたか、と桐間は心中で叫んだ。

「どうした。何があった」

わざとらしく、桐間が問い質す。

「はい、妙な絵が一枚あります」

下士のひとりが頭上に掲げた絵は、武田信玄と上杉謙信のふたりが一騎打ちをしている構図だ。「川中島合戦図」である。右下の落款部分は、火で炙られたのか、変色している。近づいてみれば、武田信玄と上杉謙信のふたりの瞳は、濃淡二種の墨で表現されているのがわかるはずだ。

桐間は、心中で快哉《かいさい》を叫ぶ。昨夜、絵金たちが去ってから、密《ひそ》かに侵入して、絵をおいたのだ。

　なぜか。

　絵金に、近森半九郎の絵を所持していた罪をきせるためだ。

　絵金は、ただ眩《まぶ》しげに見ている。心当たりのない絵をつきつけられて、混乱のあまり一言も発せないようだ。

「落款が見えぬので、洞意の作かどうかはわからぬな。おい」

　桐間は、後ろに声をかけた。でてきたのは、坊主頭に道服をきた男だ。

「こういうこともあろうかと、人を呼んでおいてよかったわ」

　坊主頭の男は、島本蘭渓に紹介してもらった鑑定人である。たしかな目利き、それとは裏腹に賄賂で口をつぐむ卑しい性根をもっている。今回の謀《はかりごと》の人選には、うってつけだ。

　鑑定人は、坊主頭を「川中島合戦図」に近づけ、なめるように視線をはわせる。

　上杉謙信の瞳の部分で、顔が止まった。

「こ、この瞳の筆法は、ま、まさか」

　かすかにふるえはじめた体を見て、桐間の口元が綻《ほころ》ぶ。さりげなく、手で隠して誤魔化す。さらに鑑定人は、熱で変色した落款部に顔を移した。

「ひい」と、体を仰けぞらせた。

「どうしたのじゃ。誰の作か、わかったのか」

鑑定人は、青ざめた顔を桐間へとむけた。

「き、桐間様、この絵は……、ち、近森半九郎の絵でございます。洞意は、近森の絵を隠しもっていたのでございます」

潮が退くかのように、下士たちが一斉に壁際に後ずさった。

「ほお、いかなる理由でもって、近森の絵と鑑定したのじゃ、申せ」

「は、はい。まずは、瞳の筆法。そして、何よりは、焼けた落款」

「いい加減なことを申すな。落款の名前は読めぬではないか」

「はい、名は読めませぬ。ですが、印の形はわかります。だるま形がひとつに、方形がふたつ、合計三つの印が縦にならんでおります」

唾を呑みこんで、鑑定人は間をとった。

「この三つの併せ印こそが、近森の作である証左。ほかに私は、狩野派やそれ以外の大和絵《やまとえ》の絵師の印判を熟知していますが、だるま形ひとつと方形ふたつの落款の持ち主は、近森以外におりませぬ」

どよめきの声があがる。

絵金を見ると、右の人差し指で無表情に頰をかいていた。狼狽《ろうばい》を見せぬ度胸は、見事というほかない。

「まず、みなに命じる」

桐間は用意した言葉を諳《そら》んじる。

「絵金こと、林洞意が、近森の作をもっていたことは他言無用。口外すれば斬る。桐間家とそれに連なる与力たちのためだ。わかっておるな」

与力と寄親《よりおや》の桐間家は、運命共同体だ。口を封じるのはたやすい。絵金が近森の作を隠しもっていた件は、さすがに外聞が悪いので桐間家だけで内々に処分する必要がある。

つづいて、桐間は鑑定人に目を移す。いつのまにか青ざめていた顔は元にもどり、もみ手をして見つめている。予想どおり、賄賂で買収できそうだ。

秘密が漏れる心配はないと確信した。

もっとも重要なことは、ここにいる与力や従者たちが近森半九郎の絵を絵金がもっていると認識することだ。万が一、壬生水石が不審に思い桐間家を調べても、彼らに証言させれば、被害は最小限ですむ。

罪は絵金になすりつけることができた。あとは、この男のすべての作を燃やし、桐間家から追放する。近森の絵の所持を知る与力たちに命じれば、喜んで仕事をするだろう。そして、土佐藩の家老たちに、絵金をふたたび雇わぬように言いふくめる。適当な理由をでっちあげれば、悪評は他国にも広まるはずだ。狩野派の画壇から、絵金を永久追放できる。

だが、ことの重大さを理解できぬのか、絵金は右の人差し指で呑気に頬をかきつづけている。

「洞意よ、まさか、ほかに近森の作を隠しもってはいまいな」

頬をかいていた絵金の指が止まる。

「答えろ。どうなのだ、ほかに絵はないのか」

そのとき、右の人差し指が頬を離れ、上をむいていることに気づく。

どういう意味だ。

ゆっくりと、視線を絵金の指にはわせ、誘われるように天井を見た。

「ああっ」

思わず、腰が砕けそうになった。

天井画をつくるかのように、頭上に屏風絵《びょうぶ》がつり下げられていたからだ。「扇《せん》」と呼ばれる六つの面があわさった、六曲一隻《せき》と呼ばれる屏風絵である。

「五柳《ごりゅう》先生《せんせい》舟《しゅう》遊之図《ゆうのず》」――陶淵明《とうえんめい》が川岸の草庵《そうあん》に五本の柳を植え川遊びを楽しむ、古くからある構図だ。

だが、何かがおかしい。

理由は、すぐにわかった。

外側の左右の二扇のみが彩色され、中央の四扇は線描だからだ。右側の一扇にはだるま印がひとつと方形印がふたつ捺してある。そのうちのひとつには〝常好《つねよし》〟と、近森半九郎の諱が読めた。

そして何より、瞳である。左右の扇には、水面から顔をだす鯉や亀がおり、その目は薄墨と濃墨の二種で彩られていた。

「江戸におるときに、見つけたがです。残念ながら、中央の四扇は欠けちょったき、白《はく》描《びょう》でおらが描き足したがです」

絵金は淡々と語る。

「仲間と引きはがされて、絵が泣きゆうとわかったがです。やき、購っていつかのこりの四扇も探しちゃろうと」

まさか、本当に絵金が近森の絵を隠しもっているとは思わなかった。それを知らずに、己は呑気にこの男を飼っていたのだ。

気づけば、桐間は肩で大きく息をしていた。ゆっくりと刀の柄に手をやる。

嘲《あざけ》るように、絵金の片頬が持ちあがった。

「桐間様、どういたがです。一枚目よりも二枚目の近森の絵を見つけたときの方が、驚いちゅうようですが。あるがを知っちゅうかのように、一枚目のときは泰然としちょったに」

「き、貴様、わしを馬鹿にしおって」

そういうのが精一杯だった。

絵金は、桐間家が近森の絵を所持していることを知っていたのだ。絵様伺で近森の瞳を描かせた時点で気づいたが、ずっと黙っていた。そして、災いを呼びこむ近森の瞳を描きつづけた。

「桐間様、ぬいて、斬りゆう度胸はあるがですか」

刀をにぎる桐間の手に、指を突きつける。

「桐間様は『斬る』が口癖やけんど、刀をぬいちゃうとこを見たことないがです」

一瞬にして、桐間の顔が火照る。

「ぶ、無礼者」

鞘《さや》を走らせると、与力たちが悲鳴を発した。狭い屋内なので、腕を折りたたんで刀を振りあげる。膝をおりながら、刀を叩きつける。

絵金は――

不動だ。

両頬を持ちあげて、迫りくる刃を受けとめようとしている。

――もし、家老のわしがこの男を斬ったら。

その理由を問われる。近森の絵を隠しもった絵金のことが、知られる。桐間家の名に泥を塗る行為だ。そして、絵金は重罪だが、斬られるほどの罪ではない。間違いなく、郷士どもは騒ぎたてる。

切っ先がそれたのは、意識してのことかどうかはわからなかった。絵金の頭髪をかすり、その横を勢いよく通過する。あまりのことに足が乱れ、体勢を崩した。

泳いだ切っ先が吸いこまれる。

絵金の絵に。

夷狄の遠近法で描かれた「蘆雁図」に。

ひびいた手応えはうすかったが、耳に届く音は大きかった。桐間の切っ先が、「蘆雁図」をさいたのだ。

「お見事です」

絵金の声がひびいた。

「桐間様、見事な一太刀、否、一筆です」

絵金が、「蘆雁図」を指さす。

「もし、この絵に一画一筆を足すがやったら、桐間様が打ちこんだところしかないですきに」

見ると、「蘆雁図」の中央の余白部分に、刀傷が斜めに走っていた。蘆原にふく風をあらわすかのように。

まるで、絵金に誘われ斬りつけたかのような、そんな桐間蔵人の一太刀だった。

十一

与力や従者たちによって、絵金の絵が続々と運ばれてくる。荷車にのっているのは、廃屋から押収したもの。ふたり一組でかつぐ行李《こうり》にあふれるのは、絵金の屋敷からもってきたもの。さらに、籠を背負った足軽たちがつづく。絵金と付きあっていた画商たちから没収した絵がはいっている。

今回の贋作騒動の咎として、絵金の絵の没収焼却を、桐間は強硬に主張した。騙されたとはいえ、家老お抱え絵師として不届き千万ということである。下士以下の身分層の締めつけを企図していた家老たちも、賛成してくれた。絵の焼却という罰は、上士の力を見せつけ、かつ下士の怒りを買わない、絶妙の按配《あんばい》だと判断したのだ。

山となった絵が崩れて、桐間の足元に転がった。画商から没収した絵の数々が、視界に映る。瞳は、近森の筆法では描かれていない。絵金は、桐間家の仕事以外では、あの瞳を描かなかったのだ。

では、なぜ、贋作騒動の原因となった「蘆雁図」には、近森の筆法を使ったのか。あれは、桐間家が発注したものではない。

もしかして、贋作のために中村屋が注文したことを、絵金は見抜いていたのではないか。その上で、桐間の肝を冷やすために、あえて近森の筆法で瞳を表現した。

「ふん」と、荒い鼻息を吐きだす。

だから、どうしたというのだ。

絵金に罪をかぶせることには成功した。

絵金は、一介の町絵師として細々と暮らすしか道はない。廃屋で聞いた絵金の野心は、夢物語と化した。

やがて、桐間の前に薪《まき》が積まれはじめた。しばらくもしないうちに、大きな火柱が立ちのぼる。

「よし、洞意、いやもう洞意ではないな。絵金めの絵を焼《く》べろ。この世から、消し去れ」

男たちが、次々と絵金の絵を放りこむ。そのなかには、近森半九郎の「川中島合戦図」や「五柳先生舟遊之図」もある。

悶《もだ》えるように、火のなかで絵が躍った。炎の赤で彩られていたのは、一瞬だけだ。すぐに真っ黒な灰になり、やがて空へ吹きあげられた。

白い灰が、桐間の頭上に降りそそぐ。

すべての絵を火のなかに焼べ終わったときだった。

ひとりの童が、立ちすくんでいた。半開きの唇から、反った歯が見える。

岡田義平の息子だ。

なぜだろうか、桐間は目が離せない。

視線が、童の顔に吸いこまれる。

なんだ、あれは。

知らず知らずのうちに、岡田義平の息子に歩みよっていた。黒い瞳のなかに、ひるがえるものがある。赤い火花のようなものだ。

まさか、あれは。

思いだしたのは、先祖の「顔相之書」にあった〝乱心の相〟だ。

岡田義平の息子に、〝乱心の相〟が宿ったのか。燃える絵金の絵が、霊魂となり、童に取りついたのではないか。それとも、ただ単に炎が反射しているだけなのか。

考えつつ、童のそばへ近づく。

「おい、以蔵《いぞう》、こっちをむけ」

岡田義平の息子を、名前で呼びかけた。しかし、火に魅入られた岡田以蔵は顔を動かさない。

「こっちをむけと、いっておろうが」

桐間は、童の頭をつかみ無理矢理に正対させた。瞬間、黒い瞳が桐間を射すくめる。目のなかに、桜の花弁《はなびら》のようなものが散っている。いや、桜にしては朱が強すぎる。桐間は、さらに顔を近づけた。

黒い鏡のような瞳に、男の顔が映っている。引きしまった頬骨と高い鼻梁、なぜか恐怖に引きつる口元。

十二

男の視界に映るのは、桐間蔵人の顔だ。引きしまった頬骨と高い鼻梁をもつ顔からのびる首に、一本の線が横にはいろうとしている。童のころ、月代ぬきで見た鏡のなかの桐間の顔のように。線が完全に首を両断した瞬間、血が噴きだす。夜の闇を塗りつぶすかのような鮮血が、月明《つきあかり》と混じる。

胴体から転げおちた首が、地に当たり跳ね、男の足元へと運ばれてきた。

男は、首を見下ろす。

草鞋《わらじ》を履いた足でかるく蹴る。桐間蔵人だった生首は、瞬時に別人に変わる。

鼻は低く、脂肪で弛《ゆる》んだ顔は、桐間とは似ても似つかない。

ひいい、と悲鳴が聞こえたので、男は——人斬りと呼ばれる土佐勤王党の男は、横を睨みつける。

天誅《てんちゅう》の標的のもう一方は、たちまち声を萎ませる。

男は——人斬り以蔵こと岡田以蔵は、今、京都にいた。

佐幕派の標的は、板塀に背をあずけ、だらしなく尻餅をついている。

夜の闇をかきわけるようにして、以蔵は近づく。

そして、いつもの儀式をする。

標的の顔を、頭のなかである男に置きかえるのだ。

土佐藩家老、桐間〝蔵人〟清卓。岡田以蔵の父・岡田義平の寄親にして、童のころの以蔵を人斬りの狂気に目覚めさせるきっかけをつくった男だ。

あの日、火に焼べられた絵金の絵の妖しさにふれて、岡田以蔵の何かがたしかに覚醒した。

標的の痩せた顔が、いつのまにか逞《たくま》しい土佐藩家老の顔になる。ちがうのは、か細い命乞いの声だけだ。

岡田以蔵は、一本の想像の線を標的の首にうがつ。後は、それに沿って切っ先を操るだけである。

桐間の首が、宙に飛んだ。

ひとつふたつと闇のなかで回転し、三つ回ったときには、もう元の標的の貧相な顔にもどる。

「おい、何しゆう……、いや、ちがう、何してるんだ」

身元がばれる土佐弁を、仲間が必死に言いつくろう様子に、岡田以蔵は思わず失笑する。

「もう、天誅は終わった。早く逃げるぞ」

仲間の背を追って、以蔵は夜の京の街路を走る。

ふと、足を止めた。

暗がりの辻《つじ》に、背の高い男がたっている。

頭蓋の形がわかるかと思うほど撫でつけた総髪は……。

まさか、な、とつぶやきつつも、口端があがる。

あの男が、ここにいるはずがない。

天誅が吹きあれ、尊王攘夷《そんのうじょうい》の浪士が餓狼《がろう》のごとく夜を闊歩《かっぽ》する京に、いるはずがない。

だが、岡田以蔵は暗い辻へと足を動かす。

「おい、何をしゆうがな。寄り道しゆう暇らぁないぞ」

仲間の声を無視して、長身の男へと近づく。妖の絵師への間合いを、一歩二歩と狭める。

濃い墨に塗りつぶされるように、男は消えんとしていた。岡田以蔵は、闇に足を踏みいれた。

「逃がさんぜよ、絵金」

漏れた言葉には、過剰なほどの殺気がしたたっていた。狂気を味わうように、岡田以蔵は舌なめずりする。

月の光の加減だろうか。

あるいは、ただの気のせいだろうか。

今宵の都の闇は、かすかに血の色をおびている。

四章　末期の舞台

一

「おれは舞台の上で死ぬ」

大坂の港にたった市川團十郎《いちかわだんじゅうろう》は、そうつぶやいていた。

カモメが空を舞い、猫が甘えるような声を落としていた。

海には、何百隻もの帆船がひしめいている。小さいねえ、と思う。昨年、浦賀《うらが》港にあらわれた黒船が鯨なら、目の前の帆船は雑魚《ざこ》だ。

「なら、この八代目團十郎のおれは、大坂の民にとってみりゃあ、鯨か黒船みたいなもんさね」

くすぐられたかのような笑いが、腹からこみあげる。父の五代目市川海老蔵《えびぞう》（七代目團十郎）に呼ばれ、江戸を旅立ったのが約一ヶ月前。十日ほど前に終わった名古屋の芝居興行は大当たりだった。黒船を見物する群衆のように客が押しよせ、雨あられのように喝采を浴びる。

満を持して、大坂へときた。道頓堀《どうとんぼり》五座のひとつ、「中の芝居」（のちの中座）で、座《ざ》頭《がしら》として出演するためだ。

「おれは、舞台の上で死ぬ。そうすることで、古今無双の役者として未来永劫《えいごう》に名をのこす」

　潮風をうけつつ宣言した。

　江戸、名古屋、そして大坂、この三都で当代一の名声を得られれば、日《ひ》ノ本一《もといち》の役者である証《あかし》が立つ。あとは、その名を絶対に朽ちない方法で刻みつけるだけだ。先例はある。初代市川團十郎だ。今からちょうど百五十年前、芝居の最中に、共演する役者に刺殺された。ゆえに、初代は伝説の人として今も語りつがれている。

「おい、知ってるか。今度の中の芝居やけど――」

　間延びした大坂言葉が聞こえてきた。市川團十郎はちらりと見る。当代随一の美男子ともてはやされる面長の顔を、万が一にもすべてさらさないようにだ。大坂で舞台にたったことはないので、江戸とちがい顔がばれることはない。が、大坂にきてすぐに中の芝居に船で乗りこむまでの〝船乗りこみ〟では、道頓堀に見物の衆がひしめいた。何より、自分の錦絵は大坂でも飛ぶように売れている。勘のいい者なら、團十郎だと気づくはずだ。

「團十郎の代役やけどな、弟の猿蔵《えんぞう》がやってるらしいわ」

「へー、で、どないや、芝居の出来は。團十郎はでえへんけど、江戸の役者を見るええ機会やと思ってんねん」

どうやら、己の噂《うわさ》話をしているらしい。水夫《かこ》風の男数人が話しこんでいる。

「あかん、やめとき」

ひとりが顔の前で手をふる。

「親父の海老蔵はさすがやわ。けど、團十郎の代役の猿蔵があかん。大根やないけど、わざわざ見るほどやない」

「残念やなぁ。〝江戸随市川〟とまでいわれた八代目が見られへんとは」

「こんなことなら、船乗りこみのときに見物いけばよかったわ」

「それもこれも、團十郎が舞台にたってへんからや」

「せやで、もともと体が弱いとは聞いとったけどなぁ」

「初日の直前に病で倒れたときから、もしやって思ってたけどな」

ふん、と市川團十郎は鼻で笑った。團十郎は度々病で倒れ、芝居に穴を空けている。芝居の最中に気を失ったこともある。事実、水夫たちがいうように、大坂では初日の直前に倒れた。出演するはずだった道頓堀の中の芝居では、今は代役をたて幕が開けられている。

「もともと、心も体も弱い役者やってんて」

さすがにこの言葉は聞き逃せない。

「馬鹿にしなさんなよ」

思わず罵声が口をついたが、幸いにも水夫たちには聞こえなかったようだ。

「おれをそこらの木っ端役者と一緒にするんじゃねえよ」

気づかれると厄介なので、声を落とす。

おれは舞台の上で死ぬ。比喩ではない。本気だ。初代團十郎のように舞台の上で死ぬことで、伝説になりたいとずっと思っていた。

ゆえに、演じるときはおろか、稽古のときも命がけだ。徹底的に追いこみ、舞台にあがる。だから、何度も倒れた。

不名誉とは思わない。己ほど、芝居に命をかけている役者はいないからだ。

後ろに目をやると、水夫たちはまだ團十郎が病弱だと口にしている。

「いつまで、くっちゃべってやがんだ。この八代目がどんな覚悟で舞台にたっているかを、明日教えてやるぜ」

そう、明日、己は舞台の上で死ぬ。父と代役の弟の舞台に乱入して、白刃《はくじん》を手に、命を絶つ。そうすることで、古今東西、無双の役者として永久に名をのこす。歌舞伎十八番を定めた父の海老蔵はもちろん、舞台の上で演じつつ刺殺された初代團十郎さえも超える。

血まみれの己が、白刃を手に見得《みえ》を切り息絶える。

その姿を想像し、市川團十郎はぶるりとふるえた。

恍惚《こうこつ》にひたる團十郎の視界が急に陰る。長身の男が体を折りまげ、顔を覗《のぞ》きこんでいた。

「おまん、えらい青い顔しちゅうね。まるで幽霊みたいやか」

馴《な》れ馴れしくも声をかけてくる。

粗末な単衣《ひとえ》からはみだすように、長い手足があった。頭蓋の形がわかるほど強く、髪を後ろで縛っている。歳のころはわからない。三十二歳の團十郎よりは上だろう。だが、女形《おんながた》の顔（化粧）をすれば、二十代でも通用しそうだ。

「何でもねえよ」と答えつつ、水夫たちに目を配る。こちらを見てひそひそとささやいていた。顔を隠すようにして、背をむける。

「なんだい、あんた絵描きか」

長身の男は、手に棒をもっていた。先端には、箱がある。ふたつの丸い穴があり、西洋のガラスがはめこまれていた。のぞき眼鏡師という辻《つじ》芸人だ。箱のなかに絵をさしこんで、のぞかせて銭をもらう。男は仕事帰りのようで、箱のなかではなく小脇に絵をかかえていた。

「ちょっと見せてみなよ」

團十郎は芝居だけでなく、絵や俳諧もよくする。

「こりゃあ……」

思わず絶句した。男に見せられたのは、西洋の遠近法を使ったへこみ絵だったからだ。だが筆法は西洋ではない。飛ぶ雁《かり》や広がる蘆《あし》は、墨で描かれており、明らかに狩野《かのう》派の技だった。

「品のない絵だねえ」

團十郎は正直にいう。

市川家には大名の贔屓《ひいき》も多い。河原崎《かわらさき》家の養子になった弟の河原崎権十郎《ごんじゆうろう》などは、土佐藩主山内容堂《やまうちようどう》から厚く引きたててもらっている。大名屋敷に招かれることもあり、どこにどのように絵が飾られるかは知っている。

それは、床の間だ。床の間という有限の空間を変えるのが、絵だ。だが、もしそこに西洋技法の窓をくりぬいたような写実の絵があればどうなるか。せせこましいだけだ。障壁画にしても同じである。狩野派の晴川院《せいせんいん》はへこみ絵でいくつか襖《ふすま》絵を描いているようだが、そんなことをするくらいなら襖を開けて庭を見ればいい。

日本の絵はそうではない。床の間や襖で区切られた有限の空間を変えなければいけない。それは西洋の遠近法では不可能だ。

「こんなものが大名や家老の間を飾るかと思うと、ぞっとすらぁ」

團十郎の辛辣な意見に、なぜか男は微笑を湛えて聞きいっている。

「折角《せっかく》、これだけの腕があるのに、西洋画の悪いところに染まっちまうとはな」

日本画の肝は、西洋画と変わらない。空間を表現することである。西洋画は、距離によって規則的に大きさを変える遠近法を使う。が、日本画はちがう。線の変化で、空間を生みだすのだ。線の濃淡、強弱、肥瘦《ひそう》をつけることで、ある線は浮きあがり、ある線はへこむ。

理《ことわり》では到底説明できぬ不思議な技で、空間を形作る。

そのときこそ、有限の床の間が幽玄の世界に変わる。

惜しい、と思った。この男の筆遣いは、間違いなくその域に達している。だが、西洋技法をなぞったがために、幽玄の世界を生むまでにはいたっていない。

「ふん、夷狄《いてき》の言いなりになるのは、絵の世界も同じか、おっと」

團十郎はあわてて手を口にやった。幕府がアメリカと不平等条約を結んだのは、今年の三月のことだ。下手《へた》なことをいえば、幕府批判としてしょっぴかれかねない。

「おまん、口は悪いけんど、なかなか鋭いことをいいゆうね」

弟を贔屓にする土佐藩の連中と同じお国言葉で、絵描きの男は感心した。

「ふん、一流に通じれば、他芸のこともわかるってもんだ。宮本武蔵《みやもとむさし》が絵や書でも達人であったようにな。どれ、ほかの絵も見させてもらうぜ」

様々な画題があった。雄大な風景画、淫《みだ》らな春画、滑稽な笑い絵、血湧き肉躍る合戦図、市井の人々の風俗画、桃太郎などの昔話の一幕、最後にでてきたのは芝居絵だった。今までの絵とはちがう。ふたりの役者が見得を切る姿が、視界のなかに飛びこんできた。

これは『浮世柄比翼稲妻《うきよづかひよくのいなずま》』の「鈴ケ森《すずがもり》の場」か。

ひとりは、目千両といわれた江戸の役者・五代目岩井半四郎《いわいはんしろう》だ。遊女に恋し道を踏み外す、白井権八《しらいごんぱち》を演じる様を妖しくも美しく描いている。

いまひとりは侠客《きようかく》・幡随院長兵衛《ばんずいいんちようべえ》、演じているのは……。

にやりと、團十郎は笑う。卵を思わせる大きな目は、七代目團十郎——己の父・海老蔵のはずだ。三十一年前にふたりが初演し、大当たりをとった。

「ほお、あんた、芝居絵も描くのかい」

「江戸におったころ、よう見にいきよった」

團十郎は首をひねり、すこしのあいだ考えた。

「そいつはいいや。中の芝居で、出入りの絵描きがつまんねえ仕事をしたみたいなんだ。下手くそな看板絵を掲げることになって、中の芝居はいい笑いものよ」

当初、芝居小屋の櫓《やぐら》に掲げられる絵は市川團十郎が描かれていた。しかし、休演のため、急遽《きゆうきよ》代役の弟猿蔵と父の海老蔵を描いたのだが、出来がよくないと不評だ。

「どうだい、あんた、これだけ描けるなら、芝居の看板絵を描いてみねえか。なに、心配しなさんな。芝居小屋の部屋を貸してやるよ。そこで寝泊まりして描けばいい」

身なりからして、男が安宿暮らしだとわかった。

「おまん、もしかして、歌舞伎役者ながか。どうりで、えらいべっぴんな顔をしちゅうわけやちゃ」

なめるように、男は團十郎の顔を見る。

身なりは貧相でも、この男はやはり絵描きだ。己の肌の質感や顔の輪郭をどう写すかを考える目差しには、艶《なまめ》かしい熱がこもっている。

「きかれる前に答えるのも野暮だが、教えてやろう。驚くなよ、おれの名は市川團十郎よ」

「團十郎？」

「ああ、今、道頓堀の中の芝居で演《や》っている市川海老蔵の息子の八代目團十郎よ」

團十郎は袖をひるがえす。市川家が日本中に流行《はや》らせたという蝙蝠《こうもり》の柄が染めぬかれていた。

「お、おまん、八代目の團十郎ながか。なんで、こんなとこにおりゅう。たしか、おまんは先日……」

素早く團十郎は人差し指を己の唇にやった。

「しっ、声が大きいぜ」

背後の水夫たちを見ると、汚いものでも見るかのようにこちらを凝視している。どうやら、まだ気づかれていないようだ。

「ゆっとくが、病で臥せったのは本当さ。心配するな。今はこうして全快さ。さあ、何を幽霊を見たみたいな顔をしてんだ。さっそくお前さんを……」

團十郎は一旦言葉を切った。

「そういや、あんた名前は何だい。訛《なま》りからして、土佐の人みたいだが」

男は開けていた口を、ようやく閉じる。唇の端を艶然と持ちあげた。

「絵金」

男は指で宙に文字を書きつけた。

「え……きん。絵金か。そりゃ、随分とどぎつい名前だな。筆遣いからして、狩野派か」

「狩野派は破門になったぜよ」

「そりゃいいや。そのぐらいの絵師でなけりゃ、人物の肚《はら》や仁《ニン》（雰囲気）までは描ききれねえ。さあ、ついてきな」

蝙蝠柄の袖をひるがえして、團十郎は歩く。

二

色とりどりの幟《のぼり》が風になびいていた。中の芝居の大櫓も見えてくる。小屋には役者の名を書いた看板がならび、その中央に櫓があり、役者絵の大看板がそびえていた。團十郎の代役の猿蔵と父の海老蔵が描かれているが、彩色にはむらがあり、骨《こつ》（輪郭線）にも力がない。

鼠木戸《ねずみきど》と呼ばれる小さな入口の前で腕を組み、しかめ面をしているのは中の芝居の座元だ。市川團十郎の急な休演で客入りが不振な様子が、顔色から容易に察することができた。

「よお、座元さん」

声をかけても反応がない。影を踏む距離まで近づいて、ようやく座元が顔をあげた。

「迷惑をかけちまって、済まねえと思っているよ」

團十郎が頭を下げると、さらに座元の顔がゆがむ。その表情のまま絵金へと目をやる。

やれやれ、と團十郎はひとりごちる。

もともと、中の芝居の座元は團十郎を快く思っていなかった。理由は、團十郎が上方《かみがた》の役者を江戸でむごくいじめたからだ。それも木っ端役者ではない。〝難波《なんば》の太夫《たゆう》〟と呼ばれる上方の名優・中村富十郎《なかむらとみじゅうろう》だ。

奢侈《しゃし》禁止令にふれ、中村富十郎は上方を追放され、江戸へと流れ、團十郎と江戸の市村座で共演することになった。中村富十郎が上方の流儀を押しつけてくるのが気にいらなかった。また父の市川海老蔵が何を思ったか「息子をたのむ」と中村富十郎に文を送ったらしく、後見人を気取るのも癪《しゃく》に障った。

「この糞爺《くそじじい》」と罵ったのも一度や二度ではない。みなのそろう稽古の場で、中村富十郎の座布団を遠くへなげて、本来すわるべきところに江戸の女形をすわらせて大恥をかかせたこともある。当然、上方にも團十郎の所業は聞こえていた。そんなこともあり、最初から團十郎に対する座元の態度はよそよそしかった。

「なあ、座元さんよ、絵描きがいねえっていってたろう。この人はな、絵金っていって、なかなかおもしろい絵を描くんだよ」

じろりと、座元が絵金を睨《にら》む。目差しが落ちた。どうやら、顔料がこびりついた指を見ているようだ。

「なんや、あんた絵描きかいな」

微笑《ほほえ》みを浮かべたまま、絵金はうなずく。

「見せてみい」

座元が絵を引ったくる。

「狩野派かいな。お上品な絵はいらんのや」

遠近法の「蘆雁図《ろがんず》」を見て吐き捨てた。次々と絵をめくる。ぴたりと手が止まった。

どうやら、芝居絵に目を留めたようだ。

「ほお、これは目千両の岩井に海老蔵……か。おもろい目の描き方するなあ」

たしかに、と思った。何ともいえない色気というか、艶がある。瞳の描き方がちがうのか。

いや、そうではない。瞳ではなく、白目だ。鈍い光沢があるのは、特別な顔料で彩色をしているのか。

「嬉《うれ》しいことをいうやいか。実は、ちっとばぁ前に、目の描き方を変えたがよ」

絵金は満面に笑みを浮かべる。

「ふん、まあまあってとこか」

座元は、絵金に絵を押しかえす。

「あんた、この大きさの看板絵、大急ぎやったら、何日で描ける」

背後の櫓に掲げた看板絵を親指で示した。

「ざっと三日もありゃあ、描けるが」

何度かうなずきつつ、座元は考えこむ。

「三日か。今の下手くそな看板絵をこのまま掲げるよりかは、なんぼかましやな」

「座元さんよ、ついでに絵金さんを住まわせてやってくれ。絵を描く部屋も与えてやってくれよ」

座元はこちらを露骨に無視して、見ようともしない。

「ふん、どうせその格好やったら、安宿暮らしやろ。書割《かきわり》おいてる部屋が何個か空いてるから、住みこんだらええわ」

「よかったじゃねえか、絵金さんよ」

自分の紹介では逆に雇ってもらえぬのではと、実はさきほどから心配していた。

「團十郎さんのおかげぞね」

座元の顔が跳ねあがり、こちらを睨《ね》めつけた。團十郎という言葉が、座元の怒りに油をそそいでしまったようだ。

「絵金さんよ、あんまりおれの名はださない方がいいみたいだな」

絵金は白い歯を見せて笑う。

「さあ、いこう。おれが部屋へ案内するぜ。それとも風呂の方がさきか。すこし汚れてるからな」

表口ではなく、團十郎は役者や裏方が出入りする裏口へといく。

「おっと、絵金さんよ」

跳ぶようにして、團十郎は距離をとる。すぐ背後に、絵金がいたからだ。

「気を悪くするなよ。おれは人にさわられるのが、嫌なのさ」

團十郎は重度の潔癖症として知られている。

「だから、なまなかのことではさわらねえでくれよ。ちなみに肌だけじゃねえよ。持ち物もそうさ」

悪い弟子などは、團十郎の潔癖を逆手《さかて》にとって、自分が気にいった持ち物にわざと手の脂をつける。そうすれば、團十郎が手放し、自分のものにできると知っているからだ。

廊下を行きかっていた役者が立ちどまり、こちらを怪訝《けげん》そうに見る。またか、とため息をついた。上方の役者たちには、相当嫌われてしまったようだ。

「さあ、まずは風呂へ案内するぜ。こっちへきな」

風呂場の扉を絵金に開かせ、なかをのぞく。

「見てみな、女形がいるぜ。ほら、おもしれえだろう。女形は風呂でも立膝を突くんだ。男みたいに股ぐら開いて湯を浴びられちゃあ、舞台で色恋の芝居なんかできやしねえからな」

立ちこめる湯気を、絵金が手で払う。若い女形の役者が、女のような所作で湯を体にかけていた。その様子を、絵金は愛《め》でるように見つめる。

「おい、変な気をおこすんじゃねえよ。おれはちょっくら野暮用があるから、ゆっくりはいってな」

湯気のなかに絵金をのこして、團十郎がむかったのは舞台袖だった。

三

舞台では大勢の客を前にして、役者たちが芝居を演じていた。書割を隔てた一枚裏側では、裏方たちが粛々と次の舞台の書割の準備をしている。

演目は『与話情浮名横櫛《よわなさけうきなのよこぐし》』。一年前に市川團十郎が初演し、大当たりをとった。無論のこと、大坂では初披露だ。

舞台では、團十郎の弟の市川猿蔵が斬り刻まれていた。猿蔵演じる大店《おおだな》の養子の与三《よさ》が、木更津《きさらづ》の親類のもとにあずけられる。その木更津の浜で、ヤクザ者の妾《めかけ》のお富《とみ》を見初《そ》め、逢瀬《おうせ》を重ねる。それが露見しヤクザ者に囲まれ、三十四ヶ所を斬り刻まれる「赤《あか》間《ま》別荘の場」だ。

「なっちゃいねえなあ」

腕を組んでつぶやく。團十郎が、江戸でこの場面を初演したときのことを思いだす。見物客全員が息を呑んだ。まるで初めて男と交わる未通女《おぼこ》のように。

江戸一の美男子の團十郎が斬り刻まれる様を、身をかたくして見つめていた。二十有度目の刃が團十郎に襲いかかったとき、変化はおきた。吐息のようなものが客席から立ちのぼる。ご見物の衆ひとりひとりの奥深くに眠る加虐の悦楽が、鎌首をもたげたのだ。いや、ある者は自身を團十郎演じる与三に投影し、被虐に酔いしれていた。

だが、今の舞台はちがう。

ただ、斬り刻まれているだけだ。

「結句《けっく》、覚悟が足んねえのよ」

喉仏を指でかきつついう。

團十郎の急な休演など、理由にならない。舞台で死ぬ覚悟ができていれば、どんな状況で代役をしても見事に演じきれるはずだ。その自信がなければ舞台にたたなければいい。悪評をかぶり贔屓から愛想をつかされるだろうが、舞台の上で醜態をさらすより幾らかましだ。

「上方の役者がだらしねえのは知っていたが、江戸からきた奴らも情けねえ」

代役の猿蔵の無様な芝居に、深々とため息をついた。

突然だった。

よどんでいた空気が引きしまる。

気だるげに殴り（金槌《かなづち》）をふるっていた裏方の背ものびる。

團十郎は振りかえった。

弟子を引きつれたひとりの役者が、舞台の袖にひかえようとしている。卵を思わせる大きな目に逞《たくま》しい眉、すこし青みがかった髭《ひげ》の剃《そ》り跡が匂いたつような男の色気を立ちのぼらせる。

役者や裏方たちが、無言で頭を下げた。高合引《たかあいびき》と呼ばれる枕を高くしたような形の椅子に、どかりと腰を落とす。そして、腕をかたく組み、舞台を睨む。

斬り刻まれていた猿蔵も斬り刻んでいた役者たちも、その存在を感じとったようだ。所作やうめき声に、急に艶が乗りはじめる。桟敷《さじき》席のご見物の衆も、何人かが前のめりになった。

市川海老蔵——さきの七代目市川團十郎だ。オハコと呼ばれる歌舞伎十八番を選定した立役者にして、團十郎の父親であり旦那（師匠）だ。

「旦那さん、さすがだねえ」

裏方が運ぶ書割の陰に隠れつつ、團十郎はつぶやく。さすがに病で倒れた自分がここで鉢合わせては、苦言のひとつもぶつけられるだろう。

己と釣りあう役者をひとりあげるとすれば、父の市川海老蔵しかいない。

十三年前に天保《てんぽう》の改革で奢侈禁止令が発令されて、芝居関係者の贅沢《ぜいたく》や華美な舞台演出が禁止された。何人もの役者が手鎖《てぐさり》や過料（罰金）などの罰をうける。みなが萎縮するなか、父だけはちがった。平然と禁をやぶり、舞台では本物の火縄銃や豪華絢爛《けんらん》な衣装で派手な演出を貫いた。結果、江戸十里（約四十キロメートル）四方追放という重罰がくだる。

追放の禁が解けたのは五年前。父の復帰の最初の舞台に、團十郎は度肝をぬかれた。演目は『難有御江戸景清《ありがたやめぐみのかげきよ》』。通称を〝岩戸の景清〟と呼ぶ。怨敵調伏《おんてきちょうぶく》のため岩窟に隠れ祈願する景清を、父の海老蔵が演じた。景清が隠れたことにより、舞台は闇に閉ざされる。芝居小屋の左右の窓を閉じて、暗闇にする。そして、海老蔵演じる景清が岩窟からでると、舞台両脇の窓を開け、光を差しこませる趣向だ。

幕府の奢侈禁止令と江戸追放の処置により、世は闇につつまれたという強烈な風刺である。さらに海老蔵の復帰で光を取りもどすという演出で、幕府の禁制に勝利したと宣言した。明らかすぎる幕府への不敬に、團十郎は、父が打首になると覚悟した。だが、何のお咎《とが》めもなかった。人気役者の海老蔵を罰すれば、人心が乱れ騒乱を招きかねないと判断されたのだ。

そして、四年後にはまた江戸を去り、上方を中心に舞台にたつ。幕府の赦免を、大きなお世話だとでもいうかのように。

「あんたは大したものだよ、旦那さん」

物陰から、海老蔵を睨みつける。

「明日、与三が斬られる『赤間別荘の場』で死のうと思ったが、気が変わった」

また喉仏が痒《かゆ》くなる。

に、与三と互いに愛するお富をめぐって駆けひきをする。

「源氏店《げんじだな》の場」だ。そこで海老蔵演じる和泉屋《いずみや》番頭の多左衛門《たざえもん》が登場し、与三と互いに愛するお富をめぐって駆けひきをする。

「猿蔵や上方の役者じゃ、おれの相役には不足だ。旦那さんよ、せいぜいおれの舞台を引きたててくれよ」

爪をたてて、首をかく。いけねえ、これ以上やれば、肌に傷ができる。顔をするときに、隠すのが大変だ。思いつつ、團十郎は喉をかきむしりつづけた。

四

中の芝居の一室の壁には、書割がいくつも重ね立てかけられていた。中央にいるのは、長身の絵師である。さっそく絵金は、看板を床において、その上に板をわたして絵を描いていた。

芝居は終わり、もう陽は昏《く》れている。蠟燭《ろうそく》のか細いあかりが、絵金の姿を浮かびあがらせていた。絵筆を左右の手ばかりか口にも咥《くわ》えて、縦横無尽にふるっている。

「ほお」と、團十郎は目を見張った。

昼間見た絵とはちがう。

凄《すご》みが増している。

まだ骨描《こつが》き（輪郭線描写）で彩色はしていない。だが、線が部屋のなかに浮かびあがる。のっぺりとした部屋の暗がりに、濃淡と輪郭が生まれる。團十郎の左右や背後に空間が造られる。

初めてあったときの絵と、なぜこうもちがうのか。

屈《かが》んで、絵金の背中ごしに絵をのぞく。

そうか、闇と蠟燭か。

薄暗い闇と蠟燭の光が、絵金の描く絵に妖しい色をつけ、奔放な線を淫靡《いんび》にしている。

うっ、と思わず仰《の》けぞった。

絵のなかの役者が睨んだ。目が爛々《らんらん》と光っている。顔料ではだせぬ光沢だ。

これは……そうか。

役者の白目の部分に、蠟を塗りこんでいるのだ。それが蠟燭の光をうけ、輝いている。

「ふん、食えねえ絵師だぜ」

絵金の絵は夜になって初めて凄みが増すようにできている。暗い夜に蠟燭だけを点《とも》し描いているのは、絵金が夜の闇に映える絵を目指している証左だ。

絵金が振りむいた。口に咥えていた筆を手でとる。

「團十郎さん、どうで、おらの絵は」

体を動かして、絵の全貌を見せてくれた。父の海老蔵と團十郎の代役の猿蔵がならんだ役者絵だ。

「悪くはねえ。けど……」

何かが足りない。海老蔵も猿蔵も舞台衣装を凛々《りり》しく着こなしている。表情も悪くない。木更津の浜を描いた背景もしかりだ。

「物足りんけど、上手《うま》くいえんって顔しちゅうね」

唇を曲げて、絵金は苦笑を浮かべる。あるいは自身の絵の不足を誰より知っているのは、絵金かもしれない。

役者でもそうだ。突きぬける一歩手前には、はるか高い壁がある。わずか一歩の距離を進むために何ヶ月、ときに何年もの時間を費やす。絵金は、今、その境地にある。

「なあ、團十郎さん、何が足りんやろうか」

「おれが教えてどうにかなる類《たぐ》いのものじゃあるめえ。それは、ほかならぬあんたがよく知っているだろう」

絵金は筆の尻で頭をかいた。

長い腕をのばして、絵皿のひとつを取りあげる。血のような赤い顔料が満たされていた。

「水銀朱ぞね。四国の山奥でとれゆう」

蠟燭の火をかざすと、不気味な光沢が付加された。

「そいつを塗るつもりか」

あまりにも色の力が強すぎる。衣装の彩色に使うにしても、慎重を要する。

「まだ、決めかねゆう。けんど、この色はおらの性《しょう》におうちゅう」

指で水銀朱をすくいとった。

「よしな。色に線が負けるぜ」

水銀朱のついた指で、絵金は自身の顔をなぞった。歌舞伎の隈取《くまど》りでも気取っているのか。

「そらそうと、團十郎さんは何を企《たくら》んじゅうがで。顔を見たらわかるで。何かとてつもないことをするつもりやないがかえ」

白い歯を見せて、きいてくる。顔についた水銀朱と蠟燭の火が、團十郎の視界で混じるかのようだ。

不思議な心地だった。この男にならば、明かしてもいいかもしれない。狩野派を破門された異端絵師に、團十郎は共感しているのだろうか。

「おれは明日の舞台で死ぬぜ」

絵金の目が半眼になる。

「けんど、團十郎さんの代役はしっかり舞台を務めゆうやか。今さら、かわりにでるらぁ無理やろう」

だろうな、と思う。座元のあの様子だと、体調が回復したといっても無視されるのがおちだ。

「行儀よく、舞台にでるつもりはねえさ。勝手に乱入させてもらう」

懐にあった短刀を取りだす。柄《つか》には蝙蝠の意匠が刻まれている。

「なに、長々とやるつもりはねえさ。大坂のご見物衆の横面を張りたおすような、啖呵《たんか》と見得を切って、こいつでぶすりさ」

「おもしろいことをいうやか。役ももっちょらん團十郎さんが、舞台に上がり死ぬがか。客は戸惑うろうね」

「なに、ごちそうだと思えばいいだけさ」

ごちそうとは、大物役者が物語の筋とは関係ない端役で出演することだ。

「そして、その場で江戸随一の役者市川團十郎が自害する。最高のごちそうだと思わねえか」

絵金は無言だ。なぜか、瞳に哀しみの色を湛えている。

「まさか、絵金さん、止める気かい」

「そんな無駄なことはせん」

「やっぱり、あんたはおれの見込んだとおりの男だ」

くつくつと、腹の底から笑いがこみあげてくる。

「そうだ、絵金さんよ。おれが死んだら、とっておきの死絵《しにえ》を描いてくれよ」

死絵とは、役者が死んだときに追悼のために描かれる浮世絵だ。人気役者ともなると何十種類もの死絵が出板される。

「江戸随市川といわれた――いや、古今東西日ノ本随一であることを証《あか》したおれのために、最高の死絵を描いてくれよ。いいな。約束だぜ」

五

今日は特に鬢《びん》付け油がよくのり、白粉《おしろい》も肌によくなじむ。まるで体の内側に吸いこまれるかのようだ。

顔が終わった團十郎は、衣装をきる。白麻の襦袢《じゅばん》に鼠紋付の帷子《かたびら》、丹後三筋縞《たんごみすじしま》の袴《はかま》、浅黄《あさぎ》の博多帯《はかたおび》をしめる。

「團十郎さん、もう支度はえいろうか。駕籠《かご》の用意ができたで」

「ああ」と答えると、旅籠《はたご》の襖が開いた。長身の絵師が膝をついてひかえている。短刀をとり、懐にしまう。外へでると、駕籠がふたつ止まっていた。ひとつに絵金が乗りこむ。もうひとつに團十郎が黙ってもぐりこむ。

「中の芝居まで」

絵金の言葉に、駕籠かきの眉間に深い皺《しわ》がよる。駕籠のなかに入りこんだ團十郎へ、怪訝そうな目をむけた。それも当然か。白粉をほどこした男を乗せるなど、滅多にないはずだ。

「気にすな。お代はちゃんと払うき」

不承不承という体で、駕籠かきが持ちあげる。かけ声とともに駕籠はゆれ、外の景色が後ろへと流れた。人々が何かを手にもって、話しこんでいる姿が目につく。駕籠のなかなので、声までは聞こえない。

手から落ちた紙が、ひらりと舞う。團十郎の視界をよぎる。歌舞伎役者の浮世絵だ。ひとりの役者の顔が中央に大きく描かれ、その前で何十人もの人々が嘆き悲しんでいる。

あれは死絵か。誰が死んだのだ。

駕籠から顔をだして、たしかめようとしたが、落ちた死絵はもうはるか後ろにあった。

「旦那、もうすぐやで」

いつのまにか、駕籠は道頓堀の喧騒のなかを進んでいる。

「中の芝居の裏口でえいわ」

絵金の指示に従い、駕籠は中の芝居の裏へと回り、地面に降りた。團十郎はゆっくりとでる。絵金とならび、芝居小屋へとはいる。大股で役者や裏方をかき分けた。芝居小屋で白粉を塗った役者など珍しくもない。みな、自分のでる幕のことや次の場の用意のことで頭がいっぱいで、目をくれる者はわずかだ。

「おい、どこいくねん」

腕をつかまれたのは、絵金だ。当然だろう。舞台袖に、絵師がはいるなどありえない。團十郎はかまわずに進む。絵金を置きざりにして、舞台へとむかう。

とうとう舞台袖まできた。

舞台の上では『与話情浮名横櫛』の「源氏店の場」。舞台に造られた屋台と呼ばれる建物のなかで、体中に傷の化粧をほどこした弟の猿蔵がいた。妾役のお富と一緒に、必死に切られ与三を演じている。

團十郎の反対側でゆっくりと歩いているのは、和泉屋番頭多左衛門役の市川海老蔵だ。屋台へと、一歩一歩近づいている。

「よぉっ、なりたやぁ」

客席からかけ声がひびく。海老蔵の歩調にあわせて、團十郎も進む。一歩、一歩、呼吸はおろか心音さえもあわすように。

誰も團十郎に気づかない。

海老蔵の方に視線が集まっているのだ。無論、それは計算の内だ。客席の意識を父に集中させることで、屋台の中央に静かに乱入できる。

お富役の女形がこちらをむいた。ぶるりとふるえ、簪《かんざし》が落ちそうになる。不思議そうに首をかしげるが、何もいわない。どうやら、何かの趣向と勘違いしたようだ。

奇妙だなと思った。お富役の女形が、こちらを見ているようで見ていない。まるで霧か霞《かすみ》でも見るかのように、團十郎に顔をむけていた。

格子状になった屋台の扉ごしに、父の海老蔵が与三とお富のやりとりに聞き耳をたてる芝居をしている。やがて、戸の把手《とって》にゆっくりと手をのばす。大店和泉屋番頭の多左衛門が、貫禄《かんろく》たっぷりに扉を開こうとする。

團十郎は、大きく床を踏んだ。

「いやさぁ、これ、お富ぃ、久しぶりだなぁ」

見せ場の名台詞《ぜりふ》を大喝《だいかつ》する。

そして、口を引きむすび、眦《まなじり》をあげて、客席へと見得を切った。

どうだ、と心中で叫ぶ。これが、八代目市川團十郎だ。さきほどみた猿蔵の啖呵とは雲泥の差だろう。

客席から、反応がないのは予想のうちだ。みな、面食らっているのだろう。

團十郎は待つ。見物の衆が、このごちそうに気づくまで。

がらりと、格子戸が開いた。

おかしい。己が乱入したというのに、父海老蔵の戸を開ける音が、いつもとまったく変わらぬ調子だ。

「お富の口から聞こうよりも、わしがいって聞かせましょう」

耳をついた海老蔵の台詞も、いつもと変わらなかった。

さすがだな、旦那さん。おれが乱入しても、あえて呼吸を変えぬか。

「わしだあ？　鷲だか鷹だか知らねえが、この女を囲って……」

つづく、切られ与三の仲間の蝙蝠安《こうもりやす》の台詞の調子に、團十郎の心臓が跳ねる。

父の海老蔵はともかく、どうして蝙蝠安までもがいつもとまったく同じなのだ。團十郎の戸惑いをよそに、芝居は粛々とつづく。

「そこにおいでの衆は、お前さんの身寄りか近づきか」

海老蔵演じる和泉屋番頭多左衛門が、上座にすわりつつお富にきいた。舞台の上で、和泉屋番頭多左衛門、お富、切られ与三がならぶ。

「身寄りでもありぃ、近づきでもありぃ」

つづいて、お富も普段と変わらぬ芝居をする。

まるで團十郎などおらぬかのようだ。

「え」と、客席を見る。

誰ひとり、團十郎を見ていない。明らかに、異質な團十郎が舞台上にいるというのに、だ。

「面目のうござんすう」と、お富。

「何、面目ないことがあろう。人の浮き沈みはままある習い」と、和泉屋番頭多左衛門が歌うように口上をつづける。

「その用といって、ほかのことじゃあござりません。ここにいるお富がことさ」

切られ与三が、煙管《キセル》を叩いていう。

芝居は、舞台の上の團十郎を置きざりにしてつづく。役者たちが互いにこなしあって、台詞を繋《つな》げている。ふと、桟敷席の最前列を見た。みなが死絵を手にもっている。面長の引きしまった輪郭、女のような切れ長の目、形のいい鼻と唇。

あれは、八代目市川團十郎——己の死絵ではないか。

喉に痒みが奔《はし》る。

指をもってきて、引っかく。

喉仏で違和に気づく。

指がずぶりとめりこんだ。生暖かいものがあふれ、肌を濡らす。足元を見た。左右の窓からはいる光で、父や弟の影が映っている。

だが、己の影はない。

まさか、と声にださずにつぶやいた。

身の内に聞こえていた心音が徐々に小さくなり、やがて完全に聞こえなくなった。

「おれは、とっくの昔に死んじまっているのか」

声は唇からではなく、さけた喉元から発せられる。赤い血が飛びちるが、床に染みができることはなかった。

『兄さん、いよいよ明日ですね』

聞こえたのは、弟の猿蔵の声だ。こんな台詞はない。事実、声は舞台の上の猿蔵とは全く別の方向から発せられた。己の外側からでなく、内側から。

脳裏をよぎったのは、中の芝居が開幕する前日の出来事だった。

六

「兄さん、いよいよ明日ですね」

目を輝かせて團十郎に語りかけるのは、弟の猿蔵だった。

「楽しみだなあ。やっぱり大坂と江戸では客の雰囲気はちがうんでしょうねえ」

無邪気にきいてくる。

市川團十郎は、弟とふたりで中の芝居の櫓の前にたっていた。櫓にはすでに芝居看板がならび、中央には團十郎の役者絵が鎮座している。たっぷりと時間と金をかけたようで、顔料が陽をうけて輝くようだ。

だが、團十郎は気にいらない。描かれた細面の役者は、いかにもひ弱だ。何より、目に力がない。出汁《だし》を取り忘れた味噌汁《みそしる》みたいな役者絵だ。

なっちゃいないねえ、とため息をつく。

〝江戸随市川〟と呼ばれる團十郎の大坂での初舞台にして初座頭。演目は大当たりした『与話情浮名横櫛』を、父の海老蔵とやるのだ。江戸の座元の機嫌を損ねるわけにはいかないから、市川白猿《はくえん》の芸名での出演だが、無論のこと大坂の衆は團十郎だということは知っている。この一世一代の舞台で、こんな気のぬけた絵を描くのだから、大坂の絵師はなっちゃいない。

「とにかく、兄さん、私はもう代役はごめんですよ」

團十郎の思考をさえぎったのは、猿蔵の言葉だった。團十郎が病気で舞台に穴を空けると、猿蔵が代役にたてられることが多い。

「わかってるよ。お前さんには、いつも世話をかけて悪いと思ってる」

「本当ですよ。先日もひやひやしましたよ」

大坂にはいってすぐに、團十郎は病に倒れ、周囲を青ざめさせた。

「安心しな。もう、おれがお前に代役のことで迷惑かけることは、今後一切ねえよ」

なぜなら、團十郎は明日の舞台で白刃を己に突き刺し、息絶えるからだ。代役も、團十郎が生きていればこそである。

いや、もしかしたら、己が死んだ次の日の代役を猿蔵が務めるかもしれない。火事で小屋が焼け落ちないかぎり、芝居を中止することはないからだ。どちらにせよ、猿蔵にとっては今しばらくの辛抱だ。代役から解放されるのは、そう遠いことではない。

「けど、それはそれで困るかなぁ。兄さんが病気になるから、代役でおれにいい役が回ってくる」

軽口を叩いて、猿蔵は團十郎のもとを離れていった。

ふん、舞台でもこのくらい軽妙に台詞をいえれば、あいつが九代目團十郎になる目もあったろうに。だが、自分の死後に九代目をつぐのは、河原崎家に養子にいった弟だろう。

まあ、仕方ないか、とつぶやく。

それよりも、今日は身を清め、明日の初日に備えなければならない。胸に手をやると、激しく鼓動していた。まるで恋患いをする娘のようだ。

懐から取りだしたのは、柄に蝙蝠の意匠が刻まれた短刀だ。明日、最高の舞台と至高の役を得て、團十郎は死ぬ。万が一にもしくじってはならない。緊張と期待が胸を高ぶらせるあまり、数日前には体調を崩し、猿蔵には心配をかけた。実は、今日の朝も、床から起きあがることができなかった。

だが、もう大丈夫だ。

大きく深呼吸する。何度も何度も。

鼠木戸から、座元が身を屈めつつでてきた。不機嫌そうな顔をしていたが、團十郎を見つけ卑屈な笑みを浮かべる。

「八代目、明日は、あんじょうたのんまっせ」

品のない言葉だ、と思う。大坂の座元は、みんなこういう物言いなのだろうか。

「座元さん、心配はいらねえよ」

おれは中村富十郎のような中身のない役者とはちがう、という言葉は呑みこんだ。が、思っていることが顔にでていたのか、座元は表情を険しくした。

そう、おれは中村富十郎とはちがう。天下の名優ともいわれる父の海老蔵ともちがう。舞台で死ぬことができる、唯一無二の俳優なのだ。

くるりと背をむける。

「じゃあ、おれは帰るよ。座元さん、明日の初日、楽しみにしてな」

旅籠へともどる。

ついたときにはもう陽が昏《く》れていた。

中庭の井戸から水をくみ、湯呑に満たす。そして自分の部屋で、湯呑と短刀をならべておいた。團十郎は瞑目した。どのくらいそうしていただろうか。

ゆっくりと目を開けて、湯呑を手にとった。井戸からくんだ清水で唇を湿らせる。喉がうっすらと潤った。

末期の水を、市川團十郎はすこしずつ飲む。

飲み干すとき、夜が明け、初日を迎える。

研ぎすまされた五感が、音を拾った。

みしみしと、廊下を誰かが歩いている。鼻がひくついた。鬢付け油の匂いだ。芝居小屋で嗅ぎ慣れた香りである。役者が、一体こんな夜更けに何の用なのだ。

「おい、はいるぞ」

襖のむこうから聞こえた声は、團十郎のよく知る人のものだった。

「ええ、旦那さん、かまいませんよ」

静かに襖が開いた。まず飛びこんできたのは、大きな目だ。太く引きしまった眉に、存在感のある鼻と口。荒事《あらごと》を演じさせれば天下一品と評判の市川海老蔵だった。

團十郎の前におかれた湯呑と短刀に気づき、芝居がかった所作で顔をしかめる。やれやれと声にだして、正面に腰を落とした。

「何の御用でしょうか」

こんな夜更けに父がくるなど、尋常の用件ではないと悟っていた。だから、團十郎はあえて上座もゆずらず、座布団もださない。

「互いに血を分けあった父子だ。単刀直入にいうぜ」

海老蔵は大きな胡坐《あぐら》をかいて、懐から手をだし頰をかく。

「團十郎、お前、明日の舞台で死ぬつもりだろう」

身じろぎをした覚えはないが、湯呑のなかの末期の水がゆれた。

波紋がゆっくりと広がり、消える。

大きくも形のいい口をゆがめ、父の海老蔵は笑った。

「どうやら、図星のようだな」と、湯呑に語りかけるようにいう。

「どうして、わかったんですか」

抑えようとしても、言葉に険がこもる。

「何、簡単なことよ」

懐からだしていた腕を、袖に通しなおした。團十郎の前にあった湯呑を無造作につかむ。海老蔵は一息で飲み干した。

「おれもお前と同じことを考えていたからさ。舞台の上で、初代團十郎のように果てて、伝説になる。ずっと、それを願っていた。お前が生まれる、ずっと前からだ」

大きな音をたてて、海老蔵は團十郎の前に湯呑をおいた。

あまりのことに、唇が縫いつけられたかのように團十郎は無言だ。

「お互い同じことを考えていたというわけさ。しかし、困ったもんだぜ。初日の舞台でふたりが一気に死んだら、互いの死が霞んじまう。死ぬなんて美味《おい》しい役は、ひとりで十分だ」

海老蔵はため息をついて、間をとった。

「そこでだ、團十郎よ」

「旦那さん、おれはゆずりませんよ」

海老蔵の言葉に強くかぶせた。

父のいいたいことはわかる。舞台の上で死ぬのはあきらめろ、だ。大人しく父の死を引きたてる芝居に徹しろ、と命令するつもりだ。

「旦那さん……いや、親父よ。あんたなら、わかるだろう。八代目團十郎が——このおれがどんな役者かを」

皮膚が突っぱるほどに、自身の眦が吊りあがる。

團十郎は自分の色気と美貌が、若さに支えられていることをよく知っている。だからこそ、荒事が得意な市川家にあって、唯一その正反対の和事《わごと》の芸さえもこなすことができた。

「おれは今が絶頂なんだ。今を逃せば、役者として色褪《あ》せる。人気が翳《かげ》る。絶頂のときに死ななきゃ、伝説にはなれねえ」

何より、父の後に死んでも、二番煎じにしかならない。

「ふん、おれに楯突くつもりか。孝子《こうし》表彰されたわが子とは思えねえなあ」

團十郎は九年前に、北町《きたまち》奉行から顕彰されていた。江戸を追放された父への仕送りや、弟たちの面倒をよく見たというのが理由だ。

「おれが孝行息子だなんて、あんたはこれっぽっちも思っちゃいねえだろう」

團十郎の言葉を無視して、海老蔵はわざとらしく困惑顔をつくった。

「次の舞台で死ぬ、とどっちもゆずらねえ。困ったもんだぜ。まさか、明日、早い者勝ちで死を競うわけにもいくめえ」

笑いかける顔は、勝者のようだった。團十郎が譲歩すると確信しているのか。

「なら、手はひとつだ」

「親父、これだけは、絶対にゆずれねえよ。死役《しにやく》はおれのものだ」

ふん、と海老蔵が鼻で息を吐いた。

「團十郎よ、簡単な理屈だ」

團十郎を睨んだまま、父はつづける。

「役者として、どっちの死が客を沸かせることができると思う」

何をいっているのだ。己の人気は父を超えている。父が足かけ八年不在にしていた江戸での人気だけではない。名古屋でもそうだったし、大坂の船乗りこみでも己への声援の方が圧倒的に多かった。

團十郎のこめかみに汗が流れていた。体が、戦慄《わなな》きはじめる。

「たしかに、お前の人気は当代一だ。胸をはっていいぜ。まあ、お前が考えているように数年すれば色褪せる類いのものだ。にしたって、逆立ちしてもおれたちがお前の人気に追いつくことはできねえ」

なぜ、己は狼狽《うろた》えているのだ。

「だがな、役者は人気だけじゃねえんだぜ。お前には、おれに勝てないことがひとつだけある」

海老蔵は太い指を一本突きつけた。

「時代を相手に、芝居をしてきたってことだ」

頭を殴られたかのような衝撃があった。

團十郎の関節が、音を奏でるかのように激しくふるえる。

時代、と團十郎はつぶやく。

父の海老蔵は、幕府と戦い抗《あらが》ってきた歌舞伎役者だ。奢侈禁止令を毅然《きぜん》とはねつけ、舞台の上を華麗に彩った。そして、江戸十里四方追放の罰をうける。江戸を去るとき、民衆が熱狂した。そして江戸復帰で、幕府を虚仮《こけ》にする芝居を演じて、それ以上の喝采を浴びる。

幕府がどのように父をあつかうか。それは、幕府の身分統制の箍《たが》の厳しさの象徴だった。本来、河原者である役者が武士より豪奢《ごうしや》な暮らしをするなど、あってはならない。

身分という垣根を崩壊させる所業だ。だからこそ奢侈禁止令をだした。それに父が違反したとき、幕府は処刑できなかった。もし、断行すれば、町人の不満が爆発すると恐れたのだ。苦肉の策として、江戸から追放した。

團十郎が孝子表彰をうけたのも、身分統制の一環だ。幕府の制度を守ることこそ善である。その善行を重ねれば報われる、と広く知らしめるためだ。鞭《むち》では民衆を抑えられないと悟り、逆に懐柔を画策したのである。孝子表彰の團十郎をではない。その親である海老蔵と、贔屓の町人たちをだ。

それでも、幕府に不満をもつ民衆の鬱屈は堆積していった。さらに、幕府は海老蔵の江戸追放の罪を許す。復帰した舞台で、海老蔵はあろうことか幕府の政策を闇と揶揄《やゆ》した。幕府は、海老蔵の無礼を見て見ぬふりをした。これを咎めれば、民の不満が爆発しかねないと思ったのだ。あるいは、外国船が日本沿岸を襲う近年の事情が、さらに状況を悪化させたのかもしれない。それほどまでに、幕府の力は弱まり、限界を迎えつつあった。

市川海老蔵は、時代の映し鏡のような役者だ。爛熟《らんじゅく》した民の欲望を背負い、芝居をしてきた。

もし、明日、時代の映し鏡である海老蔵が舞台の上で死ねば、民衆はどうとらえるか。二百五十年つづいた太平の世の終焉《しゅうえん》を感じとるはずだ。無論、幕府があと何年生き長らえるかはわからない。だが、見物の衆は、徳川幕府という時代の終わりと海老蔵の死を重ねずにはいられない。

「團十郎、お前はいい役者だ。だが、舞台の上で死んで、おれのように見物の衆が何かの意味を見いだすか」

口から漏れたうめき声が、自分のものであるとしばし気づかなかった。いつのまにか、両手を床についている。体全体で息をしていた。

「お前の死に、役者としての死以上の意味があるのか」

勝ち誇る声ではなかった。かすかな憐憫《れんびん》が含まれていた。

とうとう肘がおれ、額が床につく。

「一流の役者であるお前だからこそ、わかるだろう。どっちが明日の舞台で死ぬのが相応《ふさわ》しいか」

團十郎は顔をあげられない。

「どうやら、納得してくれたようだな」

父が立ちあがる気配がした。

「明日はおれの一世一代の舞台になる。息子よ、わかってるな。くれぐれも邪魔はするんじゃねえぞ」

足音がして、襖が開く。そして、静かに閉じられた。

一体、いつまでそうしていただろう。

ゆっくりと顔をあげる。

さきほどまで満ちていた気力が、どこかに消えていた。ふと、視界のすみに、蝙蝠の意匠が刻まれた短刀がおいてあることに気づく。

——おれは明日、舞台の上で死ねない。


手が動き、短刀をつかんだ。

このまま満月が痩せるように、役者として老いねばならない。

鞘《さや》をぬきはらう。

「そんな人生に何の意味がある」

白刃がゆっくりと、團十郎の喉へと近づいてくる。

ずぶりと音がした。絶望が腕に力をこめさせる。

苦しい。だが、このまま朽ちるような人生を考えれば、ささいな痛みにしかすぎなかった。

「嗚呼《ああ》」

一気に腕を横に薙《な》ぐ。白刃が、市川團十郎の喉を斬りさき、血がほとばしった。

七

市川團十郎は、芝居小屋の廊下のすみでうずくまっていた。もう陽は落ちて、今日の舞台は終わっている。役者や裏方たちがのんびりと歩いていた。團十郎に気づかず、ほとんどがとおりすぎる。何人かは不穏な気配を察したようだが、團十郎に焦点のぼやけた目差しを送るだけだ。

何度もあの日の夜のことを思いだす。己の喉に白刃を突きつけた瞬間が、何度も頭をよぎる。

舞台の上で、父以上の死を演じることができない。それをわからされたとき、團十郎にできることは、自死しかなかった。

人の往来がなくなって、立ちあがる。酩酊《めいてい》したかのように歩く。

一室では、絵金が恍惚の表情で筆を動かしていた。両手を使ってがむしゃらに描いていた骨描きのときとはちがう。ゆっくりと、慈しむように色を塗っている。役者の艶かしい肌が、化粧をするかのように生まれていく。

筆が止まり、絵金の顔があがった。たたずんでいた團十郎と目があう。

「絵金さんよ、おれはとっくの昔に死んでいたんだな」

絵金の目尻が悲しげに下がった。

「知ってたんだろう。どうして、教えてくれなかったんだよ」

「教えたところで、成仏できるとは思えんかったき」

「ふん、死んだこともない人間が、わかったようなことをいうんじゃねえよ」

いいつつ、散策するような足取りで部屋のなかへと進む。

「どういて死のうと思ったが」

「へ、かっこ悪い話さ。勘弁してくれ」

市川團十郎が死んで葬儀を大慌てで行った後に、弟の猿蔵を代役にたてて興行は再開された。舞台の上で死ぬといった父の海老蔵だが、あきらめたようだ。当然だろう。今、舞台の上で死んでも、團十郎の後を追ったとしか思われない。時代の終焉だとは、誰もとらえない。絶望ゆえの團十郎の自殺だったが、図らずも父の死舞台《しにぶたい》を潰してしまったようだ。

「へへ、おれはとんだ親不孝な役者だったようだ。親父はさぞ怒っているだろうぜ」

絵金のそばまで歩みよる。役者絵を見下ろした。父海老蔵と弟猿蔵がならぶ役者絵は、彩色の半ば以上が終わっていた。

「絵金さんよ、たのみがあるんだ」

絵金は筆をおいて、上体をおこした。

しばらく、ふたり無言で見つめあう。

「おれを粋に殺してくれねえか。あんな無様な死に方じゃあ、浮かばれねえ」

「幽霊である團十郎さんを殺すがか」

團十郎はうなずいた。

「そうだ。あんたの絵でおれを殺してくれ。役者として、舞台の上で息絶える八代目市川團十郎の芝居絵を、おれのために描いてくれねえか」

團十郎の視界には、父と弟の役者絵が映っていた。それが、なぜかにじみだす。どうやら、幽霊になっても泣くことはできるらしい。

「お願いだ。あんたの絵で、おれを凄惨に殺してくれ。せめて絵のなかだけでも、おれの夢を叶《かな》えてくれねえか」

目から涙が、とめどなくしたたる。なのに、足元の絵には染みひとつついていなかった。

八

昼と夜の狭間《はざま》で、空が揺れうごいていた。落陽をうけて、橙《だいだい》色に染まる背中がある。かたく縛った総髪が、風になびいていた。

中の芝居の櫓の前で、腕を組んだ絵金がたたずんでいる。今まであった芝居看板が取りはずされようとしていた。

「ほんまに、今ごろ完成させやがって」

隣で怒鳴っているのは、中の芝居の座元だ。

「もう、あとなんぼもせんうちに千秋楽やで。三日もあればできるゆうてまかせてみたら、このざまや」

座元が睨みつけるが、絵金はどこふく風で古い芝居看板がおろされるのを見ている。

「で、どんな絵を描いたんや」

絵金の足元に布がかけられた大きな看板があった。絵金が新しく描いた役者絵だ。座元の手がのび、布を剝ぎとろうとする。

「まだ見られん」

絵金の長い指が、座元の手首をつかんだ。

「なんやて」

「看板は地に寝かいて見ても、真価はわからんろが。櫓に飾って見上げて、はじめて映えるように描いちゅう。そんなこともわからんがか」

座元がたじろぐ。淡々とした絵金の言葉には、どこか凄みのようなものが漂っていた。

「ふん、口だけは一人前やな。ええわ、言うとおりにしたろ。けど下手くそな絵やってみい、先払いした金と食わせてやった飯代に、利子たっぷりのせてかえしてもらうからな」

さらに座元は言いつのろうとしたが、裏口から声がかかった。羽織をきた戯作《げさく》者らしき人物が手招きしている。舌打ちしつつ、絵金のもとを離れた。

「絵金さんよ、おれの絵を描いてくれたのかい」

消えつつある陽だまりのなかから、市川團十郎は語りかける。

「おかげで座元にはえらい嫌味をいわれたけんど」

片頬を持ちあげて、絵金は笑った。古い看板をおろし終えた人夫たちが、不思議そうな目でこちらを、いや絵金を見ている。何人かはうっすらと團十郎の姿が見えるのか、目元をしきりにこすっている。

「え、絵金さん、この絵をほんまに掲げんのかい」

狼狽えたのは、新しい看板絵の布をめくった人夫だ。

「こんなん掲げてみい、叱られるだけやすまへんで」

「かまんがよ。座元さんの許しはちゃんともろちゅう」

絵金の嘘《うそ》に、人夫たちが目を見合わせる。團十郎と絵金が顔を横にやると、座元は台本を手に戯作者と何事かを話しこんでいる。しばらくは終わりそうにない。

「なんや、なんや、新しい芝居看板か」

「やめとけ、やめとけ。看板替えたところで、芝居の出来まで変わるかいな」

歩いていた何人かが立ちどまり、口々にいう。だが、言葉とは裏腹に團十郎亡き後の芝居の行方《ゆくえ》が気になるのだろう、足を止めて動く気配がない。そうこうしているうちに、人が集まりはじめた。

「ええい、もたもたしてんじゃねえよ。ご見物の衆が、お待ちしてるじゃねえか」

叫んだのは、焦《じ》れた團十郎だった。聞こえたわけではないだろうが、人夫たちが新しい芝居看板を不承不承といった体でかつぐ。布は額縁の上に垂れ下がり、描かれた役者の姿は見えない。隙間からのぞく様子から『与話情浮名横櫛』の「赤間別荘の場」だとわかる。

ふたつの梯子《はしご》を、芝居看板をもったふたりの人夫が慎重に登っていく。櫓に立てかけ、固定する。

人々が、いつのまにか壁をつくっていた。

「ほんまにええな。おれらは知らんで」

絵金と團十郎は同時にうなずく。人夫が勢いよく布を剝ぎとった。

囲む群衆から、一斉にうめき声が立ちのぼる。

芝居看板の中央に描かれていたのは、細面の美貌の役者だ。崩れた着衣から、長い手足を淫靡に投げだしている。形のいい切れ長の目が、苦痛で醜くゆがんでいた。

「なんや、これは」

「気持ち悪い」

群衆が口々に声をあげる。女は口に手をあて眉間を強張《こわば》らせ、男は半面を露骨にゆがめる。ついてきていた童が、あちこちで泣きはじめた。

当然である。芝居看板に描かれた市川團十郎は、血まみれの姿だったからだ。ヤクザ者に囲まれ、凄惨なまでにドスで斬り刻まれている。喉はさけ、腕の皮は破れ、腹からは腸《はらわた》がこぼれていた。頰には、なぶられたかのような裂傷もある。

團十郎の体の各所からしたたる血が、看板に描かれた床を赤く汚す。のたうち回ったのか、朱色の手形や足形があちこちについていた。

「なんやのん、この下品な絵」

「もしかして、これ市川團十郎？　ちょっと、ひどない」

人々はみな、眉をひそめている。

だが、誰も気づいていない。口々に非難する声に、喜色が混じりつつあることに。表向きでは拒みつつも、隠れた本能が淫らに花開こうとしていることに。

「気味の悪い絵」

ひとりの女がぽつりといった。漏れた吐息には、湿り気と熱がはらまれている。目は爛々と輝き頰が上気しているのは、團十郎を斬り刻むヤクザ者に己を投影しているのか。

その後ろの男は、股間がかすかに膨らんでいた。手で自分の体をなでている。團十郎が斬り刻まれた場所と同じ部位をさわっているのは、斬りさかれる團十郎に己を重ねあわせようとしているのだ。

「だ、誰じゃ、こんな絵描いたんは」

人垣の外から、座元の怒声がひびいた。

「絵金、お前、どういうつもりや。死者を冒瀆《ぼうとく》するような絵を描きやがって。中の芝居の面目丸潰れやないか。おろせ、さっさとその看板おろせ」

こめかみに血管を浮かべた座元が近寄ろうとするが、厚い人の壁に阻まれる。

嗚呼……と、睦《むつ》みあうかのような嘆息を人々がこぼした。

沈む夕陽が、西の海に接したのだ。

橙色の光が、濃い赤に変わる。

團十郎も声をあげる。絵のなかの血赤《ちあか》が夕陽をうけて、にじみ広がりはじめた。それは團十郎の視界を血の赤に染める。己が首からしたたらせる赤と交わり、同化する。

ふと、横を見た。

大きな目をもつ男がたっていた。

父の市川海老蔵だ。腕を組んで、絵金の絵を——團十郎が斬り刻まれる役者絵を見ている。

「絵のなかで、おれ以上の芝居を見せるんじゃねえよ」

その声を最後に、團十郎の五感はすべて血赤に染まった。視覚は無論、聴覚も嗅覚も触覚も味覚も。

「この親不孝者が」

最後に聞こえた父の言葉は、どこまでも赤く甘かった。

五章　獄中絵

一

　画塾の一室では、童たちが机に齧《かじ》りつくようにして絵を描いていた。武士の子もいれば、商人《あきんど》や職人の子もいる。日に焼けた、百姓の子も交じっていた。上士《じょうし》や下士《かし》、足軽と、普段ならいがみあっている子たちも机をならべている。

　みな、一心不乱だが、静かではなかった。開け放った窓から、蟬《せみ》の声が洪水のように流れこんできていたからだ。

　武市半平太《たけちはんぺいた》は、そのなかに交じっていた。まだ成長しきっていない小さな手には、絵筆がある。手を止めて、不思議だなと思った。ここは、土佐藩家老桐間《きりま》家のお抱え絵師で、林洞意《はやしとうい》こと通称絵金《えきん》が開く画塾だ。通常、絵金のような高位の絵師であれば、門弟は上士か大商人の子のみを受けいれるはずだが、ここはちがう。白札《しらふだ》という上士と郷士のあいだの身分にある武市半平太だけでなく、百姓町人様々な身分の子弟が学んでいる。

部屋の一番前には、長身の男が半平太らとむかいあうようにすわっていた。長い腕を器用に折りまげて、画紙にむかって筆を動かしている。どの弟子よりも熱心なこの男こそが、半平太の師匠の絵金こと林洞意だ。

目差しに気づいたのか、絵金が顔をあげる。

「半平太、何しよら。もう、描けたがやったら、前にでて見せぇ」

「い、いや、お師匠様、まだじゃき。ちくとまっとうせ」

半平太はあわてて机にかぶりつく。周囲から笑いが漏れたが、すぐに途切れた。みな、画紙に集中する。ふたたび、蟬の声が場を満たす。

半平太はそっと顔をあげた。絵金はふたたび自分の絵に集中している。

奇妙なのは、門弟の雑多さだけではない。今だされている画題もそうだ。

美人画である。

女を好きになることの意味も知らぬ童に、美人を描かせる。普通は、花や野菜を模写させるのではないか。

半平太は、ゆっくりとみんなの様子を見回す。どんな美人画を描いているかをのぞく。ある者は露骨に胸が大きい女を描き、ある童は貝殻のようなつぶらな瞳と厚い唇を描く。衣服が貼りつくほどに腰をくねらす女を描く子供もいる。

欲望のまま描く塾生の絵を見て、半平太の下肢がむず痒《がゆ》くなる。尻の穴から、虫が這《は》いでるかのような感覚だ。

みなは恥ずかしくないのだろうか。

どんな女が好きかを描くということは、己の秘所をさらすのと似ている。

そういえば絵金は、どんな美人画を描いているのだろう。顔を前へむける。首をかしげた。

絵金がいない。文机《ふづくえ》に一枚の画紙と筆がおかれているだけだ。どこにいったのだろうと、思ったときだった。

半平太の机に影が落ちた。

「なんなこら、これが半平太の美人画かえ」

「お、お師匠様、見たらいかんが」

隠そうとしたが遅かった。長い腕が、画紙を引ったくる。総髪姿の絵金が、顔の前に半平太の描いた絵を掲げていた。

「心配いらん。もう墨も乾いちゅう」

見当はずれの絵金の言葉に、半平太の顔が熱くなる。

行儀のいい女がひとり描かれていた。ほかの童が描くように、胸が大きいわけでもたわわな尻を持っているわけでも、熟すような唇があるわけでもない。髪をあげ簪《かんざし》を挿し、襟元をぴったりと閉じ正座している。

「まあ、半平太らしい美人画やけんど」

絵金の言葉に、半平太は思わず顔をあげた。自分でも理解できぬ衝動が唇と舌をつき動かす。

「何がいかんがですか。お師匠様にいわれたとおりに、骨《こつ》（輪郭線）をしっかりと描いちょります」

「たしかにおまんは上手《うま》い。けんど、絵におもしろみがない」

まだ十歳の童相手に、絵金は大人に教えるかのように手加減しない。

「やせ我慢せんと、もっと自分をさらけだせぇ。おまんも女の胸やあそこを見たら、変な気分になるときがあるろが。この絵では、そんな気持ちにならん」

図星だったので、黙りこむ。

が、納得したわけではない。

「見てみい。こっちの絵は、おまんより下手やけんど、おもしろいろが」

隣の漁師の子の絵を取りあげた。墨の飛沫《しぶき》が、食べこぼしのように散っている。中央に、片乳を露骨にはだけた女がしなをつくっていた。

これのどこがいいのだ。手足の長さもちぐはぐで、線もにじんでいる。

「おまんの絵には魂がこもっちょらん」

半平太の小さな体に、絵金の容赦のない言葉がのしかかった。

「半平太よ、もっと自分を――己の想いや欲望をさらけだせぇ。貧乏武士がやせ我慢しゆうような絵を描きよったら、おまんは何事も成せん、つまらん男に成りさがるぞ」

絵金を見上げる眼光が強まるのを、半平太は自制できない。あまりのいいようではないか。

絵金の両の口端が柔らかくなる。

「それよ。今、怒りをおらにぶつけゆうろ」

絵金が指を突きつけた。

「今のように、画紙に喜怒哀楽をぶつけてみい。己のありのままを描いてみてん」

半平太はうつむき、自分の太ももを強くつねった。不覚だった。武士たるものはみだりに感情を見せてはいけないと、父からいわれているではないか。

「お師匠様、申し訳ありませんでした」

大人が感じいるであろう隙のない所作とともに、半平太は頭を下げる。絵金のため息が頭の上を通り過ぎるのがわかった。

二

陽が昏《く》れた道を、武市半平太はとぼとぼと歩く。ついてない、と思う。絵金の画塾に画具を忘れてしまったのだ。明日でいいと考えることは、半平太の性分ではできなかった。

絵金の画塾は暗く沈んでいた。塾生であふれた昼間の喧騒が嘘《うそ》のようだ。かすかに蟬の声が聞こえるが、燃えつきる命を惜しむかのようにか細い。

そういえば、絵金の妻と子は室戸《むろと》の方へ遊びにいっていたことを思いだす。戸が半ば開いていたので、首を突っこんで目を凝らす。

「お師匠様、半平太です。忘れものしたき、とりにきました」

半平太の言葉が、闇のなかに溶けていく。暑いはずなのに、なぜかぶるりとふるえた。

ゆっくりとなかへ足を踏みいれる。廊下の奥が、ぼんやりと光っていた。

「お師匠様、どこにおるがです」

草鞋《わらじ》を脱いで、あがりこむ。奥のあかりへとむかって歩を進めた。

つんと、臭いが鼻をつく。なんだ、これは。手で鼻をおおう。嗅ぎ覚えのある臭いだ。

唾を吞みつつ、進む。蛾《が》が、線をひくように視界を横切った。

襖《ふすま》が開いており、あかりが漏れている。一本の消えかけた蠟燭《ろうそく》の火が、室内を照らす。

絵金がいた。長い脚を胡坐《あぐら》に組んで、闇にだかれるかのようだ。

「お師匠様」

ゆっくりと絵金が振りむく。

相貌と正対する。

闇が、絵金の顔を隈取《くまど》っていた。

「半平太、えいとこにきたな」

暗がりのなかから、白く長い腕がのびた。

「こっちへきてん」

なぜか、抗《あらが》いがたかった。火に誘われる蛾は、こんな気持ちなのだろうか。そう思いつつ、一歩二歩と近づく。嗅ぎ慣れた臭いが濃くなる。

肩に絵金の手が回され、じんわりと肌が温かくなった。

「見てん、どう思う。どっちがえい」

絵金にうながされ、床を見る。消えかけの蠟燭が真んなかにあり、その左右に一幅ずつの絵が広げられていた。

珍しい、と思ったのは仏画だったからだ。多彩な絵を描く絵金だが、仏画は初めて見た。

「お師匠様、どれも同じですろう」

まったく同じ構図だった。彩色も同じだ。半乾きの箇所がどちらもところどころにある。

「理屈で考えたらいかんちゃ。半平太の悪い癖ぞ。このふたつの絵は、似て非なるものぜよ。一方は、とてつもない罪を犯しちゅう」

「罪?」と、半平太は繰りかえした。

「頭で考えたらいかん。もっと、絵に問いかけてみぃ。どっちが、おまんの心に強く訴えかけゆう。そう思う方を指さしてん」

肩におかれた手が、着衣をとおし半平太の肌と同化するかのようだった。絵金の指には、顔料がついている。まだ完全には乾ききっていない。さっきまで仏画を彩色していたのだろうか。

さらに臭いが濃くなっていることに気づいた。

恐る恐る、半平太は左の仏画を指さす。

「ほお」と、絵金は嘆息をこぼした。

「お師匠様、教えとうせ。どっちが正解ながです」

無言の絵金は腰を浮かし、ふたつの仏画をとり、暗い壁に架けた。蠟燭を動かし、あかりを近づける。

「よう、見ちょけよ」

どのくらい経っただろうか。

「あぁあ」

思わず、半平太の口から声が漏れる。右の絵に変化がおきていた。ナメクジが溶けるかのように、色が崩れていく。彩色が骨からはみでて、別の色と混じりだす。あらゆる色がはみでて、濁りだす。

まるで、絵が腐るかのようだ。

一方の半平太の指した左の絵は変わらない。生乾きの顔料がすこし動き、雨だれのように一筋垂れている。が、原形はほぼ留《とど》めている。

「お師匠様、これは……」

一体、どんな妖術を使ったのだ。

「醜く崩れゆう絵も、また味があるろう。こっちの方が、人の本性に近いと思わんかえ」

絵金の言葉が吐息となって、半平太の耳たぶをなでた。

必死に頭をふって否定する。ただ、醜く恐ろしいだけではないか。

「けんど、おまんの選んだ絵もおらは嫌いやないぞ」

形を留める左の仏画を指さした。

「この絵には、命がこもっちゅうきにゃあ」

意味がわからない。

ばきり、と音がした。いつのまにか、絵金の手が淡い茶褐色の棒をへしおっていた。

蠟燭の光をうけて鈍く輝く、半透明の棒だ。

あれは……膠《にかわ》か。

おった膠の欠片《かけら》を、横にある土鍋へといれる。もう火は落ちていたが、かすかに湯気を立ちのぼらせていた。

妖術のように溶ける仏画の秘密がわかった。なんのことはない。右の仏画は、膠を使わずに水だけで顔料を溶いたのだ。膠は顔料を画紙に固定させる。膠を使わなかった右の仏画は、そのため色がかたまらず溶けて流れたのだ。

安堵の息をついた。種がわかれば、どうということはない。

半平太の目の前に大きな掌《てのひら》があった。絵金の手の上に、淡い茶褐色の棒がある。

「おまんが選んだ左の仏画は、罪深い絵ぜよ。殺生をしちゅう。尊い命を、びっしり塗りこんじゅう」

なぜか、半平太の四肢がふるえだす。

思いだした。膠が、牛や馬などの骨や皮からつくられていることを。

すべての仏画は、動物たちを殺生することで、鮮やかな色あいを保っている。そのことに、今さらながら気づかされた。

殺生を禁じる仏の絵は、動物を殺生することでしか描けない。

膠を使っていない染料の部分に、溶けた顔料が混じりだす。さらに絵が崩れる。

「半平太、おまんの目指すもんは、きっと綺麗事だけじゃ成りたたなあ」

易者が未来を予言するかのようだ。

「大志を成就するために、尊い命を犠牲にすることになるろう。そうせざったら、おまんは絵や剣は無論、武士としても、何ものもこの世にはのこせんはずじゃ」

嗅ぎ慣れた膠の臭いと絵金の声が闇に溶け、半平太の幼い体に、死臭のようにまとわりつく。

三

江戸の桃井《もものい》道場は、汗で体をびっしょりと濡らした門弟たちがひしめいていた。裂帛《れっぱく》の気合いが、井戸水で喉を潤す武市半平太のもとにも聞こえてくる。懐紙で丁寧に口をふき、竹刀を持って道場の入口にたち、浅く一礼した。

門弟たち全員の動きが止まり、視線が集まる。

「武市塾頭、おはようございます」

一斉に挨拶が飛ぶ。門弟たちがみな、半平太を見上げる。六尺（約百八十センチ）以上の体軀は、かつての画塾の師匠である絵金よりも大きくなっていた。神棚の前で直立し、深く長く一礼する。

三十三歳の武市半平太は、剣の腕は土佐藩屈指と称され、御前試合にも指名されるほどだ。最初に江戸にきたのは、五年前だ。江戸での剣術修行が許され、江戸三大道場のひとつ桃井道場に入門した。だけでなく、一年目にして塾頭にも大抜擢《ばってき》された。

今回は、二度目の江戸遊学である。

ゆっくりと顔をあげて、今度は正座して面籠手《こて》をつけた。

成長しても、絵の手習いはつづけている。瑞山《ずいざん》と号するまでになった。だが、絵金の画塾には通っていない。十七年前に絵金は贋作《がんさく》騒動をおこし、追放されるように高知城下を去り、行方《ゆくえ》知れずとなっていたからだ。

面を固定する紐《ひも》をきつく縛り、立ちあがる。

「塾頭、稽古をお願いします」

門弟たちがずらりとならんだ。青眼《せいがん》にかまえ、待ちうける。

怪鳥のごとき気合いの門弟の面打ちの数々を受けとめる。相手の力を十二分にひきだしてから、後ろに小さく飛んで、長い腕で竹刀を操る。すんだ一音が鳴りひびいた。

「参りました」

「次、お願いします」

待ちかねるという風情で、新しい相手が打ちかかる。

気合いの声を塗りつぶすものがあった。

打ちかかる門弟は無論、迎え撃つ半平太の声よりも、大きな咆哮《ほうこう》がひびく。

だ。

横目で見た。

餓狼《がろう》のごとき勢いで、竹刀を打ちこむ剣士がいる。袖からのびる黒い腕は農夫のようだ。

防具のついていない相手の素肌を容赦なく叩き、頭突きで面をめりこませる。たまらず倒れた相手に、鍬《くわ》を振りおろすような面打ちをお見舞いした。

「以蔵《いぞう》、よせ、やりすぎだ」

門弟たちが割りこみ、立合いが中断する。

「おい、大丈夫か」

「水を持ってこい」

昏倒《こんとう》する男を介抱するが、面の隙間から見える顔は白目を剝《む》いていた。失神させた浅黒い肌の剣士は、乱暴に面を剝ぎとった。反った歯が唇から突きでる異相だ。

岡田《おかだ》以蔵――土佐藩の郷士で、高知城下で半平太が経営する道場の弟子でもある。江戸遊学に際して、半平太が世話役として同行させたのだ。

「以蔵、何度いえばわかる」

「力に頼る剣など武士の技ではないわ」

「恥を知れ」

門弟たちが詰めよるが、以蔵は三白眼で睨《にら》みかえす。

「なんな、文句あるがやったら、相手になっちゃるぞ」

それどころか、悪態さえもつく始末だ。

半平太は密かにため息をつく。貧しい以蔵のために、江戸遊学の資金を援助してやった。だが、道場にきてからというもの問題をおこしてばかりだ。

「以蔵、ひかえろ」

半平太の一喝に、以蔵はおし黙るが目には殺気を湛《たた》えたままだった。

「やりすぎだ。失神するまでやる奴があるか」

江戸へきてから、半平太は土佐弁を捨てた。他藩藩士との交流の妨げになるからだ。

「頭を冷やしてこい。私がいいというまで、道場の周りを走っていろ」

素直に以蔵は頭を下げる。

ざわついたのは、門弟たちだ。

「武市さん、甘いですよ」

「もっと痛い目にあわせないと、以蔵は反省しませんせん」

門弟たちが、今度は半平太を囲みだす。

「みなのいうとおりぜよ。あいつは土佐藩の面汚しじゃ。きつう折檻《せっかん》せんと、武市さんの面目にかかわるぜ」

同じ土佐藩の門弟も言いつのる。

「そういうな。以蔵の剣は実戦の剣だ。道場剣とちがい魂がこもっている」

自身の発した言葉だったが、肚《はら》を焼かれるような不快が立ちのぼった。

おまんの絵には魂がこもっていない、といった絵金の言葉は、半平太の胸のなかに消えぬしみとなってのこっている。

なぜなら、半平太の剣は絵と同様だからだ。形は整っているが、それ以上ではない。

失神する門弟へと目を移す。口端から泡もふきだしている。以蔵の剣は邪道だ。が、己の欲求にとことん忠実だ。稽古といえど、負けるくらいなら相手を殺すという気迫をさらけだす。相手を失神させ、あるいは腕の骨をおるたびに、さらに以蔵の剣は色鮮やかな狂気をまとう。再起不能にした剣士の無念を、膠として塗りこめるかのように。

竹刀や木刀での試合なら、半平太はきっと誰よりも強い。

だが、真剣を持つ実戦ではちがう。

——剣は、己の命を懸ける道ではないのかもしれない。

竹刀の柄《つか》がきりりと鳴った。

では、全身全霊を懸けるに足るものは、一体何なのか。絵金の仏画を見て以来、ずっと考えているが答えはでない。

衝動が半平太に竹刀をかまえさせる。

時代は逼迫《ひっぱく》していた。

半平太の幼いころから、外国船は日本の沿岸にたびたび立ちより、ときに略奪まがいの行為をして食料を調達していた。土佐の沖に浮かぶ異国の船影を見たことも、一度や二度ではない。だけでなく、九年前にとうとう浦賀に来航し、大砲を撃ちはなって開港を迫った。今では西洋列強の船が次々と来航し、幕府に不平等条約を結ばせている。

目の前では、あわてて竹刀をかまえる門弟がいた。半平太は気合いの声をあげ打ちかかる。

どうしてだろうか。

渾身《こんしん》の面打ちは容易《たやす》くかわされ、相手の抜き胴が衝撃とともに半平太の体を走りぬけていく。

四

料理屋の襖を開く前から、武市半平太の体はかすかに強張《こわば》っていた。さきほど稽古で打ちこまれた胴が、なぜかずきりと痛んだ。

「このまま夷狄《いてき》のいいなりになっていいのか」

「いいわけなかろう。我々は搾取されるだけだ」

「刑場の露と消えた松陰《しょういん》先生のためにも、我らは行動をおこさねばならない」

立ちあいを思わせる気合いで論じあう声が、襖の隙間から漏れる。

これは容易ならんな。小袖の襟や袴《はかま》の乱れを手で直しつつ、つぶやいた。土佐藩士武市半平太として、万が一にも見苦しいところを見せてはならない。

「久坂《くさか》先生、武市様がお見えになりました」

取次の武士が腰を屈《かが》めて、襖の奥に声をかけた。議論がぴたりと止《や》んだ。

「おお、おまちしていたぞ。早くはいってもらいなさい」

ゆっくりと襖が開く。

「土佐藩士、武市半……」

頭を下げようとした半平太の体がかたまる。

数人の武士が胡坐を組んで、こちらを見ていた。口元は笑っているが、目はちがう。真剣勝負を挑むかのような眼光だ。

だけではない。

頭を深く下げつつ考える。これらの目と、半平太は対峙《たいじ》したことがある。蠟を塗ったような鈍い白眼の光沢、極小の雷を湛えるような瞳の煌《きら》めき。

絵金と岡田以蔵だ。

絵を描くときの絵金、斬撃《ざんげき》を浴びせるときの岡田以蔵は、半平太の前にいる男たちのような目をしていた。

「よくぞこられた、武市殿」

中央にいる男は、半平太と同じくらいの巨漢だった。

久坂玄瑞《げんずい》――長州藩松下村塾《しょうかそん》の四天王のひとりだ。

値踏みするような視線を浴びつつ、腰を油断なく落とす。

「では、大いに時局を語りあおうではないですか」

手にとっくりを持ち、久坂玄瑞は酒を勧めてくる。下戸の半平太はことわりつつ、口を開いた。

「望むところです。とはいえ、まずは久坂先生の論からお聞かせ願えまいか」

にやりと、久坂玄瑞は笑う。盃《さかずき》につがずに直接とっくりに口をつけて酒を飲み干した。

「夷狄から国を守るためには、まず幕府を討つべし」

久坂玄瑞の言葉は、雷のように半平太の五体を打った。

幕府を討つ、と声にださずに復唱する。

久坂玄瑞ら長州藩士たちは、半平太を凝視している。

途方もない、と理性で思いつつも、どこか心の奥底で共鳴する自分がいた。

たしかに、安政《あんせい》の大獄で吉田《よしだ》松陰ら俊英を死罪に処した幕府の対応には、ほとほと愛想がつきていた。無能ぞろいの幕府に、神州日本の舵取《かじと》りをまかせていいわけがない。

だが、どうやって幕府を倒す。

心中で自身と議論しつつ、半平太は黙考をつづけた。

久坂玄瑞は、静かにまってくれている。

半平太の頭が跳ねあがった。

「なるほど」と、自然と言葉が漏れる。

「全国の雄藩を尊王攘夷《そんのうじょうい》に変え、幕府を倒す。そして国論をひとつにまとめ、夷狄を討ち、神州日本を守る」

おおお、といったのは久坂玄瑞を囲む長州藩士たちだった。

「さすが、土佐にその人ありといわれた武市半平太殿よ。我らが何ヶ月もかけてだした答えに、わずかのあいだでたどりつくとは」

白い歯を見せ、久坂玄瑞が嬉しそうに膝を何度も打つ。

「幕府を倒すには、まず藩を尊王に変えることです。簡単な理屈に見えて、誰もそこに思いいたらん。あろうことか、小舟で近づき、いかに黒船に奇襲をかけるかばかり論じています」

半平太の言葉に、久坂玄瑞はうなずいた。

夷狄を討つには、まず国をひとつにしなければいけない。

それには、徳川《とくがわ》家が邪魔だ。

では、倒幕するには、どうすればよいか。今までは桜田門外《さくらだもんがい》の変のように、志士が刺客となって幕閣《ばっかく》の要人を暗殺し幕府を倒そうとしていた。だが、蟷螂《とうろう》の斧《おの》にすぎない。

それよりも、一藩すべてを倒幕尊王に変え、それら雄藩が集結する。そうすれば、倒幕も容易だ。

そして藩を変えるには、数の力が必要だ。幕閣同様、土佐藩の家老もあてにできない。身分は低くとも尊王の志の篤《あつ》い人々を多く同志にして、藩論をひっくりかえす。

いつのまにか、半平太は滔々《とうとう》と語っていた。

気づいて、思わず赤面する。

「いや、何も恥じることはない。幕府を倒すの一言で、瞬時にしてそこまで考えがいたる。お見事というほかない。後ろにいるこ奴らなどは、理解するのに半年もかかった」

長州藩士たちが頭をかいて笑う。

「まさか、こんなにもたのもしい仲間に出会えるとは。今日は何という夜だろうか」

久坂玄瑞の言葉に全員がうなずいた。

「武市殿、単刀直入に申します。全国列藩を尊王攘夷の色に変え、日《ひ》ノ本《もと》という画布に神州という絵を描く。この大業の同志になってくれませぬか」

「無論のこと。こちらから、頭を下げてお願いいたします」

「では、誓いの盃を。武市殿が下戸は承知なれど」

盃に酒が満たされる。

「頂戴いたします」

両手で盃を受けとった。酒をのぞきこむ。武市半平太の顔が映っていた。その両眼は、蠟を塗りこんだかのように妖しく光っている。

志士となって、骨を砕き、この身を粉にする。

つぶやくと、さらに目がぬめるように輝く。まるで絵金や以蔵の瞳のようだ。

一気に酒を飲み干す。いつもは苦いと感じる酒が、甘露のように甘かった。

五

武市半平太の目の前には、どす黒い血赤《ちあか》の血判がならんでいた。蠟燭の火をうけて、血判の上に署名された文字が不気味にゆらめく。

「武市さん、やったやいか。高知城下だけでも、こんなに同志が集まりゆうぜ」

唾を飛ばしつつ、ひとりの若者がいう。両手をついて書状に顔を近づける仕草は、童のようだ。癖のある髪の毛を後ろでまとめている。継ぎはぎだらけの着衣は、多くの土佐勤王党の同志たちと同じでみすぼらしい。

坂本龍馬《さかもとりょうま》——土佐藩郷士の次男坊で、歳は半平太より六歳若い。ちなみに坂本家は、もともとは土佐の豪商が郷士株を買った一族で、龍馬の家も裕福だ。粗末な姿をしているのは、単に無精者だからである。着衣に頓着しない割には、懐紙などは上等なものにこだわるなど不思議な性分を持っている。それが魅力に変じているのか、龍馬の周りには身分年齢性別を問わず人々が集まっていた。

「それにしても、何人が血判に署名したがやろう。ざっと見ても、二百ばぁはあるみたいやが」

紙にある血判を、龍馬はひとつひとつ数えはじめた。

江戸での久坂玄瑞との会談の後、武市半平太は土佐藩に尊王攘夷の党派をつくることを決心する。すぐさま行動をおこし〝土佐勤王党〟と命名した。土佐に帰った今も、噂《うわさ》を聞きつけた郷士や庄屋が次々と入党してくる。上士の圧政と幕府の海外列強への対応に、どれだけの人が不満を持っているかの証左だ。

「血判状の署名は、百九十六名だ」

驚く龍馬を横目に、半平太は淡々とつづける。

「だが、これは高知城下のみの数だ。樋口《ひぐち》や清岡《きよおか》らの報《しら》せでは、さらに三百名近い同志を獲得することに成功したそうだ」

樋口は幡多《はた》郡で、清岡は安芸《あき》郡で土佐勤王党の活動をとり仕切っている。

「三百ちゅうたら、高知城下の血判状とあわいたら、ご、五百人になるやいか」

龍馬が五本の指を突きつけた。

「これだけの数がありゃあ……」

龍馬がすべていう前に、半平太はうなずく。

「ああ、参政の吉田東洋《よしだとうよう》も聞きいれずにはおれんだろう」

さらに山内容堂《やまうちようどう》の実弟である山内兵之助《へいのすけ》や山内民部《みんぶ》ら山内家の一族衆の多くが、半平太の考えに共感をよせている。五百人の志士と山内家の血統の力で、土佐藩を半平太の色に塗り替えるのだ。

「待ちどおしいぜよ。武市さんの采配で、土佐藩がいよいよ動く。大きな船をこじゃんとこさえて、夷狄を相手に大海戦しちゃるきんにゃあ」

龍馬の気炎を聞きつつ、床におかれた血判状の位置を整える。龍馬の目には光が湛えられていた。絵金や以蔵とはちがう種類の光沢だ。陽光をうける清流とでもいおうか。

ひとつ、大きくうなずいた。

「龍馬、たのみにしているぞ。以蔵が帰るまでのあいだは、無理をいうかもしれん」

ちなみに、岡田以蔵は剣術修行の遊学期間がのこっているため、まだ江戸に滞在している。

「まかいちょき。用心棒でも何でもやっちゃるきに」

龍馬の剣は北辰《ほくしん》一刀流の免許皆伝の腕前だ。が、身辺警護のために、龍馬をそばにおくわけではない。乾いた土地が水を吸うかのように、龍馬はその見識を深めつつある。今では半平太の名代として、長州の久坂玄瑞のもとへ使者としてやっても、期待以上の仕事を成すほどだ。自分の手元におくことで、土佐藩の重役とも龍馬を引きあわせ、彼を育てようという考えである。

六

登城した武市半平太らの前にあらわれたのは、大きな額を持った武士だった。畳を踏みしめ、ゆっくりと歩いてくる。小鼻の横からあご先にかけて、深い皺《しわ》が一本走っている。土佐勤王党を支援する山内一族衆に、緊張が走るのがわかった。

武士は膝をおりすわり、一族衆と対峙する。末席にはべる武市半平太は、ごくりと唾を呑んだ。中肉中背で、体がいかついわけではない。が、他者を圧する感がある。山内一族衆も同様の思いのようで、座す尻がすこし浮いている。

土佐藩参政、吉田東洋である。新おこぜ組と呼ばれる一大派閥を擁して藩政を壟断《ろうだん》し、尊王の志篤い前藩主山内容堂を蔑《ないがし》ろにする奸臣《かんしん》だ。

もっとも、今、白札郷士の半平太が同席できているのは、吉田東洋による改革で、白札も上士扱いとなったがゆえではあるが。

「東洋、お主も島津《しまづ》公が上洛する噂は聞いていよう。今こそ、土佐藩は尊王の御旗《みはた》をたて、攘夷の魁《さきがけ》とならねばならん。でなければ、時勢に乗り遅れる」

山内一族衆の言葉に、骨を鳴らして吉田東洋は首をかしげた。

「それは、ご公儀である幕府を差しおいてということですか」

低い声に、山内一族衆の緊張が増す。

「攘夷などと、軽々しく口にされるな。孫子《そんし》の兵法に『敵を知り、己を知らば……』とある。失礼ながらご一族衆は、夷狄のことをご存じあるまい」

焦《こ》がすかのような眼光が、一座をなでる。それだけで、山内一族衆は押し黙ってしまった。

「おそれながら」

平伏した姿勢のまま、半平太は言上《ごんじょう》する。

「夷狄はアヘンという魔性の薬をもって、清国《しんこく》を蝕《むしば》み、あまつさえ戦争におよび、その封土をもぎとりました。吉田東洋様こそ、これら夷狄の所業を知ってなお……」

「ひかえろ、下郎。我は山内家のご一族衆と話しているのがわからぬか」

吉田東洋の叱声は、江戸三大道場で鍛えた半平太でさえ一瞬怯《ひる》みそうになるほどだった。

「い、いいえ、下がりませぬ」

負けじと、腹の底から声を絞りだす。

「このまま、なし崩しに開国をつづければ、清国のようにアヘンを売りつけられます。なれば、神州日本が夷狄に蝕まれることは必定」

「黙れ、白札」

東洋の罵声は、剣撃のように苛烈だ。

「大名はおろか、公卿《くぎょう》との付きあいもろくにない無知なお主らが、尊王と叫ぶだけでも、不敬。にもかかわらず、攘夷などと空論をほざくか」

「東洋、それは言いすぎではないか。武市らは、国を思うがゆえに」

半平太を擁護しようとした山内一族衆に、吉田東洋の視線が突きささる。

「勘違いされるな」

「勘違いとは」

間抜けにも山内一族衆が繰りかえす。

「無知と申したのは、白札のこの男のことだけではありませぬ。その口先にまんまとのった、わが前におられる山内一族衆の方々もしかり」

「な、なんだと」

さすがの山内一族衆も拳を握りしめて、立ちあがった。

「東洋、無礼にもほどがあろう」

「そうよ、我ら山内家の血筋を愚弄するつもりか」

吉田東洋の顔色は変わらない。

「尊き山内家の血筋を愚弄するつもりはありませぬ。が、この土佐、ひいては日ノ本を窮地に追いつめる愚策にのるなど、言語道断。たとえそれが山内家の一族衆であっても、拙者は許すことができませぬ」

みなの顔が青ざめる。

「この吉田東洋の身体は、毛髪の一本にいたるまで土佐と山内家のためにあり申す。もし、土佐藩を誤らせる者がおるならば」

ここで一旦、吉田東洋は言葉を切った。

「身分の上下を問わずに斬ります」

吉田東洋の全身から迸《ほとばし》ったのは、殺気だった。半平太の背にも脂汗が溜《た》まる。

この男は本気だ、と悟る。

かつて吉田東洋は、人々を震撼《しんかん》させる事件をおこしている。藩主も同席する江戸での酒宴の場で、幕府の直臣《じきしん》である旗本を殴りつけたのだ。ただの旗本ではなく、山内容堂の親戚でもあった。

血筋をかさにきて相手が無礼を働いたからだが、このとき、吉田東洋は死罪になってもおかしくなかった。山内容堂のとりなしがあり、蟄居《ちっきょ》で許されている。

吉田東洋は、口先だけで「斬る」という上士とはちがう。本当に斬る覚悟を持っている。

「上士や家老は無論、たとえそれが山内家の一族衆であっても、容赦なく斬ります。皆様方に、そこまでの覚悟はおありか」

白刃《はくじん》を前にしたかのように、山内一族衆は怯む。半平太でさえ、頭を容易にあげることができぬほどの威圧だった。

七

高知城をでた武市半平太の周りを、土佐勤王党の志士たちが取りかこむ。袴を穿《は》いている者はすくなく、なかには百姓といわれれば納得してしまう姿のものもいる。

「武市さん、談合はどうなったが」

「東洋は納得したがか」

次々と声が飛ぶなか、半平太は力なく首を横にふった。

「すまぬ。また、駄目だった」

ざわめきが立ちあがる。

吉田東洋に拒絶された後も、半平太は何度も登城し、折衝をつづけた。ときには、吉田東洋の屋敷に赴くこともあった。しかし、吉田東洋の意志はかたく、論破する隙はない。

「だが、私はまだあきらめていない。土佐藩を尊王の色にかならず変える。みなも、引きつづき力を貸して欲しい」

声を張りあげたが、反応はとぼしい。ひそひそと、顔をよせあいささやきあっている。

「このままでは埒《らち》があかんぜよ」

「早《はよ》う、わしらも上洛せにゃあ、薩長《さっちょう》や水戸《みと》の後塵《こうじん》を拝してしまうが」

「土佐藩に期待しても、いかんがやないろうか」

「そもそも、容堂公が尊王といいゆうけんど、嘘やないろか。わしらは騙《だま》されちゅうがやないかえ」

言葉には、不信の色が濃くにじんでいた。

「もう、土佐藩は見限った方がえいぞ」

半平太の眉が跳ねあがった。

「みんな、聞いてくれ。たしかに、こたびは駄目だった。だが、藩家老は東洋様だけではない。我々の考えは、間違いなく家中《かちゅう》に浸透している。尊王の旗が、土佐の地にひるがえる日は近い」

半平太の言葉は、さらに人々のざわめきを大きくしただけだった。

「武市さん」

人々をかき分けてでてきたのは、癖毛を頭の後ろで束ねた坂本龍馬だ。いつもとちがい、表情に笑みはない。

「もう、土佐藩は駄目ぜよ」

龍馬の言葉に、半平太の顔がゆがむ。

同調の声が、あちこちからあがりだす。

「龍馬、お前まで何をいう」

「武市さん、脱藩しよう。草莽《そうもう》の臣となって、義挙するがよ」

「我らひとりひとりの力を、分散してどうする。そんなことをすれば、幕府や夷狄の思うつぼだ」

「けんど、これは長州の久坂さんの考えでもあるがは、武市さんもよう知っちゅうろ」

二月《ふたつき》ほど前、龍馬を長州へと送っていた。久坂玄瑞は土佐藩の現状に失望し、志ある士は脱藩し、後に糾合《きゅうごう》して義挙に参加すべきと助言されていた。

だが、半平太は、その計画に同意できない。束ねた竹槍をばらばらにしても、蟷螂の斧ではないか。

「よいか、みんな。尊王攘夷の道は、土佐藩の藩政改革が第一歩だ。これを成さずに未来はない」

龍馬を押しのけて、みなに語りかける。

「脱藩して浪人となっても、世を変える力にはなり得ない。ひとりひとりの力はとるに足らぬものだ。だが、結集すればちがう」

半平太の演説も空《むな》しく、ひとりふたりと背を見せはじめる。

「攘夷もそうだ。浪人ひとりの力で、あの黒船を打ち払えるか」

三人、四人と場から去りはじめる。

「力を結集することこそが、肝要なのだ。土佐藩ひとつさえ覆せずに、大事が成せるか」

喉がさけんばかりに叫ぶが、もう人数は半分ほどに減っていた。

なぜか、半平太の脳裏をよぎったのは、絵金の絵だった。幼いころに見た仏画だ。膠を混ぜなかった顔料で描いた、極彩色の仏の姿。蠟燭の熱で溶け、崩れる様子がよみがえる。

八

癖の強い毛を頭の後ろで束ねた男が歩いている。脚絆《きゃはん》をつけた旅装姿だ。坂本龍馬が、土佐勤王党の若者をひとりだけ伴って、土佐を出国しようとしている。

武市半平太は、木陰からじっと見ていた。握りしめる拳が痛い。

半平太は、龍馬に度々密命を与え長州藩などの西国諸藩を旅させていた。だが、今回は何も命じていない。藩から龍馬に剣術修行や江戸遊学の命令がでたわけでもない。

脱藩である。

龍馬だけではない。吉田東洋との折衝の不首尾をうけ、続々と土佐勤王党の志士たちが脱藩していた。何とか食い止めようとしているが、とうとう片腕の龍馬にさえも見限られた。

小さくなる龍馬の背を、ただ見つめるしかない。完全に姿が消えてもなお、立ちつくしていた。

背後から、季節外れの祭囃子《まつりばやし》が風に乗って聞こえてくる。やっと半平太は目を引きはがすことができた。

すでに黄昏時《たそがれ》を迎えつつある。

長い影を引きずり、祭囃子に導かれるように歩く。

天保《てんぽう》の改革の奢侈《しゃし》禁止令で、江戸京都大坂以外での芝居興行は禁止された。もっとも寺社の奉納芝居を名目に、興行は各地で行われていたが、土佐藩はちがう。郷士や町民階級の締めつけのために、奉納芝居さえも厳しく取りしまったのだ。

娯楽を渇望する民衆が、その代替として考えたのが芝居絵の奉納だった。芝居の場面を絵馬や灯籠、屏風《びょうぶ》に描き、奉納を名目に披露する。各地で〝絵競《くら》べ〟と呼ばれる芝居絵の競いあいが行われていた。

まとわりつく祭囃子を引きはがすように、半平太は首を激しくふった。

土佐勤王党はいずれ崩壊する。

足を運びつつ、独語した。

吉田東洋を説得するのは、不可能だ。今や土佐勤王党の要《かなめ》ともいうべき存在に成長した龍馬も去った。

己は、何と無力なのだ。

そうつぶやいたときだった。

「半平太やないがか」

懐かしい声が背後からして、思わず足が止まった。ゆっくりと振りむく。長身の男が、夕陽を背にしてたっていた。

にしている。

「龍馬か」と小さく叫んでしまい、後悔した。正対する男は、龍馬よりもわずかに背が高い。すらりとした手足は、南蛮人に似ている。かつては龍馬のように後ろで束ねていた髪は、今はない。僧侶のように完全に剃《そ》りあげ、卵のように美しい頭蓋の形をあらわにしている。

「おまん、半平太やないがか。こりゃあ、久しいのお」

男の頰に、顔料の飛沫《ひまつ》が散っていることがわかった。

「あなたは、洞意先生」

かつての林洞意こと絵金が、艶《あで》やかな唇を捩《ね》じ曲げて笑っている。

「さすがは半平太ぜよ。おらのことを、まだ先生というてくれるがか」

目を細め、絵金は近づいてくる。

「先生、どうしてここに」

絵金は贋作騒動をおこした後に土佐を去り、上方《かみがた》に滞在していたと聞いている。

「大坂の芝居小屋におったけんど、おもしろい役者がおらんなったき、帰ってきたがよ」

顔料のついた指で、頰をかく。

「そらそうと、半平太、おまんこそどういたがで。まるで女に逃げられたみたいに、そげかえっちゅうやいか」

半平太は思わず胸に手をやる。きしむように痛んだ。

「誰か大切な人に逃げられたがか。大方、堅苦しい武士道を、おなごに押しつけたに変わらんにゃあ」

「せ、先生、見当違いもいいところです」

平静を保ったつもりが、語尾がふるえていた。

「えいえい、いわんでもえいわえ。それよりも、祭によっていかんがか」

親しげに、絵金は半平太の肩をだく。

「聞いちゅうぞ。まだ絵は描きつづけゆうって」

半平太の耳たぶが熱くなる。己の絵におもしろみがないことは、自身がよく知っている。絵金に見せれば、魂がこもっていない、とまた揶揄《やゆ》されるに決まっている。

「さあ、きてみいちゃ。遠慮はいらんきに。おなごに逃げられたときは、祭ではしゃいだらえい。気にいったおなごがおったら、口説いたらえいわ。祭はおなごを大胆にさせるきん」

半平太は祭囃子のなかへと誘《いざな》われていく。

すでに陽は半ば以上没して、夜の帳《とばり》が下りようとしていた。

本殿につづく参道の両側には、膝の高さほどの絵馬提灯《ちょうちん》がずらりとならんでいた。

障子紙のようにうすい画紙に、芝居の一幕が描かれている。画題は『仮名手本忠臣蔵《かなでほんちゅうしんぐら》』、大序《だいじょ》（最初の幕）から十一段目までを、絵金の自由闊達《かったつ》な筆と鮮やかな顔料が彩っている。

半平太ひとりで、参道を歩む。いつのまにか、絵金はどこかへと消えていた。

絵馬提灯の数々が光り輝いていた。

大序では、塩冶判官《えんやはんがん》（浅野内匠頭《あさのたくみのかみ》）の妻顔世《かおよ》の風呂上がりの艶《なまめ》かしい姿、四段目では判官切腹の壮絶な死に様、六段目では身売りされる美女お軽の哀しみ、十一段目では高師直《こうのもろなお》（吉良上野介《きらこうずけのすけ》）邸に討ちいる緊迫の場面。

画紙の裏には蠟燭があり、夜道に妖しく絵を浮かびあがらせていた。

絵馬提灯の絵が、ぽつぽつと歩む参拝客の体に色を塗る。ふと、半平太が己の体を見ると、その胸に切腹した判官の血が映っていた。

いつのまにか、半平太の足がふらついている。にもかかわらず、不快ではない。もしかしたら、酒に酔えばこんな感じかもしれない。そう思いつつ、宵闇の参道を塗るかのような絵馬提灯のあいだを徘徊《はいかい》する。

やがて、広い境内へとでた。

半平太の足が止まる。

畳をふた回りほど大きくしたような、巨大な絵馬看板が本殿前に鎮座していた。塗ったばかりと思われる顔料は、かたまりかけた瘡蓋《かさぶた》を思わせる。

画題はさきほどの芝居から一転して、『平家物語』だ。青々とした坊主頭の巨軀《きよく》の男は、武蔵坊弁慶《むさしぼうべんけい》。ノコギリや刺股《さすまた》、まさかり、金棒などの得物《えもの》を背に負い、地に伏す仇敵《きゆうてき》土佐坊《とさのぼう》に乗りかかっている。

両手にあるのは、土佐坊の首だ。文字どおり皮一枚で胴体とつながっている。皮は紐のようにのびて、千切れてしまいそうだ。首のつけ根からは、噴水のように血がほとばしる。

百目《ひやくめ》蠟燭の火をうけて、半平太の視界がにじむ。

血赤が巨大な絵馬看板からはみでて、闇を塗る。

武蔵坊弁慶が両手に持つ土佐坊の首に、視線が吸いこまれた。広い額を持ち、小鼻の横には深い皺が一本はいっている。

何かが、半平太の頭のなかで弾《はじ》けた。

脳が湿るかのような、奇妙な感覚。

風がふいて、蠟燭の火がゆらめき、視界に弁慶の顔相、土佐坊の首、血が回転し、ひらめく。

どのくらい、そうしていただろうか。

「決めたぞ」

ぽつりと、半平太はつぶやく。

「私は、奸臣を取りのぞく」

巨大な絵馬看板にむかって語りかける。

「参政、吉田東洋を弑《しい》し、土佐藩を尊王に塗り替える」

なぜか、武蔵坊弁慶の持つ首が、にやりと笑ったかのように感じられた。

九

昨夜降った雨のせいで、鏡川《かがみがわ》の水はあふれていた。雁切橋《がんきりばし》も押し流されてしまうのではないかと思うほどだ。

その袂《たもと》には、ひとつの首が高々と掲げられている。昇ったばかりの太陽が、生首のひろい額を徐々に乾かしつつあった。小鼻の横の皺は長く深く、あご先まで達していた。

参政、吉田東洋の首である。

囲むように人だかりができていた。

武市半平太が近づくと、蜘蛛《くも》の子を散らすように去る。

吉田東洋暗殺が土佐勤王党の仕業であると、みな知っているのだ。

腕を組んで、半平太は吉田東洋の首を見る。

あっけないな、とつぶやく。

あれほど悩まされた仇敵も、半平太の放った刺客にこうも容易く事切れるとは思ってもみなかった。

「半平太よ」

振りむくと、山内一族衆がたっていた。みなの顔は青ざめている。吉田東洋本人よりも、彼らの顔の方が生首の色に近いように思えた。

「よくぞ、やってくれた」

あごをふるわせながら、半平太に語りかける。

「これを機に一気に新おこぜ組（吉田東洋派閥）を駆逐するのじゃ。そして、家老職には尊王攘夷派の家臣たちをつけよう」

「いえ」と、また生首に目をもどしつつ半平太はいう。

「さすがにそれは体面が悪くありましょう。こたびの一件が、土佐勤王党によるものと宣言するようなもの。一席ぐらいは、ちがう者をすえましょう」

山内一族衆の顔がゆがむ。何を今更、と思っているのかもしれない。

「家老職には、桐間蔵人《くらんど》様を復帰させてくださ い」

「しょ、正気か。奴には、尊王攘夷の心など微塵《みじん》もないぞ」

山内一族衆が目を剥いて詰めよる。

「かまいません。恐るべき敵は、吉田東洋ただひとり。あとはどなたが家老や参政になっても、土佐勤王党で十分に操れます」

岡田以蔵の寄親《よりおや》でもある桐間蔵人は、佐幕派だ。かといって、吉田東洋の味方でもない。逆に吉田東洋の急進的な改革に反対して、免職の憂き目にあっていた。家老職復帰で恩を売れば、いかようにも操れる。

「たしかに、桐間蔵人は以前のような硬骨の士ではなくなっていたな」

かつて、桐間蔵人は吉田東洋のような手強《てごわ》い上士だった。だが、もうそのときの覇気は持ちあわせていない。きっかけは、絵金である。贋作騒動以来、なぜか桐間蔵人は強気の心を忘れてしまった。

「わかった。桐間蔵人を登用する方向で、殿様にはご相談する」

「よろしくお願いいたします。たよりにしております」

深々と頭を下げて、去りゆく山内一族衆を見送った。

ゆっくりとこうべをあげる。途中で、首が止まった。長身の男が、近づいてくる。長い手足をぶらつかせていた。

「洞意先生」

半平太が呼びかける。が、反応がない。ふと考えて、「絵金先生」と言いなおした。

艶やかな唇から、白い歯がのぞいた。

「半平太、こんな物騒なとこに呼びつけて、どういうつもりな」

吉田東洋の首の前でふたりならんだ。

「絵金先生、たのみがあります。土佐勤王党のために、絵を描いてくれませんか」

絵金の長い指が動き、頰をなでる。考えるというより、味わうように半平太を見ていた。

「部屋を用意しています。さすがに高知城下というわけにはいきませんが、赤岡《あかおか》や岸本《きしもと》、夜須《やす》ならばお好きなところに滞在してください」

赤岡、岸本、夜須には、土佐勤王党の秘密の屯所《とんしょ》があった。特に赤岡は、高知城下につぐ土佐の商都で、廻船《かいせん》業がさかんで各地の情報も集まってくる。

「おらに絵を描かせて、尊王攘夷に必要な金を稼がすつもりかえ」

絵金は今や人気の町絵師だ。祭の絵競べに出品するために、豪商や豪農が競うように絵を依頼している。

半平太はうなずいたが、本当の理由は資金稼ぎではない。

尊王攘夷が容易でないことは、吉田東洋との折衝で思い知らされた。これから藩主を伴って、土佐藩は京へ上るが、土佐にいるとき以上の反対があるだろう。京には公武合体で幕府との共存を目指す公卿も多い。阻む敵は、次々と血祭りにあげなければならない。

そのために必要なのは、狂気だ。

剣術や弁論は鍛えられても、人を斬る狂気は鍛えられない。

が、絵金ならできる。

絵金のあの血赤なら、志士たちの心を狂気に染めることができる。

「嘘ついたらいかんぞ」

からりと、絵金が笑い飛ばした。

「おまんが本当に欲しちゅうのは、金やないろう」

吉田東洋の首と半平太の顔に視線を往復させつつ、絵金はいう。

「仏画にとっての膠を、おらの絵に担わせるつもりかえ」

すこしちがう。尊王攘夷という絵を完成させるために、立ちはだかる者を斬り、その命を膠として塗りこむ。そのためには狂気を持つ人物が必要だ。絵金の絵で、志士たちの狂気を花開かせる。

ぺろりと、絵金は上唇をなめる。

「えいぞ。今回のおまんの絵は、まだ途中じゃき。かつての師匠として、おまんの絵のいきつくさきを見届けちゃる」

絵金は生首に向きなおる。生きているかのように生々しい吉田東洋の顔を、愛《め》でるかのように見つめていた。

十

これが京か、と武市半平太はつぶやいた。川近くの路地の両側には、町家が建ちならんでいる。なぜか家の入口には鉢がおかれ、金魚が泳いでいた。なかには南蛮のびいどろの鉢もあり、色鮮やかな金魚が尾びれをなびかせて泳いでいる。

吉田東洋暗殺後、土佐勤王党は藩の要職をにぎり、とうとう藩主含め二千人もの人数で上洛を決行させた。入京してから、半平太は他藩応接役につく。列藩の要人と会談できる最も重要な役だ。だけでなく、半平太は有力公卿とも面会し、その信頼を勝ちとるにいたっていた。

金魚を見つめつつ歩いていると、一軒の町家だけ金魚鉢がなかった。なかから聞き慣れた声が漏れてくる。土佐弁ということは、勤王党の同志だ。

「ああ、これは武市先生」

だらしなく女によりかかった男が、玄関口から声をかけた。

「こりゃあ、珍しい。武市先生も女遊びをするがですか」

「女遊びだと」

「へえ、ここは遊郭ですろう。それ以外に何の目的があって、足を踏みいれるがです」

しつこく寄りそおうとする同志の腕を払いのけ、女が玄関先に金魚鉢をおいた。

「ここは遊郭なのか。まさか、そんなところだとは……」

狼狽《うろた》える半平太を見て、同志が笑う。極彩色に飾られた土佐の遊郭とちがい、あまりにも趣が上品なのでわからなかった。

「まさか、知らんとうろつきよったがですか。この金魚鉢が遊女屋の目印ながです。客をとっちゅうあいだは、奥にひっこめちゅうがです。こうして事がおわれば、また玄関の前におく。京は、何事もやることが風流ながです」

「そ、そんなことはどうでもいい。今夜は寄り合いだろう。わかっているとは思うが、藩邸ではないぞ。遅れるなよ」

「へえ、わかっちょります。武市先生の下宿ですろう」

同志は殊勝に頭を下げる。半平太は、土佐藩邸には滞在していない。京都の三条木屋町《さんじょうきやまち》の一角に寄宿している。その方が、久坂玄瑞らと談合がしやすいからだ。

長居をすれば女に誘われかねないので、足早に立ちさる。遊女屋の連なる路地をやっとぬけると、芸舞妓《げいまいこ》たちのいる茶屋がひしめいていた。三味線の音や地唄がたおやかに流れこんでくる。

ふと、来た道を振りかえった。一軒の遊女屋の金魚鉢に、ふた回りほども大きな黒の出目金が泳いでいる。窮屈なのか、びいどろの壁に幾度も頭をぶつけていた。

談合の支度があるので、急がねばならない。だが、なぜか鉢に頭をぶつける巨大な出目金から、目を離せなかった。

武市半平太の寓居《ぐうきょ》する部屋は、暗く沈んでいた。茶屋から流れる音曲《おんぎょく》が、闇のなかにしっとりと溶けていく。

「失礼するがです」

続々と土佐勤王党の志士たちが入室してくる。かつてのような、みすぼらしい姿ではない。みな、袴を穿き、家紋入りの羽織をきている。

「みな、そろったか」

半平太が声をかけると、暗がりのなかで全員がうなずくのがわかった。何人かは、なぜあかりをつけぬのだといぶかしがっている。

「みなのおかげで、挙藩尊王を達成し、今我らは帝《みかど》のおわす京でも認められた」

唄うように半平太は言葉をつぐ。調子をとるかのように、時折遠くの音曲が挟まれた。

「だが、やはり、というべきか奸臣も多い。今宵は、彼奴《きやつ》らをどう取りのぞき、尊王攘夷の大望を成就させるかを談合したい。ここにいるみなに身分のちがいはあるが、同じ志をいだく仲間。忌憚《きたん》のない意見を述べられよ」

一旦、半平太は目をつむり、みなの議論をうながした。

「奸臣いうたら、越後《えちご》の志士、本間精一郎《ほんませいいちろう》は容易ならんがです」

「けんど、奴は尊王攘夷の志を持っちゅうがぞ」

「いんや、手柄を独り占めする浅ましい性根じゃ。ある意味、吉田東洋以上にやっかいよ」

「ほんだら、その旨《むね》を本間によう言いきかいて、心を改めさせたらえいわ」

「おらが本間を論破して、身の程知らずをわからせるがよ」

半平太は、まぶたを持ちあげる。

暗がりのなかで頭をよせあっていたみなの議論が、それだけで止む。

「以蔵」

半平太は子飼いの剣士を呼ぶ。襖が開き、闇に同化するかのような浅黒い顔相の男がはいってきた。

「暗くなった。火をいれてくれ」

以蔵は人をかき分ける。暗闇にもかかわらず、迷いのない足取りだった。半平太の背後へといたり、懐から火打ち石を取りだす。

カチカチと音が鳴り、背後から淡い光が差しこみはじめる。

「嗚呼《ああ》」と、土佐勤王党の志士がうめいた。

半平太は首をひねる。

数本の燭台《しょくだい》の上に、太い百目蠟燭がたっていた。すぐ後ろにあるのは、絵馬台と呼ばれる架台だ。祭に使われるもので、絵屏風や大きな絵馬を固定して飾る。

「これは……」

「なんちゅう、おとろしい」

国事に奔走する志士たちが、悪霊と対峙したかのようにたじろぐ。

それも当然だ。絵馬台に飾られていたのは、絵金の絵だからだ。二曲一隻《せき》の絵屏風が、はめ殺しで固定されている。

画題は歌舞伎『絵本太功記《えほんたいこうき》』の「杉の森とりでの場」。中央で上半身をあらわにするのは、紀州《きしゅう》雑賀衆《さいかしゅう》の首領・孫市《まごいち》だ。切腹しており、腸《はらわた》がはみでている。すでに肌の色は死人のように青い。その首には、自らが振りおろした介錯《かいしやく》の刀が深々と刺さっている。

だが、断頭にいたらず、中途で止まっている。

死に切れぬことを恥じるように、孫市は唇を嚙《か》んでいる。孫市を手助けするのは、幼い息子だ。父の持つ介錯の刀の柄に小さな両手をそえ、懸命に首を落とそうとしている。

右横には、後ろ手に縛られ、杉の木にくくりつけられた妻の雪の谷《ゆきのたに》。背後には、数珠を手に切腹を見届ける孫市の父。親子三代の葛藤を、血のように赤い着物をきた女童《めのわらべ》が、両手をあげて見ている。

「誰か、本間精一郎を処せるものはおらぬか」

半平太の言葉に座が静まりかえる。

「誰かおらぬか」

再度の呼びかけに、ひとりが手をあげる。

「いかにして、処す」

半平太の問いに反応したのは、蠟燭だった。火がゆれる。絵のなかの血が飛び散ったかのように、部屋が妖しく彩られる。何人かが腹を押さえたのは、切腹する孫市と自身を重ねたのか。

「殺《や》ります」

「殺るとは」

ききつつも、強く睨み口を割らせなかった。

男は、ただうなずくだけだ。半平太は深く満足する。

「以蔵」と、背後にひかえる剣士を呼んだ。

「手伝ってやれ」

以蔵は無言で立ちあがる。男のもとまで歩み、たたせた。目だけでさらに何人かを指名して、静かに部屋をでていく。

いつしか忍びいる音曲に陽気さは消え、誰かの死を悼むかのように哀しげな色をひびかせていた。

十一

「とうとう攘夷決行の日が決まりましたぞ。四月十五日じゃ」

久坂玄瑞は頰を童のように紅潮させていた。

「ま、まことですか」

武市半平太は、両手をついて前のめりになった。祇園《ぎおん》の茶屋の一室である。とはいっても、華やかな雰囲気は微塵もない。芸舞妓は遠ざけて、武市半平太は少数の他藩同志とともに密談していたからだ。

「私が、武市さんに嘘をついたことがありますか。昨日、三条《さんじょう》様以下、尊攘派の公卿様たちが東本願寺《ひがしほんがんじ》の宿舎にいる松平春嶽《まつだいらしゅんがく》公や一橋公《ひとつばしこう》(後の徳川慶喜《よしのぶ》)と直談判し、決めさせたのです」

まだ、半平太は信じられない。が、気持ちとは裏腹に五体は歓喜で激しくふるえだす。

「長かった」と、知らず知らずのうちにつぶやく。

土佐勤王党を結成し、吉田東洋を暗殺し、藩主をはじめ土佐藩を挙げて上洛させた。

そこで公武合体派の公卿を抑えこみ、攘夷実行を督促する勅使を江戸へと派遣させる。半平太もともに江戸へ行き、そこで将軍に攘夷の決行を認めさせたのが二ヶ月半前のことだ。そして京にもどり、昨日、その決行日が具体的に決まった。日本に押しよせる異国船に、攻撃を仕掛けるのだ。

「長かった、とはよくもいったり。こちらの立場がないではないか」

久坂玄瑞が眉を吊りあげるが、目尻は柔らかく下がっていた。

たしかにそうかもしれない。実は吉田東洋暗殺から、一年も経っていない。だが、そのあいだに様々なことがおこった。土佐の藩論だけでなく、朝廷さえも攘夷に変えた。半平太は公卿・姉小路公知《あねがこうじきんとも》の家臣という地位も得て、江戸で将軍に謁見する。土佐の前藩主ながら隠然たる力を持つ山内容堂とも面会し、上士に昇格し、今は京都留守居役に抜擢された。

半平太にとって、この一年は数十年にも匹敵し、それに伴う激務をこなしたがゆえの「長かった」という言葉だ。

「こ、これは失礼、そういう意味では」

半平太はあわてて頭を下げるが、久坂玄瑞は白い歯を見せて許してくれた。

「土佐勤王党が――いや武市さんが土佐藩の舵をとってから、一年とたたずに朝廷だけでなく幕府さえ攘夷の色に変わった。これもすべて、武市さんあってこそだ。まさに昇龍の勢い。これからも、たよりにしておりますぞ」

久坂玄瑞が、半平太の手をとった。かたく握りしめる手からは、言葉以上の熱が伝わってくる。半平太の体も同様に火照った。激務で疲れた体に、英気がみなぎる。これからだ、と思う。と同時に、視線を久坂玄瑞から外した。

同席する他藩同志の姿が目にはいる。

なぜだろうか。眉間を硬くして、疑うような色をかすかに湛えていた。

久坂玄瑞らが茶屋を去っていれかわるようにして、長刀を腰にさした武士たちが次々と入室してきた。土佐勤王党の面々だ。逞《たくま》しい顔が、半平太を囲む。

「諸君、喜べ、攘夷決行が決まった」

半平太と同じく信じられないのか、みな、最初は戸惑っていた。つづいて半平太が決行日を告げると、志士たちの顔に喜色が弾けた。

「とうとう、やったかよ」

「攘夷の日が待ちどおしいぜよ」

「異人どもめ、日本男児を清国のような腑抜《ふぬ》けと一緒にしよったらいかんぞ」

快哉《かいさい》が、たちまち茶屋の一角を満たす。何人かは、空手で刀をふる真似をする。

女のいない宴席だが、いまだかつてないほどみなは高揚していた。

「それは、そうと」と半平太に語りかけたのは、土佐勤王党の数すくない上士のひとりだ。この男だけは、さきほどいた他藩同志と同じく顔色が優れない。

「また天誅《てんちゆう》騒ぎがおこったようだ。どうやら、刺客は土佐弁をつかっていたとも聞く」

半平太の顔がゆがんだ。

土佐勤王党が攘夷決行決定の快挙を成せたのは、天誅を断行し反対者を次々と粛清したからである。

半年前に、まず岡田以蔵らが本間精一郎を殺し、河原に首をさらした。さらに二日後には、前関白九条尚忠《くじようひさただ》の諸大夫《しよだいぶ》・宇郷玄蕃頭《うごうげんばのかみ》を弑し、橋の下に首を掲げた。七日後には、目明し文吉《ぶんきち》の死体が、全裸で河原の木柵にくくりつけられる。二十日ほど後には、近江《おうみ》の石部宿《いしべしゆく》で京都町奉行所の四人が、刺客二十人あまりに襲われて絶命した。

だが、朝廷での主導権争いに勝利してからは、半平太は天誅を厳禁していた。

にもかかわらず、土佐藩士と思《おぼ》しき者の手による天誅が止まらない。

「このままでは、義による天誅ではなくなる。ただの人殺しに堕す。長州や薩摩《さつま》も、我らの行いをよく思っていない。土佐藩は……いや、土佐勤王党は孤立しかねん」

さきほどの他藩同志の顔色を思いだした。

「ご安心召されよ。私の方からも強くいっておく」

だが、上士の顔色は青いままだった。

「武市殿、この事態を招いた元凶は、絵金ではないのか」

まさか、この局面でその名が出てくるとは思わなかった。

「志士たちが変わったのは、絵金の絵を武市殿の寓居におくようになってからだ。だけではない。国元もそうだ。赤岡や夜須などで絵金に絵を描かせているが、上士や郷士はおろか庄屋や百姓まで身分を問わずに、土佐勤王党に入党しつつある」

「それの何が不都合なのですか」

「大いに不都合だ。志のない有象無象《うぞうむぞう》も多いと聞く。すでに、我らの御せる数ではなくなっている」

上士はつづいて何かをいわんとしたが、口をかたく閉じた。

「何がいいたいのです。遠慮されるな」

「絵金と手を切るのだ。奴の絵をすべて燃やせ。でなければ、土佐勤王党は自滅する。いや、だけでも手ぬるい。絵金を斬るのだ」

「絵師ひとりに、何を大げさな」

低い口調で言いはなち、上士を黙らせた。

今、絵金を手放すわけにはいかない。攘夷決行の日取りはすでに決められた。異国から押しよせる船を焼き払うのだ。多くの血が流れるだろう。半平太にはわかる。攘夷がいかに無謀なことかが。

知っていてなお、日本を清国の二の舞にせぬために、戦わねばならぬ。もはや、合理や正道では日本を救うことはできない。

必要なのは狂気だ。

絵金の絵は、まだまだ土佐勤王党に必要なのだ。毒と知ってなお、服さねばならぬときもある。

「そこまで意志がかたいならば、何もいわん。だが、噂では国元で新おこぜ組復権の動きがあるらしいぞ。にわかには信じられぬことだが、新おこぜ組登用を企てているのは、容堂公ということじゃ」

さすがの半平太の目も大きく見開かれた。今、土佐勤王党が藩政を壟断できているのは、山内容堂が尊王派で半平太らを支持してくれているからだ。すくなくとも、半平太らはそう信じている。

「容堂公に近く接することができるようになって思うのじゃが、容堂公は尊王だが、我らほどの強い思いを持っていないのではないか」

半平太は腕を組んだ。もし、そうなら、自分たちは砂上に楼閣を建てたことになる。

「それはありえませぬ。容堂公が我らと志を異にするなら、どうして土佐勤王党の首魁《しゅかい》の私を上士に取りたてたのか」

無論のこと、山内容堂の鶴の一声があってこその抜擢だ。まだ言いつのろうとする上士を手で制した。

「それ以上は、容堂公への不敬にあたりますぞ。いかに同志とはいえ、見過ごすことはできませぬ」

半平太の眼光に、上士は悔しそうにうつむくのだった。

十二

京の路地には、三味線の音や地唄が優しくひびきわたっていた。ならぶ町家の格子も、江戸の街並みとちがって穏やかだ。

目に刻みつけるように、ゆっくりと武市半平太は歩く。

ふと、立ちどまる。遊郭の入口があり、一軒の遊女屋にガラスの金魚鉢がおかれていた。なかにいる出目金は、鉢の半ばほどに大きく成長していて、泳ぐというより漂っているだけだった。

「まっとうせ、半平太さん」

後ろから土佐勤王党の同志たちがすがりついた。

「そうぜよ、まさか、ほんまに土佐へもどる気やないろうね」

顔を引きつらせた志士たちが、道をふさぐ。半平太は押しのけて歩いた。

国元から、半平太に土佐帰還の命令がきたのは、つい先日のことだ。

「間崎《まさき》さんが捕まったがは知っちゅうろ。これは、新おこぜ組らぁの策略に変わらんぞ」

ある者は顔を真っ赤にして、なじる。

半平太の腹心の間崎哲馬《てつま》は、江戸での過失を問われ縛についた。また、半平太と同じく他藩応接役についていた平井収二郎《ひらいしゅうじろう》も役を解かれた。ほかにも軽格藩士の入京禁止や、公卿や他藩との政事交渉の禁止など、土佐勤王党の手足を縛る命令が次々と下されていた。

また、吉田東洋暗殺の下手人捕縛を、山内容堂が厳命したとも聞こえてきている。

半平太は立ちどまった。

「静かにしなさい」

たちまち、みなが口をつぐむ。

「場をわきまえろ。ここは花街《かがい》だ。目立つふるまいをするな」

ついてくるなと無言で威圧してから、三条木屋町の寓居へと急ぐ。

門を潜る。

玄関戸を開き、廊下を歩いた。妙だなと思う。

路地に鳴りひびいていた三味線の音が、より明瞭になっていたからだ。自室の襖の前に立ち、音色がなかからひびいていることに気づいた。

ゆっくりと開ける。

ひとりの長身の男が座していた。だらしなく胡坐を組み、着衣の裾から長い脚がはみだしている。剃りあげた頭が、窓から差しこむ夕陽をうけて色づいていた。

懐にだくようにして、三味線を弾いている。

「絵金先生、ようこそいらっしゃいました」

三味線を弾く手を止めず、絵金はゆっくりとこちらを見る。

「半平太、何の用ぜよ。いっつも国元で描いた絵を送らせるだけやに。どういて、わざわざ京の地におらを呼んだ」

半平太は、まずは絵金と正対する位置にすわった。時間を持て余していたのか、絵金の前には墨や顔料が瑞々しく塗られた絵がある。横に長い画紙に、怪力で知られる鎌倉期の英雄、朝比奈三郎《あさひなさぶろう》が描かれている。下半身の着衣ははだけ、そこから巨大な男根が横にのびていた。木の幹ほどはあるそれで五人の裸女を転がしており、先端は槍のごとく異人たちを蹴散らしていた。

「どうな。攘夷を画題にした笑い絵よ」

「絵金先生、こういう淫らな絵を描くことは禁じていたはずです」

半平太は指を画紙につきつけた。

「笑かすな。内臓が飛びでる絵はよおて、男根や女陰があらわになる絵はいかんいうがか」

　意地の悪い表情でこちらを見つめている。

「そんなおとろしい顔すなあ。遊びで描いたばぁよ。誰にも見せんちゃ」

　三味線を弾く手を止めて、画紙をそっと背後へとやった。

「で、理由は何なや。どういて、おらを土佐から京へ呼びよせた」

　拳を膝頭において、半平太は姿勢を正した。

「絵金先生、私に絵を描いてくれませんか」

　目を細めて、絵金がさきをうながした。

「実は迷っているのです。容堂公から土佐へ帰るよう、命令がありました」

　絵金がふたたび三味線を弾きはじめる。長い指が弦を淫靡《いんび》に押さえる。ただ、視線だけは半平太にむけて逸らさない。

「もし、私が帰れば、きっと捕まり処刑されるでしょう。私は容堂公を見誤っていた。あのお方は、まことの尊王ではない。あくまで幕府ありきの尊王でした。私が処刑された後は、土佐藩は佐幕に変わり、私が苦心して作りあげたものは水泡に帰します」

　さらに絵金の指が躍るように動く。撥《ばち》の先端で斬るように、音色を弾いた。

「みなは脱藩しろといいます。土佐藩士の身分を捨てろ、と。盟友の久坂さんもそういってくれます」

半平太の視界がゆがんだ。

「ですが、私が脱藩すれば、土佐藩では恐ろしい弾圧粛清がはじまるはずです。首魁の私を処刑できなかった分、下々にまで累がおよび、多くの血が流れます」

絵金のにぎる撥の動きが止まった。

「絵金先生、私はどうすればよいですか。どちらを選んでも、荊《いばら》の道だ」

「相談するために、呼んだがか」

半平太は首を横にふった。

「この私のためだけに、絵を描いてください。この難局に、どの道を選べばいいか。私を決心へと導く絵を、描いてくれませんか」

ふああ、と絵金は欠伸《あくび》を放つ。

さすがの半平太もこめかみがゆれた。絵金は体をひねり、一枚の画紙を前にだす。まだ何も描かれていない。完全な白紙だ。

「もう、おまんのなかでは決心がついちゅうろ」

絵金が半平太へと差しだしたのは、絵筆だった。

「自分の心がわからんがやったら、描いたらえいわえ。絵は、画人の心——欲望や羞恥を何よりもあらわすもんやき。きっとおまんのいく道を暗示してくれるはずちゃ。そう、画題は……」

目を虚空へやりつつ、絵金は考える。唇の両端が吊りあがった。

「美人画はどうなや」

さらに絵筆を前へと突きだされて、咄嗟《とっさ》ににぎってしまった。白い画紙に向きあう。

「おらがおったら、描きにくいろ。ちっと京の町をぶらつきよるわ。もどってくるまでに、終わらいちょけよ」

絵金は立ちあがり、三味線を床におく。襟をめくり、肌をかきつつ部屋をでていった。

半平太は、部屋のなかでひとり、画紙に向きあう。

いつのまにか、まぶたを閉じていた。

目を開ける。残照の名残が、部屋に漂っていた。

筆先を墨につけ、無心で動かす。ゆっくりと丁寧に。線の端部だけは、剣をふるように素早く。腕だけでなく、胴体を捌《さば》いて線を描く。

残照が消える寸前で、襖が開いた。

半平太は床に筆をおく。

はいってきた絵金が、燭台に火を点《とも》す。

そして、半平太の描いた絵を照らした。

「おまん、何を描きゆうがな」

絵金が呆《あき》れた声をだした。当然だろう。半平太の描いたのは、美人画ではない。画紙を縦に使い、ひとりの男の坐像《ざぞう》を描いている。一見すると、仏画のようだ。修行僧のような厳しさが、絵のなかの人物にはある。

が、半平太の描いたのは僧ではない。その証拠に男には髪がある。無精髭《ぶしょうひげ》があごと口をおおっている。粗末な単衣《ひとえ》はしっかりと着ていても、胸の大半があらわになっていた。片手に団扇《うちわ》を持っている。

武市半平太の自画像である。

「これは、獄中絵かよ」

半平太はうなずいた。

「どういて、こんなもんを描いた……ときくがは、野暮やろな」

半平太はふたたびうなずく。

「私は土佐に帰ります。私は龍馬のように、藩を捨てることはできない」

岡田以蔵のように、人斬りとしても生きられない。

龍馬は鯨であり、以蔵は鮫《さめ》だ。大海こそが、彼らの生きる場なのだ。

だが、己はちがう。遊女屋におかれた鉢のなかの金魚のようなものだ。美しくはあるが、金魚鉢のなかでしか生きられない。そして、金魚鉢より大きくなれば、捨てられる。

あるいは——とも思う。龍馬と己の生まれる順番がちがえば、もっと別の生き方ができたかもしれない。龍馬が創った新世界という水槽のなかで、存分に己の才を発揮できたかもしれない。

「絵金先生、これが私の絵です。どうですか、この絵にわが魂はこもっていますか」

絵金はしゃがみこみ、絵を手にとった。そして宙に掲げる。すぐ下では、蠟燭の火が躍っていた。

「半平太らしい絵ぜよ。女も抱けん、美味《うま》いものも食えん、暑さも寒さも厳しい、そんな獄中で、やせ我慢しゆう」

ため息をついて、絵金は間《ま》をとる。

「どういて、欲望を描かんがな。獄をでたいと、どういて絵のなかの半平太は渇望せんがな。死ぬ前に女を抱きたいと、どういて悶《もだ》えんがな」

絵金の言葉は穏やかだったが、なぜか半平太には鞭《むち》打たれるかのように感じられた。

「この絵には、魂がこもっちょらん」

思わず両手をつく。巨大な落石が、五体を押し潰すかのようだ。

これでも駄目なのか、と思うと呼吸さえ苦しくなる。

いつのまにか、額が床につきそうになっていた。

「けんど」

絵金の声に、顔をあげる。

「おまんのこれからの行い次第で、魂をこめることはできるぜよ」

いつのまにか、蠟燭の火が半平太の絵の下辺をなぶっていた。苦しげに、画紙が蠢《うごめ》く。

「獄中でやせ我慢を貫きとおすがよ」

とうとう、画紙に火がついた。

「この絵みたいに、端然と牢《ろう》のなかに居続けるがよ。きっと、おまんの仲間はひどい拷問にあうろ。上士のおまんが痛い目にあうことはない。けんど、おまんがひどい傷を負うよりも、何倍も苦しいに変わらん。それでもなお、この絵みたいに端然とやせ我慢するがよ」

画紙の下から徐々に火が這いあがり、半平太の自画像の下半身を燃やす。

火は半平太の胸を焼き、顔が一際赤く色付けられた。

とうとう半平太渾身の獄中絵は、絵金の手のなかで燃えつきる。

「そのとき、もういっぺん、絵筆をとってみい。もういっぺん、己の獄中絵を描いてみい」

半平太は目を閉じる。まぶたの裏に、己の絵が焼きつけられている。なぜか墨ではなく、落日を顔料としたかのような朱線で描かれていた。

「獄中でやせ我慢を貫いて、己の命と志を膠に変えてみい。そのときこそ、本もんの絵が描けるはずよ。絵に魂がこもるきに」

絵金の声が、暗闇に響きわたる。
やがて、染みいるように消えた。

六章　絵金と小龍

一

嗚呼《ああ》、これ友竹広瀬翁《ゆうちくひろせおう》の墓なり。

翁の姓は木下《きのした》氏、その後の姓を隠し、今の姓を名乗る。

諱《いみな》を徳固《とくこ》、号を洞意《とうい》、またの号を友竹斎。

天稟画《てんぴんえ》を善くし、その画《か》くや筆力奇逸《きいつ》、一時人の目を驚かす。

索《もと》める者相次いでたずね、己の家は富み、名はひびき国中知らぬ人はなし。

先生の生まれつきの天分惜しむならん。


河田《かわだ》小龍《しようりよう》は、墓石に刻まれた碑文を読んでいた。

一度でなく、何度も。

中天にある夏の太陽は、影を地面に縫いつけるかのようだった。鬱蔥《うつそう》と茂る雑草は、矮軀《わいく》の小龍の腰に届こうかとしている。

高知城下にある小高い丘に、河田小龍はいた。丘全体が大樹と墓石で埋めつくされている。木々の隙間から見下ろせば、文明開化した高知の街があった。すでに明治の世になって十三年がたっているが、建ちならぶ家々は江戸のころからほとんど変わっていない。

だが、道ゆく人はちがう。洋装の姿が多くなり、和装であっても刀をさしていないし、髷《まげ》も結っていない。駕籠《かご》かきも姿を消し、かわりに人力車が道を忙しげに行きかっている。

建物の様子は江戸のころのままでも、人の様子が変われば、すでに江戸という時代が死んだことがわかる。

小龍は、墓石に向きなおる。文字を見た。側面の碑文ではなく、正面を読む。

友竹斎夫婦墓——絵金《えきん》の異名をとった男とその妻の墓である。

目をつむり、口ずさむ。

「天稟画を善くし、その画くや筆力奇逸、一時人の目を驚かす」

よどみがなかったのは、河田小龍自身が考えた墓碑文だからだ。島本蘭渓《しまもとらんけい》の画塾に小龍が十三歳で入門したとき、絵金は土佐藩家老桐間《きりま》家のお抱え絵師として名を馳せていた。贋作《がんさく》騒動をおこす八年ほど前のことだ。ときに河田小龍は絵金の弟子とも呼ばれた。

絵金も島本蘭渓の画塾に通っていたことがあったからだ。また、河田小龍も京へ上り京狩野《きようがのう》の永岳《えいがく》に師事していた。南画と狩野派を学んだふたりの経歴が、師弟を連想させたのだろう。

絵金が明治九年に数えで六十五歳で死に、その妻の初菊《はつぎく》が三年後に後を追うように死に、墓碑文の依頼が小龍のもとへきた。絵金を知ることにおいて、たしかに小龍以上の者はいない。

だが、と墓石にむかっていう。

この碑文は、絵金の画業のすべてを表現しているのだろうか。

絵金とは何者だったのか、と考える。狩野派の筆法を若くして究めた天才、あるいは贋作騒動をおこした異端、血赤《ちあか》を使った芝居絵で志士らを惑わせた狂人。かと思えば、晩年は中風で利き腕の自由を喪《うしな》いながら左手で常人以上の絵を量産しつづけた鬼才。

何より、小龍の夢を潰した仇敵《きゆうてき》だ。

思いだすのは、あの日見た、魔性ともいうべき絵金の絵だ。

二

まだ若く皺《しわ》のすくない小龍の掌《てのひら》には、紺碧《こんぺき》の空を映したかのような青い顔料がこびりついていた。神社の境内で、小龍はまっている。本殿前では、小龍の運営する画塾・

をだしていた。
墨雲洞《ぼくうんどう》の門弟の近藤長次郎《こんどうちょうじろう》や新宮馬之助《しんぐううまのすけ》たちが、絵馬台を普請《ふしん》する宮大工たちに指示

灯籠や提灯《ちょうちん》が飾られ、夜がくるのをまっている。照りつける太陽も暑いが、地が発する熱も強い。一ヶ所に居続けると、草鞋《わらじ》を履いた足の裏が火傷《やけど》しそうだった。にもかかわらず、小龍は立ちつづける。腕を組み、鳥居を睨《にら》んだ。

ゆらぐ熱気のなか、人影があらわれる。後方には弟子と思《おぼ》しき人々が十人ほどおり、布につつまれた屏風《びょうぶ》を運んでいた。

冬の木を思わせる長身。その頂上に、剃《そ》りあげた頭が輝いている。もう四十六歳になるはずだが、口元や目尻からは皺が上品にのび、歌舞伎の隈《くま》取《ど》りを思わせた。

「小龍、久しぶりやにゃあ。前におうたがはいつやっつろう」

長い指で頰をかきつつ、絵金が笑いかけた。

贋作騒動があったのが十三年前、桐間家お抱え絵師を辞し、絵金は土佐各地を放浪する町絵師になった。このまま市井のなかで埋もれるかと思っていたら、突如、土佐から姿を消す。上方《かみがた》に滞在しているらしいと、人伝《ひとづて》に消息が聞こえてきた。ちょうど、八代目市川團十郎《いちかわだんじゅうろう》の自殺騒動の折だ。

そして今、土佐へともどってきた。

「前にあったのは五年前だ」

「ああ、天満宮《てんまんぐう》の絵競《くら》べか」

高知城下にある天満宮の九百五十年祭の目玉として、絵金と小龍は絵を競いあった。題材は歌舞伎の『玉藻前《たまものまえ》』。結果は引きわけだった。小龍が二十九歳、絵金が四十一歳のことである。

「絵金、ゆっておくが、あのころのわしとはちがうぞ」

あれから小龍は、引きたててくれている吉田東洋《よしだとうよう》の指示で薩摩藩へ赴き、純度の高い鉄を製錬する反射炉を見学するなど、西洋の万物を貪欲に吸収した。アメリカから帰ってきた中浜万次郎《なかはままんじろう》とも親交を深め、彼《か》の国の文化のことも学んだ。西洋の画技も遠近法は無論のこと、画具などにも精通するようになった。

「ほお、えらい、威勢がえいじゃか。兄弟子にむこうて、不遜ないいようとは思わんがか」

「ぬかせ。お主が島本先生の弟子面《づら》するな」

腕を解《ほど》いて、長軀《ちょうく》の絵金に指を突きつける。島本蘭渓は仁尾順蔵《におじゅんぞう》のたのみで絵金に画業の手ほどきはしたものの、なぜかこの男を嫌悪すること甚だしかった。

一方の小龍は、島本蘭渓の寵愛《ちょうあい》をうけている。自然、絵金に対する小龍の態度も幼少のころから険しいものになった。そんな小龍を、絵金は窘《たしな》めなかった。逆に、気の荒い軍鶏《シャモ》を愛する風情で、楽しんでいる。それがまた、小龍には忌々《いまいま》しい。

「けんど、おまんの才を最初に見抜いたがはおらぞ」

　突きつけた指がゆらいだ。入塾したばかりの小龍を「えらい奴がきたがのうし」と絶賛したのが、絵金だった。最初に絵の手ほどきをうけた恩ゆえか、絵金は桐間家お抱え絵師となったのちも、度々島本蘭渓の画塾に顔をだしていたのだ。矮軀ゆえに侮られがちだった小龍が、絵金の一言で画塾のみなから軽んじられることがなかったのはたしかだ。

　不覚にも、小龍は近づく絵金の腕に気づかなかった。長い指が小龍の手首をつかむ。

「な、何をする。やめろ」

　強く圧迫しているわけではないが、なぜか振りほどけない。

「おまん、おもしろい顔料をつけちゅうね」

　からめた小龍の手に、絵金が顔を近づける。吐息がかかる間合いで、指についた青い顔料を凝視する。一方の絵金の手には、血を思わせる朱赤がこびりついていた。

「これは何な。日ノ本《ひのもと》にこんな顔料や染料はないろう」

　なめるように見つめる。

「ウルトラマリンブルーだ」

　絵金の手が突如離れ、小龍はたたらを踏んだ。

「うるとら、まりんぶるう？」

「察しのとおり、西洋の顔料よ」

昨年、小龍はウルトラマリンブルーを使った捕鯨図で、土佐の町衆の度肝をぬいた。一方の絵金は、血赤と呼ばれる鮮烈な赤で大衆を魅了している。

今日の絵競べは、小龍のウルトラマリンブルーと絵金の血赤の対決——いや、ちがう。もっと大きい。

西洋列強に伍《ご》するためには、開国し富国せねばならない。富国強兵策を推進しているのが、小龍が思慕してやまない吉田東洋だ。だが、それを阻むものがいる。尊王攘夷《そんのうじょうい》を騙《かた》る無知な男たちだ。もし、攘夷を決行すれば、日本は滅ぶ。アヘン戦争で敗れた清《しん》国《こく》の二の舞どころではない。だが、無知な攘夷論者は、刀剣の力で西洋と戦うと息巻く。笑止である。

だから、小龍はこの絵競べでわからせてやるのだ。もはや、日本の伝統技法など時代遅れだと。血赤など——西洋では人体に害毒と周知された水銀を使った赤など、ウルトラマリンブルーの前では敵ではないと知らしめてやるのだ。

これは吉田東洋の開国と富国強兵策がいかに正しいかを、時代遅れの攘夷論者に教えるための戦争でもあるのだ。

南国の昼は長い。ぽつぽつと灯籠や提灯に火が点《とも》されたが、まだ空は明るかった。折《せっ》檻《かん》するような暑さだけは、和らいでいる。

本殿前の絵馬台には、ふたつの芝居絵屏風が飾られていた。無論のこと、小龍と絵金の絵だ。

勝ったな、と小龍はほくそ笑んだ。

画題は自由なので、それぞれがちがう。小龍は『東山桜荘子《ひがしやまさくらそうし》』の「佐倉宗吾《さくらそうご》子別れの場」。領主の悪政を将軍に直訴するため、主人公の佐倉宗吾が愛する妻や子と別れる場面だ。腕を組み颯爽《さつそう》と去る佐倉宗吾。ウルトラマリンブルーを人物の衣装の要所に配した。六人の人物の配置も遠近法で正確に大小の強弱をつけている。遠景の木々を狩野派の伝統技法で描いたのは、己は新画法だけの男ではないという自負からだ。

小龍の絵の前につどった男たちが、歓声をあげる。

「こりゃあ見事やちゃ。佐倉宗吾の覚悟が、絵一杯に広がっちゅう」

「何より、青の配し方が秀逸ぜよ。人物それぞれにいれて、絵を引きしめゆう」

声に応えるように、小龍はうなずいた。どうやら、絵心のある客がいるようだ。

一方の絵金は、と視線を移す。陽光の下にあるのは、本物のかえり血を塗ったかのような絵だった。画題は『花上野誉石碑《はなのうえのほまれのいしぶみ》』の「志度《しど》寺の場」。父の仇《かたき》を騙《だま》すため、口がきけない子として育てられた童の坊太郎《ぼうたろう》。その芝居を信じた若い乳母が、坊太郎の病気快癒と仇討《あだう》ち成就を祈願して、自らの喉を短刀でえぐる場面だ。悪霊のごとく髪を振りみだす乳母の肌は青白く塗られ、首から血が噴きこぼれている。横にのびた目尻が苦しげにゆがんでいた。その下では雨滴を防ぐように袖を頭の上にやる、童の坊太郎。

邪道だ、と小龍は心中で吐き捨てた。

小龍のように絵金も遠近法を使っているが、我流ゆえの悲しさか、構図が崩れている。遠近による人物の大小がちぐはぐだ。消失点もぼけている。何より、喉を突く乳母と坊太郎の背後に描かれる人物たちだ。坊太郎とまったく同じ顔をした童が竹刀を振りあげて、悪者をやっつけている。芝居の佳境である、坊太郎仇討ちの場面をいれているのだ。長い絵巻で時間の異なる場面をひとつの絵に収めることはある。が、屏風という限られた紙幅のなかでは聞いたことがない。

絵金の絵につどう人々は、みな戸惑っていた。首をかしげたり、隣の者とひそひそと話しあったりしている。

「これは小龍さんの勝ちじゃね」

「絵金が天才と呼ばれよったがも、もう昔の話ぜよ」

人々が、次々と小龍の絵へと移りだす。その様子に、深く満足した。神主が用意してくれた床几《しょうぎ》にすわり、熱い茶をすする。

提灯や行灯《あんどん》に点っていた火が、存在を誇示しはじめた。

天頂から闇が滴りおちてくる。

湯呑のなかの茶が完全に冷めたころだった。絵馬台を見る人々の声が止《や》んでいること
に気づく。何があったのか。あわてて、目をやる。
「ああっ」
小龍は思わず立ちあがる。床几が勢いよく倒れた。
小龍の絵が、完全に闇のなかに沈んでしまっている。夜の暗がりで、ウルトラマリン
ブルーの彩りが死んでいた。
だけではない。ゆれる灯火のせいで、完全な構図と完璧な配色が狂っている。
一方の絵金の絵は……。
小龍の口が、限界まで大きく開かれた。
が、声を発することはできない。
蠟燭《ろうそく》の火をうけて、絵金の絵が完成していた。
どんな墨や染料よりも濃い夜の闇を、色として絵に塗るかのようだ。
いや、ちがう。
絵金の絵が、土佐の夏の夜の闇を彩っていた。乳母の首から流れる血が屏風を越えて、
滴りおちている。
風がふいて、火がゆれた。
「う……うう」

喉から声が絞りだされる。

乳母の死を見届ける坊太郎と仇討ちを成就した坊太郎が、小龍の視界で激しくせめぎあい、混じりあう。蠟が溶ける匂いが小龍の体臭とあわさり、不穏な香りが鼻腔《びこう》を満たす。べたつく肌に火の粉が降りかかる。灯芯が焦げる音が、絵のなかの人物たちの歯ぎしりのように感じられた。

立ちつくすことしかできない。

小龍だけではない。境内にいる誰もが、呆然《ぼうぜん》と絵金の絵を見上げている。

太い音色が聞こえてきた。撥《ばち》で弦を弾《はじ》いているのか。

振りむくと、女義太夫《ぎだゆう》がひとりたっていた。濃く塗った白粉《おしろい》が、闇に浮かぶかのようだ。短刀で切りつけたような切れ長の目を持っている。太棹《ふとざお》と呼ばれる棹の太い三味線《しゃみせん》をだき、曲を奏でていた。

ひとつ弾くたびに、絵金の絵のなかの人物の哀切がより深くなる。

「よせっ」

小龍は女義太夫に詰めよった。撥の動きがぴたりと止まる。

「貴様、絵金の手の者だろう」

「はい、絵金さんが絵を描きゆうときに、心のお慰めに弾かいてもらいゆうがです」

「卑怯《ひきょう》だぞ、絵金の絵を曲で引きたてて、絵競べに勝とうという魂胆だろう」

紅を引いた唇をのばして、女は笑った。問いかけに答えることはなく、かわりに撥を持つ白い手が動く。太棹の弦が弾かれ、音曲がつむがれる。勇壮な音色は、『東山桜荘子』の「佐倉宗吾子別れの場」を引きたてようというのか。だが、今、小龍の絵は完全に闇に埋没してしまっている。いくら曲を奏でようとも、絵の詩情が膨らむことはなかった。

ただ虚《むな》しく夜の闇のなかに垂れ流されていくだけだ。

「やめてくれ」

思わず悲鳴をあげた。

ぴたりと音色が止む。

「小龍さん」

頭上から女の声が落ちてきた。

「このままでは一生、絵金さんには勝てんぞね」

何かが小龍の体にのしかかった。

「絵とは、勝ち負けではない」

絞りだした自身の言葉の、何と空々しいことか。

「小龍さんにとって、絵金さんとはどんな人ですろうか」

女に問いかけられて、しばし考えた。

邪道、卑猥《ひわい》、俗、破戒、残忍、無情、狂気——

いくつもの罵詈雑言《ばりぞうごん》が頭のなかを満たす。

くすりと、女は笑う。まるで、小龍の心の内を見すかすかのようだ。

「小龍さん、絵金さんに負けとうないがやったら、絵金さんの正体を突き止めなあいかんぞね」

「正体だと」

「そうぞね。絵金さんが何を描こうとしちゅうか、知らんといかんぞね。でないと」

女はなでるようにして、弦を弾いた。

「小龍さんは、かけがえのない人を喪うことになるぞね」

また撥が弦を撫であげる。

水が流れるような音色が、小龍の左の耳から右の耳へとぬける。

自身の目を腕で強くこすった。

女義太夫の首から、何かが噴きこぼれている。

あれは……。

目が大きく見開かれた。

血か。

よく見れば、女の目鼻立ちに見覚えがあった。どこかであったことがある。現《うつつ》の世ではない。

絵だ。さきほど見た、絵金の絵のなかで出会った。

この女は、絵金が描いた『花上野誉石碑』のなかの乳母ではないか。

小龍が絵に向きなおろうとした瞬間、ぐらりと視界がゆれた。

大きな目眩《めまい》に襲われる。

足を必死に前にだす。

かたい土を踏みしめたときには、夜の帳《とばり》は完全に消えていた。

強烈な太陽に、頭皮を炙《あぶ》られる。足元には、小龍の影がくっきりと落ちていた。

耳のなかに、蟬の声が満ちる。

目の前にあるのは絵金の絵屏風ではなく、友竹斎夫婦墓と刻まれた墓石だった。

回想にふけるうちに、いつのまにか陽光に当たりすぎたようだ。目眩がする。顔を乱暴にふって、意識を無理やりに覚醒させた。

手庇《てびさし》で目を守り、できるだけ木陰の下を移動し、墓石の連なる斜面を降りた。一旦、足を止める。そういえば、この道を左にいけば、人斬りと恐れられた岡田以蔵《おかだいぞう》の墓もある。

闇と火があって初めて成り立つ絵金の絵に目をつけたのが、土佐勤王党の武市半平太《たけちはんぺいた》だった。絵金の絵を売って活動資金を稼いだが、はたしてそれだけだったのだろうか。

岡田以蔵ら土佐勤王党の志士は、絵金の魔性の絵に惑わされていたのではないか。
後ろをむく。
絵金の墓は木々が邪魔で見えない。
——絵金さんが何を描こうとしちゅうか、知らんといかんぞね。
頭のなかによみがえったのは、女義太夫の声だった。
でないと、と知らず知らずのうちに女の言葉を小龍はつぶやいていた。
「かけがえのない人を喪うことになる」
小龍の胸が鈍く痛んだ。思わず手をやる。
あの女の予言どおりに、小龍は大切な人を喪った。
どうしてだ、と言葉を絞りだす。
どうして、私は彼らを喪わなければいけなかったのだ。
木々で見えない絵金の墓にむかって、小龍は問いかけていた。

三

「絵金兄《あに》ぃのことを教えて欲しいがか」

男は絵筆を持っていた手を止める。画紙から目を引きはがし、顔をあげた。胡麻塩《ごま》という表現がぴったりな灰色がかった短髪、がっしりとした体はさすが絵金の弟という風情だが、手足はそれほど長くはない。つぶらな瞳が、童のようである。

「絵金兄ぃのことを知りたいっていうけんど、おまんの方が……」

木下寅七《とらしち》こと、通称絵虎《えとら》が小龍の顔を凝視した。絵金の弟で、一時は小龍の師である島本蘭渓に入門しかけたこともある男だ。

「たしかに、わしは絵金と何度も絵競べで勝負しました。ほかにも共作で天井画や絵馬、襖《ふすま》絵を絵金といくつも仕上げました。ですが、最近になって、わしは絵金の本質を見誤っていたのではないか、そう思うのです」

小龍は正直に胸の内を吐露した。

絵虎は、絵筆を机の上においた。高知城下は蓮池町《はすいけ》の絵虎の工房に、小龍はいる。壁のあちこちには絵が飾られていた。顔を点と線で簡略化した戯画は、鳥羽絵《とばえ》と呼ばれるものだ。ほかにも、入浴中の婦人を描いたあぶな絵と呼ばれるものもある。すべて、絵虎が描いたものだ。兄の絵金とちがい、湿り気も毒もない、からりとした画風である。

「本質も何も、ただたのまれて絵を描きよっただけぜよ。おまん、兄ぃを西洋のダ・ヴィンチか何か、そんな偉い絵師さんと勘違いしちゃあせんか」

絵虎は笑い飛ばすが、小龍は黙って見すえて、己が真剣であることを伝える。

「そんな目で見なちゃ。おらの兄ぃが百歩ゆずって芸術を描いちょったとしても、作品が後世にのこることはないろう。それは小龍もようわかっちゅうはずぜ」

絵金の描いた芝居絵は、祭が終われば燃やされた。それは小龍の描いた絵もしかりだ。狩野派のときに描いた絵金の絵がのこる可能性はあったが、贋作騒動をおこされた腹いせで桐間蔵人《くらんど》によって破却されたと聞く。

「真景図も描きゆうおまんとはちがう。まあ、赤岡《あかおか》の衆は魔除《まよ》けで兄ぃの絵を今ものこいちゅうらしいけんど……」

高知城下から東へ五里（約二十キロメートル）ほどいったところにある赤岡の町では、夏になると海からくる魔物を祓《はら》うために家の入口に絵金の芝居絵を掲げる奇習が根づきつつある。何でも、町のあかりをすべて消し、蠟燭の火だけで絵金の血みどろの絵を照らすという。

「けんど、それもいずれ朽ちるろう。蠟や煤《すす》がびっしり絵にこびりつきゆうきね。雨にも打たれちゅうし、なかには顔料が剝げたところを素人が勝手に塗って直しちゅうとも聞いた。そんな絵が芸術とはいえんろう」

「ですが、絵金の絵には、人を惑わす何かがあります」

絵虎は腕を組んだ。心当たりがあるのか、しばし黙りこむ。

「なるほど、惑わす、か」

こきりと、絵虎が首をならした。

「近森半九郎《ちかもりはんくろう》は知っちゅうろ」

うなずく小龍に、絵虎はいう。絵金の遺品の中に、百五十年ほど前に贋作事件で処刑された絵師の屏風絵があったという。忌まわしき絵さえも引きよせる、不思議な引力が絵金にはあった。ならば、その力が絵に宿っていてもおかしくない。

「思えば、兄ぃを養育した仁尾《にお》様も惑わされたがかもしれん。江戸の師匠の前村洞和《まえむらとうわ》もそうぜよ」

前村洞和は晩年、ひとりの童を弟子にとった。生首を地取《じどり》したという不気味な逸話をもつ変わり者で、画鬼と名づけかわいがった。あの堅物の前村洞和がなぜ、とみながいぶかしがった。絵金を弟子にしてから洞和はおかしくなったのだ。そうしたり顔で、いうものもいた。ちなみに成長した画鬼は今は河鍋暁斎《かわなべきようさい》と名乗り、数々の奇想に満ちた作品を世に出している。

「いや、小龍、おまんがいいゆうがは、吉田東洋様や坂本《さかもと》……」

「この歳になれば黄泉路《よみじ》も見すえるようになります」

小龍は言葉を強引にかぶせた。

「おいおい、おらより若いおまんが何をいいゆうぜ」

「だからこそ、絵金の絵の正体を、是が非でも知りたいのです」

絵虎を睨むようにして見た。

「真景図が得意な小龍らしい生真面目《きまじめ》な考えぜよ」

絵虎はため息をこぼす。小龍は写実の絵もよくし、反射炉を取りいれた薩摩藩の様子や土佐藩内の農村を活写した。あるいは中浜万次郎から聞きとった西洋の様子を絵におこし、それらを吉田東洋にわたし、土佐藩の改革の一助を担っていた。絵金の真実を知りたいという考えも、西洋の先進性を必死に絵に写しとったころの姿勢と変わらないのかもしれない。

「兄ぃは」

慎重すぎるほど、ゆっくりと絵虎は口を開いた。聞き漏らすまいと、小龍は身を乗りだす。

「絵と目合《まぐわ》いたかったに変わらん」

「目合う？」

絵虎は、ばつが悪そうにうなずいた。身内の恥を告白するかのような風情だ。

「つまり……絵金は絵と性交しようとした、と」

あぶな絵に描かれた入浴中の婦人と、なぜか目があった。あわてて絵虎に顔をもどす。

「絵金兄ぃが描きゆう姿を見たことがあるろう」

ときに荒々しくむさぼるように、ときに愛《め》でるように優しく筆を使っていた。たしかにあれは女人と睦《むつ》みあうかのようでもあった。

何より、蠟燭の炎と夏の闇夜で見ることを前提とした絵の数々だ。肌をなぶるぬるい風、視界に散る火の粉、灯芯の焦げる音、溶けた蠟の匂い。目だけでなく全身全霊で絵が迫ってくる。たしかに、見る者と絵が目合っているといってもいい。

だが……と口にだしていた。

それだけが、絵金の本質だろうか。

「兄ぃのことがわからんといいゆうけんど」

考えていると、絵虎が語りかけてきた。

「そもそも、おまんのこともおらにとっては謎ぜよ」

白い歯をかすかに見せて、笑いかける。

「兄ぃと同様、おまんはあの時代に何をしたかったが」

小龍の背が自然とのびる。

「ウルトラマリンブルーやエメラルドグリーンを誰よりも早《はよ》う取りいれ、遠近法を誰よりも忠実にものにし、芝居絵という古い画題のなかに融合させたがは、どういてぜよ」

小龍はあごに手をやる。

「だけやないろ。吉田東洋様の下で働きながら、画塾で若い弟子に西洋思想を教えて、吉田東洋様の敵である龍馬《りょうま》の海援隊《かいえんたい》に参加させたがはどういてな。おまんも絵師なら、何かを描くためにしたがやろ」

小龍は吉田東洋に心酔していた。一方で、東洋の後をついだ新おこぜ組が反発するのを承知で、墨雲洞で教えた弟子たちが脱藩し坂本龍馬を助けるのを止めなかった。

「それは……」

唇がかたまる。しばらく逡巡《しゅんじゅん》した。

「無理に答えんでえい。絵師に何を描きたいかなんぞをきくがは、野暮な問いかけぜよ。けんど、はたから見る限り、おまんと絵金の兄ぃはよう似ちょった」

一瞬、何をいっているのかわからなかった。

「そんな、馬鹿な」

笑い飛ばそうとしたが、上手《うま》くいかない。

「たしかに見た目は全然ちがう。兄ぃは血赤、おまんはウルトラマリンブルー。いや、顔料だけやない。兄ぃは卑猥で卑俗、おまんは端麗にして上品。水と油どころか、水と火じゃ」

こきこきと首を鳴らしつつ、絵虎はつづける。

「けんど、不思議とおまんらふたりの描く絵をならべると、すんなり調和しゆうがよ」

たしかにそうだった。絵金と小龍の絵をならべると、互いに引きたてあうかのような不思議な味わいがあった。だからこそ、共作や絵競べで、何度も合作をしてきたのだ。

「おまんら、ふたりは、どこか根っこが似ちゅう」

納得しようとしている自分がいることに気づき、小龍はあわてて首をふった。

西洋の技法を自家薬籠中《じかやくろうちゅう》の物とした己が、あの絵金と同じはずがないではないか。

「そんなおとろしい顔すなちゃ。おらはつまらん絵師かもしれんけんど、一応、おまんより年長ながぞ」

「これは失礼しました」

不機嫌な表情を隠すために、小龍は深々と頭を下げた。

「そんなに絵金兄ぃのことを知りたいがやったら、土佐勤王党の誰ぞに話を聞いたらどうぜ」

すこし顔をあげて、上目遣いで見る。絵虎はふたたび画紙にむかっていた。戯画を描いているのか、唇の端が上ずっている。

「兄ぃが絵を狂うたように描きよったころ、一番近くにおったがはほかならぬ土佐勤王党ぜよ。一時、弾圧されよったけんど、今は出世して役人様や政治家様になっちゅう。あの動乱の時代に、兄ぃの絵を見てどう思うたか。本人らぁにきいたら、おまんが満足できる答えがかえってくるろう」

四

背広をきてネクタイをきつく締めた男が、小龍を出迎えた。態度は丁重だが、表情には硬い作り笑いが貼りついていた。

「お久しぶりでございます。どうぞ、こちらへ」

小龍が誘《いざな》われたのは和室だった。絨毯《じゅうたん》をしき、テーブルと椅子がおいてある。壁には大きな洋画がいくつも架けられていた。

「おかけください。それにしても、どうされたのです。何の御用でしょうか」

口調とは裏腹に、目には警戒の色が濃くでていた。金の無心にきたと勘違いしているようだ。一時、小龍は塩田事業や鉱山事業に打ちこんでいたことがある。そのすべてに失敗し、大きな借財をかかえこんだことを知っているのだろう。

小龍の尻がむず痒《がゆ》くなる。無礼な輩《やから》に対して、躊躇《ちゅうちょ》なく放屁するという奇癖が若いころの小龍にはあった。さすがにこの歳になるとはばかられる。痒みを増す尻に力をいれて、勧められるままに椅子にすわった。

目の前に、湯気をたてる湯呑がおかれる。

「今日、参りましたのは」

小龍は丁寧な言葉遣いで話しかけた。歳下で木っ端といえど、役人だ。喧嘩をしにきたわけではない。

「ある人物のことを詳しくおききしたいと思いまして」

「その人物に直接きけばよろしいのでは」

早く追いかえしたいのか、取りつく島もない。

「いえ、すでにその人物は故人でありまして」

「なるほど、もしや、その人物というのは、武市《たけち》先生のことですか」

男が急に身を乗りだした。維新に大功のあった志士とその周辺への新聞取材も多いようで、どうやら小龍の来訪もその類《たぐ》いのものと思ったようだ。

「そういうことなら、何でもきいてください。何を隠そう、私は武市先生からいたく可《か》愛《わい》がってもらっておりました」

小龍は舌打ちをこらえる。幕末、この男は志士を名乗ってはいたが、武市半平太《はんぺいた》や坂本龍馬らには遠くおよばない。土佐勤王党が弾圧されたときもどこかに雲隠れして、難をやりすごした。そして維新がなってから、さも当然のように姿をあらわし出世した。

「今でも忘れられぬのは、武市先生の描かれた美しい絵の数々です」

聞く耳が腐るかと思った。絵師としての半平太は凡傭で見るべきものなどない。唯一

の例外が、獄中で描いた自画像だ。無刀で団扇を手に座す姿は虜囚そのものだが、武士

としての半平太の生き様か覚悟がひしひしと伝わってくる。だが、それ以外の絵はどれ

も凡作だ。

「いえ、今回参りましたのは、武市先生のことではありません」

「なんだ、つまらん」

貼りつけた笑みを一瞬で剝がし、男はだらしなく椅子に座りなおした。

「友竹斎こと、弘瀬金蔵《ひろせきんぞう》のことです」

「誰ですか、その弘瀬なんとかとは。そんな志士に覚えはありませんが」

「絵師です。絵金という通り名の」

「ああ……」

男は手を打った。

「それは随分と懐かしい名を。そうか、奴はもう故人ですか。しかし、どうして絵金の

ことを知りたいのです。まさか、河田さん、あ奴に金でも貸しておりましたか」

何がおかしいのか、椅子からずり落ちんばかりに男は笑う。

「いえ、ちがいます。この歳になると、思うのです。絵金とはいかなる絵師だったのか、

と。ぜひ、土佐勤王党の志士の方から見た、絵金の話を聞かせてもらえませんか」

男の笑い声が小さくなった。だが、皮肉げにゆがむ口端だけは、そのままだ。

「河田さんともあろう人が、あんな時代遅れの絵師の何を気にしているのですか。もしや、維新の大業に絵金が何がしかの貢献をしたと思っているのだとしたら、とんだ考えちがいですぞ」

口端にあった嘲りの気は、表情すべてをおおうようになっていた。

「たしかに絵金は、土佐勤王党の隠れ家で絵を描いていました。だが、小金を稼ぐ程度の仕事です。我らのように、命を懸けて戦ったわけではない」

誇らしげな男のいい様に、小龍の尻の痒みが増す。

「何より奴は、時代に取りのこされた。明治の世でも、江戸のころと変わらぬ下品な芝居絵を描きつづけた。時代はもう西洋画でしょう」

首をひねり、男は背後にある絵を見た。粘土をこびりつけたかのように油絵の具を塗った油絵だ。西洋の農村風景があり、中央に風車が描かれている。

「絵金が明治の世でも生きのこっていられたのは、政治とちがい絵の世界が遅れていたからです。昨年、日本でも初めて洋画の展覧会が開かれたのは知っていましょう。やっと、絵の世界でも維新が到来するのです。まあ、絵金が幸せだったのは、古臭い日本の絵が朽ちるのを目にせずにすんだことですな」

向きなおって、満足そうに何度もうなずいた。小龍は、尻の痒みに耐える。

「我ら、土佐勤王党がいかに正しかったか、それを今の時代が証明してくれています」

椅子から背を引きはがし、男は上半身を近づけた。

「正しくなかったものは滅びた。絵金の絵もいずれ滅び、完全に忘れさられましょう」

限界だった。

男の顔が一瞬で歪《ゆが》みくずれる。だけでなく、うううとうめき、椅子ごと後ずさった。

小龍も思わず鼻に手をやってしまう。

「か、河田さん、これは」

いいつつ、男は立ちあがり、激しくむせた。

腐った卵を思わせる臭いが、部屋に満ちていた。とうとう小龍の尻から、怒りの屁《へ》が放たれたのだ。久々の一撃は、小龍でさえ鼻を指で押さえねばならないほどだった。

手を鼻にやったまま、小龍はあえて冷静にきく。

「さきほど、正しくなかったものは滅びた、と言われましたが、それは具体的には」

咳《せ》きこみつつ、男は必死に答える。

「決まっておりましょう。武市先生を弾圧した吉田東洋のことです。奴めの誤った思想をうけつぐ者は、今はどこにもいません」

「黙れ、下郎」

男の両肩が跳ねあがるほどの怒声だった。

「吉田東洋様が殺されたとき、貴様ら土佐勤王党は何をお題目にしていた」

男が睨みつけるが、すぐに目を落とした。河田小龍が、吉田東洋と浅からぬ縁を持っていたことをやっと思い出したのだ。

「攘夷であろう。だが、どうだ。お前たちは攘夷を決行したか」

役人としての意地だろうか、唇をふるわせて男は抗弁しようとする。

「たしかに攘夷は断念した。しかし、かわりに開国し富国強兵に邁進《まいしん》し、新時代をつくって……」

「開国と富国強兵は、吉田東洋様の考えだ」

喉がさけんばかりに、小龍は叫んだ。

「あのころ、もし土佐勤王党の口車に乗り攘夷をしていれば、日本はどうなっていた。アヘン戦争の二の舞ではないぞ。この神国は間違いなく滅んでいた。吉田東洋様は、それを必死に阻んでいたのだ」

男は一歩二歩と後ずさる。

吉田東洋こそ英雄だった。今生きていれば、木戸孝允《きどたかよし》や西郷隆盛《さいごうたかもり》、大久保利通《おおくぼとしみち》よりもずっと力強く富国強兵を成し遂げたはずだ。だが、不幸にも暗殺された。吉田東洋は、歴史の勝者となった土佐勤王党を弾圧した奸賊《かんぞく》としか見られていない。

「そして、東洋様の思想を盗むかのようにして、貴様らは近代化を稚拙に進めている。攘夷を決行し屍《かばね》をさらすのならまだしも、だ。恥を知れ」

「恥を知れ、だとぅ」

男の後退が止まった。

「開国は坂本龍馬先生のお考えだ」

龍馬の名前がでて、小龍の頭のなかで何かが爆《は》ぜた。

「貴様ごとき、木っ端役人に、龍馬の何がわかる」

テーブルの上の湯呑をつかみ、振りあげた。拳銃をむけられたかのように男はしゃがみ、結果、湯呑は背後の油絵に激しく当たった。

「あぁぁ、買ったばかりの絵が」

男が濡れた絵にすがりつく。

ふん、と荒く息を吐いた。

「それ以上の絵なら、わしがいくらでも描いてやるわ。志士としても二流だったが、目利きはそれ以下の三流のクズめ」

男の背中に言葉を投げつけて、小龍は踵《きびす》をかえした。

五

夕陽で赤く色づく海を見つつ、小龍は岩の上にすわっていた。打ちつける波の音が、人がささやくかのように思える。

「小龍さん、小龍さん」

誰もいない海から、そう呼ばれる。

そういえば、あの日もこうしてふたりで海を眺めていた、と思いだす。

「小龍さん、おらはもう我慢ならんがよ」

逞《たくま》しい腕が石をつかみ、海へと投げこむ。江戸の北辰《ほくしん》一刀流で鍛えた男の顔を、矮軀の小龍が見上げる。若者は、癖の強い髪を後ろで束ねていた。

「薩摩の島津《しまづ》公が兵をひきい上洛しゅうというときに、土佐だけ手をこまねいちゅう。このままじゃ、時流に取りのこされてしまうちゃ」

また石をつかみ、投げこむ。

「吉田東洋は馬鹿ものじゃ」

坂本龍馬が苛立《いらだ》たしげに叫んだ。

「東洋だけじゃないがぞ。武市さんも武市さんじゃ」

足で岩を蹴りつけた。

「龍馬、落ちつけ」

小龍が宥《なだ》めるが、龍馬の息が荒くなるだけだった。激情を、完全に持て余している。

「わかっているとは思うが、早まってはならぬぞ。脱藩などは絶対してはいかんぞ」

龍馬の顔が激しくゆがんだ。

「お前がいなくなれば、土佐勤王党は暴挙にでかねん。武市殿を御せるのは、龍馬しかいないのだ」

龍馬は頭をかきむしった。今、この大きな童のような志士は迷っている。九年前に遊学した江戸で黒船を見て、攘夷に目覚めた。その翌年、龍馬は河田小龍と出会う。海外列強の文化や政治、人となりなど、知る限りのことを小龍は教えた。

黒船を見たときの滾《たぎ》るような攘夷への想いと、小龍から教えられた攘夷の無謀さのあいだで、龍馬は激しく揺れうごいている。何が正しい答えなのか、闇夜で提灯をなくしたように戸惑っている。はるかさきをいく、薩摩長州ら列藩の急進的な動きが焦燥を加速させている。そんなときに長州の久坂玄瑞《くさかげんずい》から、龍馬は脱藩を勧められたという。

「龍馬、わしを信じてくれ」

小龍は龍馬の肩にすがりついた。

「わしは吉田様を説得する。お前は、武市殿を説き伏せるのだ」

いかに権力を持つとはいえ、圧倒的少数派の上士《じょうし》にできることはたかが知れている。攘夷と開国、尊王と佐幕のちがいはあるが、武市半平太と吉田東洋の目指すところは同じだ。

事実、吉田東洋は武市半平太を登用するつもりだった。その矢先に、土佐勤王党は山内《やまうち》家の一族衆と結びついた。これがいけなかった。吉田東洋が改革で優先したのは、既得権益の解体だ。具体的には、山内一族衆から特権を引きはがすことである。だが、よりにもよって、土佐勤王党が山内一族衆と結びつく。山内一族衆に攘夷や尊王という思想があるわけではない。ただ、権益を守り、吉田東洋の改革を阻みたいだけだ。その走狗《そうく》として、土佐勤王党に目をつけたのである。

曲がったことであれば将軍直臣《じきしん》の旗本でも殴りつける吉田東洋にとっては、土佐勤王党と山内一族衆の結託は許されざることだった。

だからといって、このままでいいはずはない。両者が力をあわせなければ、今後、日本を襲う難局を乗り越えられない。

「龍馬なら、わかるだろう。吉田様も武市殿も、本来なら敵ではないのだ。両者は手を携えなければならない」

肩に手をかけようとすると、乱暴に振りほどかれた。

「ほいたら、このまま土佐でくすぶっちょけというがか」

龍馬が怒鳴りつける。

「焦るな。龍馬はまだ若い。いくらでも好機がくる」

小龍の慰めを、龍馬は鼻で嗤《わら》った。

「ここは時期をまつのじゃ」

「所詮、小龍さんは絵師ぞね」

龍馬が吐き捨てた。

「なに」

「絵師ごときに、おらの気持ちはわからん」

龍馬は背をむけて、立ちさろうとする。

「小龍さんは、武士でも志士でもないわ」

「まて」

「命を懸ける覚悟もないくせに、偉そうにすな。国事を思う気持ちは、小龍さんにはわかりゃあせな」

止めようとする小龍を乱暴に振りほどいた。弾みで小龍は硬い磯の上に倒れこみ、強く体を打ちつけた。かまわずに、龍馬は去ろうとする。

「龍馬」と、怒鳴りつけていた。

振りむいた龍馬の目が、大きく見開かれる。

「な、何をしゆうぜ」

小龍は、左手に石を持ち振りあげていた。右手は、大きな岩の上においている。

「小龍さん、その石をどうする気ぜよ」

「貴様、絵描きを侮ったな。絵師には志士のように、覚悟がないと侮辱したな」

「そ、それは……」

「黙れ。わしがどんな覚悟でいるか、なぜわからぬ」

「わかっちゅう、わかっちゅうきに。それより、その石で、まさか右手を……」

振りあげた小龍の左手がわなわなとふるえる。悲しかった。龍馬には己の弟子以上に多くのことを伝えてきた。アメリカの君主は民衆による入れ札で決まると教えたとき、多くの弟子がいぶかしむなか、龍馬だけは目を輝かせた。それ以来、どれほどこの男に目をかけてきたか。にもかかわらず、小龍の覚悟や志を微塵《みじん》も理解していないのだ。

目が熱くなり、見える風景が歪みだす。

「わしだって命を懸けているのだ。絵師として、誰よりも国のことを思っている。どうして、龍馬はわかってくれぬのだ」

叫んだ瞬間に、理性が限界を迎えた。岩の上においた右手にむかって、石を振りおろす。左手に衝撃が走った。

だが、岩の上の右手に——絵師としての命である利き手には痛みは一切なかった。

恐る恐る目を開ける。

小龍の小さな右手を、大きな両掌がおおっていた。厚い掌が椀《わん》をつくり、その上に振りおろした石が落ちている。龍馬が、小龍の右手を庇《かば》ったのだ。

「りょ、龍馬」

「いったぁ〜」

ごろりと磯に背をつけて、龍馬が悶《もだ》える。

「お、お前、何を」

「しょ、小龍さん、本気で石を振りおろす馬鹿がどこにおる」

よほど痛いのか、目から涙がにじんでいた。

「ば、馬鹿とは何じゃ。勝手に止めにはいった龍馬が悪いのではないか」

「な、何をいいゆう。おらが止めんかったら、小龍さんは絵を描けんようになるとこやったやか」

しばし、ふたりで罵りあう。

中断したのは、満潮で波がいつのまにか近くまで迫っていたからだ。

喧嘩に疲れ、ふたりでとぼとぼと歩く。

「わかったぜよ」

言葉が小龍の頭の上に落ちた。

「何がわかったのだ」

「脱藩はせん」

「わ、わかってくれたのか。嬉しいぞ。まかせてくれ、吉田様は私がかならず説き伏せる」

片頬をあげて、龍馬が笑った。

「わかったがは、そのことやないぜ。絵師の右手を捨ててでも、小龍さんがおらを止めたいという想いぜよ。小龍さんのために、土佐にのこっちゃる」

やっと痛みがましになったのか、掌をにぎったり開いたりを顔の前で繰りかえす。

「仕方ないろう。想われ人のために己を殺すがは、もてる男の宿命じゃき」

わざとらしく龍馬はため息をついた。

それにしても、と龍馬がつづける。

「どういて、小龍さんは絵師やに政《まつりごと》に口をだすがで。墨雲洞で絵だけやのうて、めりけんやえげれすの政の仕組みを教えるがか」

手に手巾《しゅきん》を巻きつけつつきいてくる。

「小龍さんは絵師やのうて、めりけんの家老になりたいがか」

龍馬の冗談に、小龍は足を止めた。

「龍馬、わしは絵師だ。骨の髄までな」

「なら、どういて大人しく絵だけを描かん」

しばし間《ま》をとって、小龍は考えを整理する。

「それは、お前たちが創る世を見たいからだ」

龍馬が足を止めた。

「絵師に絵を描かせるものは世だと、わしは思っている」

「えい絵を描くためには、えい世にならんといかんという意味かえ。西洋の顔料や技法ら、新しいもんを取りいれる世にならんと、えい絵は描けんと」

すこしちがう。だとしたら、殺伐とした戦国の世に狩野永徳《えいとく》や狩野探幽《たんゆう》らが描いた作品はよい絵ではないことになる。

「それらも含め、そのときに生きる老若男女の人となり、食べるもの着るもの、見る芝居などの風俗、あらゆることだ」

技術も含めた世の空気が、絵師に絵を描かせる。戦国の乱世という世が狩野永徳に勇壮な絵を描かせ、乱世の終わりが狩野探幽に端麗な画風を完成させたのだ。

そして、世を創るのは人だ。江戸という世を、徳川の武士たちが創ったように。もし豊臣《とよとみ》家が幕府を開いていたら世の空気は変わり、狩野派の絵師たちはもっとちがう絵を描いていただろう。

「だが、わしでは無理だ。所詮、絵師だからな」

だから、小龍は吉田東洋を助け、墨雲洞で近藤長次郎や新宮馬之助などの絵師以外の門弟を育て、吉田東洋の敵になるかもしれない坂本龍馬に西洋の知識を授けているのだ。

「わしは、吉田東洋様が創る世を見てみたい。龍馬が創る世が、わしにどんな絵を描かせるかを知りたい」

自分が喋《しやべ》りすぎていることに気づき、小龍はあわてて口を閉じた。

龍馬が一瞬目を逸らした。はにかむように笑う。

「小龍さん、それはおらがよき世を創る男にふさわしいと……」

「みなまで言わせるな、馬鹿者が」

門弟を叱りつけるように怒鳴ってしまった。

あわてて背をむけて、足早に歩く。

「小龍さん、まっとうせ」

龍馬の声が追いかけてくる。

なぜか、小龍の顔が火照っていた。腹の底がむず痒くて仕方がない。

ゆっくりと迫る潮騒《しおさい》を引きはがすように、ふたりならんで歩く。

もう砂浜は見えない。一面に田んぼがあり、のどかな風景が広がっている。

地面にある小龍と龍馬の大小ふたつの影が、どんどんとうすくなっていた。肌をなでる風には、たっぷりと湿り気が含まれている。雨の臭いがした。

足を止め、龍馬が天を仰ぐ。

「こらぁ、いかんぜ」

墨をこぼしたような雲が、急速に空をおおいつくそうとしていた。大岩が転がるような音がしているのは、雷か。

厚い雲は陽光を完全にさえぎり、辺りに闇が満ちはじめる。水滴がひとつ小龍の頬を打った。

凄《すさ》まじい豪雨がやってきた。空が破れたかと思う勢いに、思わず小龍は頭をかかえる。

「龍馬、走ろう」

小龍は駆けだした。悲鳴とも奇声ともつかぬことを口走りつつ、龍馬も走る。水壁を造るかのような雨の勢いに、襦袢《じゆばん》やふんどしもたちまち湿りだす。太ももや脇腹に、不快に貼りつく。

雨宿りできるような大きな木はない。煙る視界のむこうに、小さな社《やしろ》が見えた。

「龍馬、あそこにいけば雨をしのげるぞ」

叫んだ瞬間、とうとう稲妻が走った。

小龍と龍馬は足を速め、神社へと必死に走る。近づくと、人があふれていた。農事に勤《いそ》しんでいた百姓かと思ったが、すこしちがうようだ。手に持つものは、鍬《くわ》や鋤《すき》ではない。燭台《しよくだい》や提灯、紙垂《しで》、三方《さんぼう》、平たい箱のような木組みに紙を貼ったものは絵馬提灯だ。歌舞伎の一幕が描かれている。

どうやら、奉納神事が行われていたようだ。芝居興行が禁止されてから、季節を問わずにあちこちで芝居絵の奉納があり、小龍も何度も仕事を請けている。

また雷が走り、小龍の視界が白く塗られた。

「とにかく、提灯を木陰に隠せ」

「本殿のなかはいかんちゃ。神輿《みこし》があるき、もういれられん」

村人が口々に叫んでいた。そのあいだも雨脚は強まり、どんどんと闇が深くなる。村人が水たまりを踏む音、誰かが転んだのか盛大に水しぶきが舞う音があちこちでする。時折、光る雷で、村人たちの姿が影絵のように浮かびあがる。

「小龍さん、木陰は人で一杯ぜよ」

着衣を体に貼りつけさせた龍馬が叫ぶ。

「よし、本殿の庇《ひさし》の下にいこう」

横殴りの雨は防げないが、濡れつづけるよりはましだ。泥水を撥《は》ね飛ばしながら、境内へと走りこむ。

何度も、つまさきが硬いものを蹴った。きっと、収容しきれなかった提灯や燭台、蠟燭の類いだろう。

ふたりは、足を止めた。

暗がりのなかに、何かが立ちはだかっている。

小龍は腕で顔をこすり、目を細めた。木造りの枠に屏風をはめこんでいるのは、絵馬台か。収容し忘れたのだろうか。それとも、見捨てたのか。奉納が終われば、芝居絵は焼かれるのが慣例だから、あえて雨から守る必要はないと判断してもおかしくはない。暗がりと雨煙で、屛風に描かれている絵は見えなかった。

「小龍さん、この絵も本殿の下に持っていっちゃろう」

絵馬台の上部には庇があるが、意匠としてのもので張りだしはごく小さい。容赦なく、雨が絵屛風を打っている。

「わかった」

ふたりが絵馬台に手をやろうとしたときだった。一際大きな雷が、天から地に一直線に落ちる。小龍の視界がまっぷたつに割れ、閃光《せんこう》が辺りを圧した。

瞬間、目の前の絵馬台の絵屛風が全容をあらわす。

これは――。

かつて、小龍が描いた『東山桜荘子』を画題とした芝居絵だ。

だが、場面がちがう。

小龍は「佐倉宗吾子別れの場」を描いたが、目の前のものはちがう。

将軍に直訴した佐倉宗吾は捕えられ、妻子共々残酷な拷問の末に処刑される。その後、亡霊となった佐倉宗吾親子は領主のもとにあらわれ、これを呪う。歌舞伎役者を思わせる端整な顔の領主に、おぞましい佐倉宗吾親子の亡霊が襲いかかっていた。黴《かび》で変色した漆喰《しっくい》壁を思わせる肌の色、目玉が飛びでた苦悶《くもん》の顔、振りみだした髪をまとめているのは黒蛇だ。両手に摑《つか》むのは、子供たちの生首である。右手の首は怒るかのようで、左手の首は笑うかのようだ。

血とも人魂《ひとだま》ともつかぬものを、水銀朱の血赤で表現している。

——これは絵金の絵だ。

濡らす雨水を押しのけて、脂汗が一気に噴きだした。

すぐに辺りは闇につつまれる。

太鼓を叩くかのように、小さな稲妻が大地を打擲《ちょうちゃく》している。

ううう、とうめいた。

雷がやんで闇につつまれてなお、赤いものが小龍の視界にこびりついている。人魂ともかえり血ともつかぬものが、小龍の視界を穢《けが》す。

すぐ背後で雷が落ちたのか、凄まじい閃光と衝撃が小龍の背中を打った。体勢を崩したことで、やっと我にかえる。

早く絵を雨から守らねばならない。

「龍馬、早くしろ」

雨に打たれる絵金の絵に、小龍はむしゃぶりついた。必死に絵馬台から外そうとするが、矮軀の小龍には難しかった。

「龍馬、何をしている。早く、手伝ってくれ」

振りむいて、絶句した。

誰もいない。

蠟燭や提灯、紙垂が散乱する境内があるだけだ。さきほど、龍馬と小龍が立ちつくした地面には、足型のくぼみが四つあり、小さな水たまりになっていた。

一歩、二歩と、龍馬のいた場所へ近づく。

いつのまにか、小龍は肩で息をしていた。

胸騒ぎが、呼吸さえ苦しくさせる。

「龍馬ぁ」

呼びかける声は、雷の音にかき消された。

「りょうぅまぁっ」

あらん限りの力で叫ぶ。

答えるのは雨滴と雷光だけだ。

六

西にある岬に太陽が沈む様子を、小龍はぼんやりと見ていた。雷雨の日、絵金の絵に龍馬は惑わされた。結果、その数日後に龍馬は脱藩する。そして一月《ひとつき》もしないうちに、吉田東洋の首が雁切橋《がんきり》の袂《たもと》にさらされることになる。土佐勤王党による、天誅《てんちゅう》がはじまったのだ。

それでも小龍はあきらめなかった。一時、画業を捨て塩田事業に乗りだしたのは、新しい世を創ることができる龍馬らを支援するためだ。

しかし、龍馬は明治維新の直前に暗殺されてしまう。

己の小さな手を、目の前にかざした。

「絵金……、お前さえいなければ」

呪詛《じゆそ》の言葉とともに、手を握りつぶした。

「わしはお前が憎い」

拳がわなわなとふるえだす。

「おんちゃんも、絵金さんにひどい目におうたがか」

幼い声が後ろからして、思わず顔をあげる。振りむくと、十歳ほどの童がたっていた。体のあちこちにすり傷がある。

「なんだ、坊主、絵金を知っているのか」

「知っちゅうも何も、おら、絵金さんにむごい目にあわされたがやき」

口をへの字にして、童は憤っている。

小龍はため息を口のなかで噛《か》み殺した。

「どうせ、悪戯《いたずら》でもして怒られたのだろう」

「ちがうきに。絵金さんに、おらは絵をたのんだがよ」

海に向きなおろうとした顔が止まった。

「土佐凧《だこ》ぞね。絵金さんに土佐凧に武者絵を描いてくれるようたのんだが」

土佐凧とは、正方の菱形《ひしがた》の凧だ。戦国時代、長宗我部元親《ちょうそかべもとちか》が敵軍との距離を測るために土佐凧をあげたという。以来、土佐では凧に勇壮な絵を描くようになった。

「描いてもらったなら、よかったではないか」

「ようないちゃ。画料として、うちでとれる鶏の卵をごっそり持っていかれたがで」

小龍は頭をかかえた。絵金の速筆は有名で、芝居絵屏風を一日で描いたとも、行灯絵は一日百六十枚描いたとも言われている。土佐凧なら、画業の合間に四半刻（約三十分）もかけずに描けるはずだ。

「おとうとおかあに、えらい叱られたちゃ。おまけに、その日の卵だけやのうて、その後も毎日卵をせびりよったがで」

噛み潰したため息が、とうとう唇をこじ開けた。土佐一と謳《うた》われた絵師が、童に卵をせびったのか。こんな男を追いかけていたのかと思うと、自分が情けなくもなる。

「お前とわしの怒りを一緒にするな」

これ以上自身を失望させないために、目を海へともどした。

「絵金はわしの大切な人を奪った。卵の七個や八個とはちがう」

「七個や八個やないちゃ。三十はせびられたき。おかげで、おらは一月、卵食わいてもらえんかったがで」

唾が届く距離でなじるので、鬱陶《うつとう》しい。

だけでなく、小龍の肩に手をかけて、ゆすりはじめた。

「わしは知らねばならんのじゃ。絵金が何者だったかを」

語気が強くなってしまい、童の手が肩から離れた。

「ほんなら、おんちゃん、赤岡の町にはいってきたが？」

「赤岡」と、つぶやきつつ振りむく。

「今夜は、赤岡にある須留田《するだ》八幡宮の神祭《じんさい》ながで」

童の言葉に、小龍は自身の膝を打った。

「そうか、赤岡では、絵金の絵を魔除けとしていたな」

土佐では、夏の夜に海から魔物がくると信じられている。赤岡には、神祭の夜に絵金の芝居絵屏風を戸口に飾り、魔除けとする風習があることを思いだした。

なるほど、赤岡ならば絵金をよく知る人も多いだろう。弟子もいるはずだ。何より、絵金の絵を大切にのこしている。

七

赤岡の町が見えてきたころ、空には幾万もの星がまたたいていた。月はでているが、なぜか力を失ったかのようで、星々にかき消されそうになっている。田畑に囲まれるように、町があった。潮風が吹きぬけて、田植えが終わった苗をなでる。蛙《かえる》の声を聞きつつ街道を歩き、小龍は町へとはいった。

瓦屋根と紅殻格子《べんがらごうし》、漆喰壁の蔵がある屋敷がいくつもならんでいる。何軒かは、赤レンガの真新しい塀を持っていた。

どの家もあかりを消し、しんと静まりかえっている。

町が死んでしまったかのようだ。

ぼんやりと明るい路地が、歩くさきにあった。洞窟のなかで秘めごとでもしているかのように、あかりは奥ゆかしい。

慎重に、小龍は近づく。

一本のまっすぐな通りだった。列柱のように、百目蠟燭《ひやくめ》の火がならんでいる。あかりを受けとめる風情でたっているのは、芝居絵屏風だ。

ごくりと唾を呑み、小龍は一枚一枚に近づく。

幼子が切腹する父の首を切り落とそうとしているのは、『絵本太功記《えほんたいこうき》』の「杉の森とりでの場」だ。

その横には、生首を持つ亡霊のお菊、家宝である皿の紛失の濡れ衣《ぎぬ》をきせられ詮議をうけるお菊、ふたつの場面が描かれている『播州皿屋敷《ばんしゆうさらやしき》』の「鉄山下屋敷の場《てつざん》」。

戦場で深傷《ふかで》を負い血を流す三浦之助《みうらのすけ》と愛する時姫《ときひめ》の葛藤を表現しているのは『鎌倉三代記』の「三浦別れの場」。

水銀朱の血赤が、闇ににじむかのようだ。

流血を描いていない絵もある。

姉の怨念で醜い姿に変わった累《かさね》が、夫と浮気したと勘違いした歌方《うたかた》姫に恐ろしい形相で嚙みつく『伊達競阿国戯場《だてくらべおくにかぶき》』の「累の場」だ。血赤で姉の怨霊の人魂と美しい歌方姫の衣装を描いているが、流血はない。だが、姉の怨念や累の哀しくも醜い嫉妬を濃厚に表現した絵屛風は、画紙を短刀で切れば血が噴きでるのではと思うほど禍々《まがまが》しい。

崩れた遠近法、芝居のいくつかの場面をあわせた異時同図法、人物の過剰な姿勢。どれも、写実にはほど遠い。だが、蠟燭の火と夏の夜の熱気の下で見ると、これこそが真実なのではと思えてくる。

「小龍さん、まっちょったぜ」

二曲一隻《せき》の絵屏風の前にひとり、長身の男がたっていた。塗りつけるように、この男にだけ影が濃く落ちている。

「まっていた、だと。わしをか」

男がうなずくと、蠟燭の火がゆれた。

「お前は何者だ。絵金の弟子か」

面倒臭そうに手を振られた。肯定しているようにも、否定しているようにも見えた。

「絵金のことを知りたいがやろ」

「お前が教えてくれるというのか」

男へ近づこうとしたが、腕をあげて制された。

「静かにしい。今、語りを聞きゆうとこぜよ」

「語り、だと」

「聞こえんがか。絵が語りかけゆうとこぜよ。小龍さんの知りたいことを、教えようとしゆうがわからんかえ」

男は絵に指をやった。『蝶花形名歌島台《ちょうはながためいかのしまだい》』の「小坂部館《こさかべやかた》の場」だ。姉妹が敵味方に嫁ぎ、軍略家である父をそれぞれの陣営に引きこもうとする。父は娘たちの産んだ幼い子に刀を持たせ、勝った方の味方になると告げ、殺しあいをさせる。

屏風の中央に大きく描かれるのは、孫に殺しあいをさせる非情の祖父。白髪白髯《はくぜん》を振りみだし、羅刹《らせつ》の表情で、孫ふたりをけしかけている。

小龍の見る絵がぐにゃりとひしゃげる。

刀をうけとった孫ふたりが、鞘《さや》をぬき払ったからだ。無垢《むく》な表情のまま、互いの体目がけて切っさきを振りおろす。白刃《はくじん》を煌《きら》めかせ、血を流し殺しあうふたりの童。奥と手前には、その様子を苦しげに見つめ悶える母ふたりがいる。

地面には、童たちの流す血と紅葉が点々と散っている。

なぜだ、と小龍が自問する。

絵がどんどん変化していく。西洋には写真が生きているかのごとく動くシネマというものがあるというが、さながらシネマのごとく絵のなかの人物たちが戦い、血を流している。

火がゆれた。

童の一方の剣が閃《ひらめ》く。

「えっ」と、小龍はつぶやいた。

戦うふたりの童が、どんどんと変容していくではないか。ひとりはけしかける祖父よりも大きく天を衝く巨軀に。美しい月代《さかやき》と逞しいあごを持つ若者となり、刀を振りおろす。

もう一方の童も大人に変容する。

力強いえらと大きな鼻、横から深い皺が一条、あご先にまでのびている。下から刀を振りあげ、必死に巨軀の若者の斬撃《ざんげき》を防ごうとする。

ふたりの刀が交差する刹那、小龍は悟った。

これは……。

武市半平太と吉田東洋だ。

血赤がほとばしった。

下から刀を振りあげていた吉田東洋の首から、激しく血が噴きこぼれている。

何かが小龍にふりかかり、あわてて顔をぬぐう。

よろけて、たたらを踏んだ。

顔を必死にふき、手を見る。血はついていない。

煤のような黒いものがあるだけだ。

絵屏風は——元のように童ふたりが向かいあっている。武市半平太も吉田東洋もいない。

「絵の言葉が聞こえたろう」

男がこちらを見ていた。髪を後ろで束ねていることがわかる。

「絵金が何を描きたかったか、これでわかったろう」

小龍の頰を一筋の汗が流れた。びくりと肩が跳ねあがる。うめき声が背をなでていた。

痛みに必死に耐え、苦しみ、命乞いしている者が背後にいる。

ゆっくりと後ろをむく。見ると、佐倉宗吾親子が凄惨な拷問をうけている絵屏風があった。佐倉宗吾が、またしても誰かに変容しようとしている。反《そ》った前歯が唇から飛びでる異相……あれは人斬りと恐れられた岡田以蔵か。武市半平太と一緒に投獄され、吉田東洋派閥によって凄惨な拷問をうけた末に、天誅のすべてを白状し処刑された。

「これが、絵金の描きたかったものなのか」

男がうなずく気配がした。

「つまり……」

小龍は恐る恐るつづける。

「絵金は、幕末という死にゆく時代を描いていたのか。芝居絵と闇と蠟燭の火で、あのときの動乱や相剋《そうこく》を表現しようとしたのか」

佐幕と尊王、攘夷と開国――あの時代のあらゆる相剋を、歌舞伎の場面に託したのか。小坂部館で武市半平太と吉田東洋の対立を描き、佐倉宗吾の芝居絵に土佐勤王党の弾圧を写した。

男からの返事はない。息を整え、小龍はさらにつづける。

「ならばなぜ、絵金は絵で人を惑わせた。龍馬をなぜ脱藩させた。土佐勤王党は、なぜ天誅に駆りたてられた」

「惑わせたがやない。目覚めさせただけぞね。絵金にとっては、鑑《み》る人さえも画材やった。時代という絵を描くための色のひとつやった」

否定しようとしたが、絵金の絵が次々と浮かぶ。たしかに、凄惨な画題は時代を誰よりも活写していた。

「徳川の世は、永《なご》うつづきすぎたがよ。本来なら、とっくの昔に死んじゅう時代が、醜く生きながらえちょった。先人の作を虚しく模倣しゅう狩野派が、画壇に君臨するがと似ちゅう。誰かが、息の根を止めんといかんかった」

「それが、土佐勤王党の攘夷と天誅だったというのか。攘夷などまやかしだ。狂った思想で、東洋様はじめ、どれだけ有為の人が死んだことか」

「かならずしも、正しい力が世を切り開くとは限らんろう。事実、攘夷という間違った道を歩みよった男らぁが、維新を成し遂げたが」

男の言葉は、なぜか哀しげだった。

「あのとき、攘夷を唱え狂わんことには、二百五十年以上つづいた巨大な時代に引導をわたせんかったがぞ。武市さんも、半ば間違《まちご》うちゅうとわかっちょった」

「黙れ。詭弁《きべん》を弄するな」

男はため息をついて、間をとった。

「小龍さん、そろそろ刻限ぞね」

「刻限だと」

「うん、芝居がはじまるときぞね」

どこかで鐘が鳴った。

「小龍さんもでゆうろ。須留田八幡宮で、みんながまちゆうぜ」

「ど、どういうことだ。役者として、わしに芝居を演じろというのか」

「所詮、この世は歌舞伎芝居のようなものぜよ。うたかたの一幕を必死に演じ、人々が絵を描くように記憶に塗りつける」

ゆれるようにして、男が絵屏風から離れていく。細く暗い路地へ消えようとする。

「まて」

小龍は追いかけた。暗い町をぬけ、田のあいだのあぜ道をとおる。歩いているだけの男に、なぜか近づけない。

赤岡の町と田を挟んである、須留田八幡宮の鳥居を潜る。無人の参道を突き進んでいく。

「まってくれ」

いつのまにか、小龍は肩で息をしていた。横腹が激しく痛む。ふらつきながら、境内についた。星空の下に、江戸や上方の芝居小屋にあるような廻《まわ》り舞台がしつらえられており、男は片手をついて軽やかに飛び乗る。

小龍は両手を使って、息を切らせながらよじ登った。

なぜだ。いくら小龍が矮軀といっても、こんなに舞台が高いはずがない。

「お前は誰だ。絵金の弟子などではなかろう」

やっと登りきり、男の背中に言葉をぶつけた。が、答えはない。

舞台がきしんでいることに気づく。床が回転している。廻り舞台が作動したのだ。

男の体が、ゆっくりとこちらへと正対する。そのとき、後ろで束ねている髪に強い癖があることに気づいた。

「まさか、お前は、いや……」

小龍は絶句する。

突きつけた指がふるえだす。

崩れるかと思うほど、膝が戦慄《わなな》く。

「りょ、りょ……りょう」

名前をいえなかったのは、そのさきに数人の男たちも見えたからだ。山のような巨軀の志士、小鼻の横に深い皺を刻んだ家老、歯が突きでた浅黒い肌の浪人。

「あ、あなたたちは……」

癖毛を束ねた男が膝をおった。

「小龍さん、やっとあえたね」

優しく笑いかけられる。

「まっていてくれたのか」

無意識のうちに、言葉が口からあふれた。

「まちよったがは、おらだけやない。ご見物の衆もぞね」

言われて、首を舞台下の境内へやった。いつのまにか百日蠟燭が光を湛《たた》えてならんでいた。その中央に、細く長い手足を持つ男がいる。顔料がこびりついた指で、頰をかいていた。頭蓋の形がわかるほど強く縛った総髪が、夏の夜風にゆれている。

唯一無二の方法で、時代を描いた絵師がたたずんでいた。

十三歳のとき、初めてあったときと同じ姿だった。

お囃子《はやし》の音がどこからか聞こえてきた。三味線の音が、闇に溶けていく。

「さあ、小龍さん、芝居をはじめるで」

男たちが舞台のあちこちに散っていく。妙だ。ある者は遠くへいくのに、山のように大きくなり、ある者は近づくのに大きさは変わらない。みな、関節が外れるかと思うほどの過剰な姿勢で見得を切る。

舞台の上で、様々な場面が同時に演じられていた。

いつのまにか、小龍も役になりきっている。汗を振りまき、必死に台詞《せりふ》を回していた。

吉田東洋と出会い、京や九州に遊学し、坂本龍馬と邂逅《かいこう》した。そして、夢を語りあう。

舞台は途切れることなくつづく。

時折、血赤が黒い宙に閃き、花火のように消えていった。

主要参考文献（順不同）

『絵金読本』　近森敏夫著・赤岡町教育委員会編／赤岡町
『土佐画人伝』　甲藤勇／高知市民図書館
『市川團十郎』　金沢康隆／青蛙房
『絵金と幕末土佐歴史散歩』　鍵岡正謹、吉村淑甫／新潮社
『七代目市川團十郎の史的研究』　木村涼／吉川弘文館
『八代目市川團十郎――気高く咲いた江戸の花』　木村涼／吉川弘文館
『絵金　その謎の軌跡――土佐の芝居絵師・金蔵』　吉良川文張／高知新聞社
『龍馬を創った男　河田小龍』　桑原恭子／新人物往来社
『絵金　極彩の闇』　高知県立美術館監修／grambooks
『江戸時代の歌舞伎役者』　田口章子／中央公論新社
『絵金画譜』　近森敏夫／岩崎美術社
『土佐藩　家老物語』　松岡司／高知新聞社
『正伝　岡田以蔵』　松岡司／戎光祥出版
『武市半平太伝――月と影と』　松岡司／新人物往来社
『絵金伝』　山本駿次朗／三樹書房
『もっと知りたい狩野派――探幽と江戸狩野派』　安村敏信／東京美術
『絵金蔵　収蔵品目録』　鍵岡正謹監修／赤岡町

取材協力（敬称略・五十音順）

片岡千壽（歌舞伎役者）
木村涼（岐阜女子大学文化創造学部特任准教授）
吉良川文張（土佐史談会会員）
染谷香理（日本画家）
中谷有里（高知県立美術館学芸員）
松島朝秀（文化財研究者）
横田恵（元絵金蔵蔵長）
吉川毅（吉川染工房）
絵金蔵

他にも、歌舞伎裏方に従事されている寺井優様、高知弁を指導してくださった東野康弘様、片岡千壽様をご紹介いただいた松原利巳様をはじめ、多くの方々にご協力いただきました。

解説

西原理恵子

こらめった
木下くんの
書いちゅう
絵金と
私の知っちゅう
絵金が
全然ちがうで

その昔、土佐のおきゃく
さわち
リエさんは絵が好きがえ
うん
まずい三色羊かん
ほんなら教えちゃお絵金さんゆう人がおってねえ
土佐の酔たんぼ
うん
じ
酒の飲みすぎで狩野派クビたなった
トで
ぐー

わかったかえ
終了
うんわかたぞ
どぶどぶどぼ
木下くんはたったこればあの話をようこんなにふくらして書くねえ
たいしたもんぜよ

ほんで絵金の絵は高知のあっちこっちの人が持っちょってよ
うちにあるで見に来いや
これこれ
押し入れのおっくのはっしにし
ズキーん

おばちゃん こら どう見ても ちがうろう
どいて 血いが べっとり 出ちゅうで
ほんでここに 「えきさん」ゆうて サインもあるで
絵金さんは 今でもねえ 四国中を ろいろいして 絵を描き ゆうがで
こら 弘法大師と だいぶ まぎっつ ちゅうねえ
まあ ええか

ほんで木下くんの文章熱すぎて
血いやきっ描かんといかんがぜよ
頭の中で全部本宮ひろ志の漫画で再生されてうっとうしかったで
三章
今宵の都の宙は、かすかに血の色をおびている。
木下くん若いに
こんなじじ臭い表現せられん

（さいばら・りえこ　漫画家）

初出　「小説すばる」二〇一七年七月号～十二月号
二〇一八年七月、加筆・修正し、集英社より刊行されました。